后浪

鸭镇夜色
王奎张亮故事集

曹寇 著

北京联合出版公司

图书在版编目（CIP）数据

鸭镇夜色：王奎张亮故事集 / 曹寇著. -- 北京：北京联合出版公司, 2022.4
ISBN 978-7-5596-5734-3

Ⅰ.①鸭… Ⅱ.①曹… Ⅲ.①短篇小说—小说集—中国—当代 Ⅳ.①I247.7

中国版本图书馆CIP数据核字(2021)第235229号

鸭镇夜色：王奎张亮故事集

作　　者：曹　寇
出 品 人：赵红仕
选题策划：后浪出版公司
出版统筹：吴兴元
特约编辑：张媛媛
责任编辑：夏应鹏
营销推广：ONEBOOK
装帧制造：墨白空间·郑琼洁

北京联合出版公司出版
（北京市西城区德外大街83号楼9层　100088）
北京天宇万达印刷有限公司　新华书店经销
字数152千字　889毫米×1194毫米　1/32　8.5印张
2022年4月第1版　2022年4月第1次印刷
ISBN 978-7-5596-5734-3
定价：58.00元

后浪出版咨询(北京)有限责任公司 版权所有，侵权必究
投诉信箱：copyright@hinabook.com　fawu@hinabook.com
未经许可，不得以任何方式复制或抄袭本书部分或全部内容
本书若有印、装质量问题，请与本公司联系调换，电话010-64072833

目录

自　序 / 3

在校期间 / 5
 一场斗殴 / 6
 二人独对 / 12

在社会上 / 23
 塘村游记 / 24
 鸭镇夜色 / 40
 春日即景 / 63
 晚报新闻 / 71
 美好夜晚 / 80
 在世证明 / 120

王奎的几种死法 / 137
 被打死的 / 138
 坠楼而死 / 143
 双赴黄泉 / 151
 未知死因 / 166

综　述 / 177
 王奎正传 / 178
 张亮正传 / 208
 日常生活 / 236
 灰烬犹存 / 256

自 序

熟悉我小说的读者应该知道，本人大量的中短篇小说中不断重复着几个熟悉的名字，其中主要是王奎和张亮。在接受媒体的采访中，本人也经常被问到这个问题。在此，我认真地回答一次：1.我的小说主角大多是我的同代人（70年代出生）。我们这一代人，姓名拜我们父母所赐，拜时代所赐，相较于后来者，我辈名字普遍在字面上很通俗，不是那么"文化"，也未被寄予多少厚望，但很实用，好写，好记。2.我写的不是《红楼梦》，没必要在名字上做文章。3.名字确实只是符号。4.与我的文学观有关，我反对一个在路边摊喝了五瓶啤酒并就近露天小便的人被命名为"贾新栩"，他只适宜叫"狗子"（北京作家狗子的本名叫贾新栩）。

确实与人物名字的反复有关，我发现我的中短篇小说在题材、氛围和描述方式上有着惊人的一致。也正是因此，遂起意将主角为张亮和王奎的小说搜罗在一起（但并非全部），按照目录中的方式编辑起来，呈现出一个事关青春期及其延长线的长篇框架。我不否认它们都是独立成篇的作品，但作为一部长篇来对待它们，也几乎没有任何问题，而且还是一件非常有趣的事。当然，我不是非要沾长篇小说的光——读者将它视为小说集固然是没有任何问题的——而只是觉得作为一种写作和出版"实验",应该是可以成立的。

在校订的过程中,我有必要重新阅读一下自己这些旧作。实话实说,不少小说,确实是自写出它们后我第一次阅读。所谓故友相逢,未必全是恩义情爱,忌恨难堪亦是应有之义。换言之,书中既有让我感到惊艳之处,亦不乏愧怍无地之笔。但我并不打算另起炉灶修饰自身,保持原貌不亦宜乎?只是出于敬惜字纸和对读者的尊重,个别字句,我略略作了修改。

﹡南京市文联签约作品　南京市栖霞区重点文艺创作项目

在校期间

一场斗殴

打架啦。走廊里有人喊。

是1班的张亮和2班的王奎。他们两个都喜欢3班的李芫。我是3班的。我跑出去的时候,李芫没动。

来迟了。操场中央站满了人。他们里三层外三层,挡住了张亮和王奎。我在人后跳了跳,还是没看到。这时候"轰"的一声,人群动了,说明里面两个人已经干起来了。

不远处有一棵树,当我跑过去的时候,发现树杈上已经站了两个人。我仰视了一下,眼睛就被碎屑眯住了。

揉得差不多了,我看到操场边沿的围墙上也站了人,还空不少位置。跑过去后才发现,墙太高了。我问一个同学怎么爬上去,他指了指围墙拐角处,那里有几块垒在一起的碎砖。可惜位于最下面的那块砖很小,而上方的都很大,所以我一踩,就倒了。我只好重新码砖,然后踩了踩,见不晃了,这才上墙。围墙外面是垃圾和杂草,然后是一条灌溉渠,再远,是田地。有几个戴草帽的人在跟庄稼拉拉扯扯。

我感到头晕,蹲着或坐着还好,站在围墙上就太高了,我都看到教室房顶上那只羽毛球了。而且，墙很窄，比鞋宽不了多少。想走到那几个人面前很困难，起码我很困难。我只小心地尝试走了几步，就不动了，努力直起身，然后朝操场望去。

确实能看到张亮和王奎在打，但太远了，分不清谁是谁。

你们能看清吗？我冲旁边最近的那个人喊。

凑合看。他说。

谁赢了呢？

还看不出来。

谁吃亏大？

好像张亮，他说着看了我一眼，说，你问个屁啊你问，你自己不能看啊。

我说我看不清。

他说你近视眼吧。

我说我不是近视眼。

他说那自己看自己的，少啰唆。

我是近视眼，但我自己还从来没有认真对待过这个问题。所以围墙上那个人指出我是近视眼让我很不愉快。后来我强忍着不愉快等待操场上的人开始散去时，才从围墙上爬了下来，然后迅速地回了教室。

我没注意到李芫已经不在。

回到教室的人告诉我，张亮是个傻子，开始要打没打的时候，他问王奎是拳击还是散打，王奎没说话，上来就搞，就把张亮搞蔫掉了。

头通的了[1]，他补充道，现在给老歪拎保健站去缝针了。

老歪是教导主任，嘴有点歪，眼神也不正。

我问，他们为什么打架啊？

他环视教室，然后喊了句，李芫！教室外也没人答应，他才说，都是这个李芫。

李芫就是我的前座，上课铃响了，她还没来。几何老师特意看了眼李芫的空座位，撇了撇嘴，有点笑的样子，然后拿起书在黑板上开始抄题。然后大家心知肚明，纷纷拿本子出来开始做题。一共三道，等我们做好了，几何老师点名叫人上黑板写自己的解。喊到了我。我给做错了。

延长线不对，几何老师说，你这延长线都伸到2班去了。

于是大家都在笑，我很难过，低下头，才发现李芫的书包还在。

李芫是快打下课铃才来的，她喊报到，几何老师装没听见。她又喊了声，他才转过脑袋问她，去哪儿了？

我们都想知道。

上厕所的。她说。

上厕所？几何老师笑了，然后转过脑袋扫遍每一个同学的脸，然后学李芫那样说，上厕所的。

大家又笑了。后面几个个子大的还弄得桌椅板凳一阵乱响。

李芫露出厌恶的神色，把脑袋扭向一边，不看几何老师，也

---

1 南京方言，意为"头被打破了"。——编者注。本书注释均为编者添加。

不看同学。我觉得她可能在看教室门前那个花坛,一串蓝色的美人蕉像鬼火一样从花坛里的杂草中蹿了出来。

给我站好!几何老师突然冲门口大吼一声。我们都被吓到了,李芫也是,她浑身上下抖了一下,我看得清清楚楚。

然后她死死盯着几何老师看,几何老师也看她。他们就这么盯着对方看了一分钟,最后以几何老师转移视线而告终。

李芫直接返回座位,我以为她会像平时那样坐下来。结果她用两根(就两根,我保证)手指挑起书包带,然后像拎一只死老鼠那样走了。在门口,她回过头喊了句:"操。你。妈。"我们倾向于认为她是操几何老师妈。

放学的时候,天还很亮。田野里有人在烧被脱了粒的油菜秸,噼里啪啦,很响。那些烟也没上天,而是很低地缭绕。很呛人,每遇到一阵烟雾,我都憋气,加紧蹬车。路旁也有人家晒的豆秸,轮胎轧过的声音很清亮,好像还有豆荚被压裂,豆子像子弹射出。

经过保健站的时候,我看到那扇白漆刷的木门已经关了。

张亮头扎绷带已经躺在家里了吗?

我奶奶坐在她屋子的门槛上。她屋内已经很暗,黑洞洞的,就像巢穴。但她坐在门槛上,头发雪白雪白。她的脚下有一只小布袋和一块竹匾,她用大爪子从布袋里捧出一把麦子送到竹匾上空,然后麦子从指缝泄漏、泼撒,东边来的股股小风将麦芒皮屑吹向一边,竹匾内的麦粒于是非常干净,呈褐色。

不仅如此,她在手扬麦子的同时,嘴里总要发出一种哨音,据说这样可以招风。不过听起来像在哄尿,让人犯困。

她没有抬头看我,而是说,你妈在地里,锄头她也带去了,你人直接去就行了。

我家地挺远的,所以我没进门放下书包,而是掉转车头直接向地骑去。就好像,我家不是我家,我家的地才是我家那样。

我妈说,来不及了,否则不会叫我也下地。

我说,知道,再不把这块地翻整好,就误了。

我所干的就是用锄头把她用铁锹翻挖过来的大泥块敲碎。泥都是新泥,还潮湿着。球鞋和裤脚一会儿就脏了。

不要紧,我妈说,晚上给你洗。

我说,爸呢?

她说,死了。但听不出怨言,就像我爸真的死了,而且已经死了一百年。

然后我们就不再说话。

其实我很想跟她说今天学校发生的事,但我不知道该怎么说,该说什么。

我想说的还有:刚才,就是从家门前到地里的路上,我看到王奎在他家门前打沙袋。这个沙袋是他自制的,是蛇皮口袋,里面是黄沙、煤渣和泥土,像个吊死鬼那样被他挂在歪脖子槐树上。这沙袋吊起来已经有一年多了,雨水都使里面结成了块,我捣过一拳,立即泪如雨下。王奎也并不是天天都打,他可能只比我多打过四五次而已。但他今天打得相当起劲,赤着膊,一拳一拳都很实在,有几片树叶掉在了他的头上。我停下来的时候,他也停了下来。我看到沙袋上有几块血迹，但没看清他手。他告诉我，你知道吗，刚才，就是刚才，张亮带着李芫走了。

去哪儿了？

不知道，说是不回来了。

后来天就暗了下来。我妈说，回家吧。然后她说她扛锄头和铁锹，叫我到地头去把草里那块毛巾找到带回去。我去找了，找了半天也没找到。我妈只好自己来找，她一找就找到了。她说，你真没用。我拿过她手中的毛巾，一股汗馊味儿让我想吐。我说，你这还叫毛巾吗，脏得像抹布。她没有答话，已经走出一大截了。

我把毛巾扎在自行车龙头上，然后骑车追赶她。在她身后很远，我就看到她屁股上有一大块白点，靠近了看，原来是干燥的泥巴。这时候我突然想到了命运。这就是命运。张亮和李芫是命运。近视是命运。还有其他人，都是命运。

在并排的时候，我说，妈，我近视了，要配副眼镜。然后我就使劲蹬了一下车，先走了。

二人独对

在高考结束和分数下来之间,是高中毕业生们最快乐的时光。沉重的压力刚刚过去,新的压力还未成形。在那段时间内,张亮和王奎你来我往,然后分别以他们的家为起点再去别的同学家,这样纠集了足够的人数,一大拨人便浩浩荡荡前往高敏家。

成绩优异、活泼漂亮的高敏被他们冷落和谣言了整整三年,现在他们摇身一变,搞得像群只会上门骚扰的穷亲戚,这也并不奇怪,在那些年头,每年夏天都会有此类事情发生。高敏也已训练有素,只要门前那一连串的捏刹声准时尖叫,她就能迅速从午睡中爬起,套上裙子,喜迎来宾。

高敏家有一个院子,院里有一株大槐树,零零星星洒点阳光在地面,不很热。树荫下有条腿上长满青苔的破长凳(面上本来也有,但都被屁股磨光了),还有井台和一堆乱砖。够他们坐的了。口渴想喝水的,在井台上压几下,清凉的井水就源源不断,不仅能暂时性地喂饱这些如饥似渴的男同学,如果有必要,可以让他们喝一辈子,当然,这也只能选择其中之一。

高敏就搬把椅子坐在门前和遍布在她家院子各角落的人说

笑。开始几回，她颇为害羞，一度邀请过家住不远的孙晓华来陪她。孙晓华是高敏的反义存在，成绩差，胖且丑，因为和高敏自小就好，上学一道来去什么的，如果有哪个坏男生欺负了高敏，她也勇于站出帮助谩骂和追打。对于喜欢美女的男人而言，孙晓华这样的女人必将永无休止地出现在需要该种角色出现的地方，遍布于我们一生的每个角落。不奇怪。

聊天总是从高考开始，他们凭借记忆，对了一番答案。答案一致，他们就互相惊叫、高兴。不一致，如果对方坚持自己是正确的，而且理由充分且声音太大，那么另一方就沉默不语。也有分阵营的时候。数学考卷第三道选择题，高敏和王奎选的都是B，而另外有几个男同学选的是C，双方争执不下，需要仲裁。虽然这种事情一向与成绩奇差的孙晓华无缘，但她现在变得很重要。大家都问她选了什么。

我选的是D，她看了看高敏说，但我知道自己写错了，应该是B。

孙晓华的仲裁引来一片倒嘘之声，事实上，让她仲裁只是个权宜之计，她的意见毫无价值，成绩那么差，还当真了不是。然后他们突然想起张亮还没发表意见，他去上厕所了。于是就开始等张亮。

高敏家的厕所在院子的一个角落，院子里的争执可以听得很清楚。张亮在厕所里多待了一会儿才慢腾腾地走出来，他的手里拿了一本被撕了一半的书。问，高敏，这书借我看看吧。

大家的注意力立即被他手中那本破书吸引了过去，纷纷抢他手中的书。但这都被张亮机警地躲开了。他拿着书径直来到高敏面前。高敏脸有点红,然后谨慎地用两根指头捻了捻那本书,也不知道她看没看,就说,你想要,拿去好了。

张亮于是就拿着那本破书坐到属于自己的那块砖头上了。他环顾四周,发现大家都在看他,这使他有点不好意思,于是低下脑袋想看手中的书,但被王奎一把抢了过去。王奎并没有看那书,而是继续刚才的话题。数学考卷第三道选择题,张亮,你选了什么?

张亮说,我不记得了。然后就起身要夺回那本书。

孙晓华撇了撇嘴,说,亏你还是好学生,连我都记得答案,你倒好,这么快就不记得了?你骗人,快说,是不是选的B?

其他那些人也在旁喊,什么B,张亮,你是不是选的C?

看得出来,高敏也在等着他说。这个院子里,张亮的成绩与高敏不相上下,他的答案此时此刻具有权威价值。如果他说B或C,那么大家就有充分的理由相信,不久之后报纸上公布的答案亦如此。可惜张亮憋红了脸,想了半天,还是没有说是B还是C。

由于大家只记得答案而忘了题目具体是什么,所以也无从提醒张亮恢复记忆。所有的人都对张亮很不满,于是他们开始轮流翻阅被王奎抢在手里的那本破书。这本书是高敏家放在厕所内负责擦屁股用的。高敏有没有使用它擦过一两次屁股,张亮他们谁也没好意思问。书的封面早已没有,但从每页的抬头处可以得知书名,叫《警世通言》,里面还有一些半文不白的故事可以看。

书最后落在孙晓华手里,张亮问她要了很长时间也没要到,因为孙晓华似乎也对那书发生了浓厚的兴趣。其实孙晓华并没有看，她也看不太懂，但她就是不愿意那么果断地把书给张亮。按她的话说，这书是高敏家的又不是你的。

然后他们又谈了一些老师和同学的事，还一起欣赏了高敏的影集。后来又找来一副牌，但只能四个人打牌，高敏是主人，没有打，王奎要打，孙晓华也要打，这时候她才把那破书很不友好地扔给了张亮。除了打牌的四个人，其他人继续聊了聊。有几个熬不住，找借口先走了。于是只剩下张亮和高敏在说话。

两个人，而且还是一男一女，这种交谈在人们看来不太正常，所以他们也坐在牌桌前看那四个人打牌。张亮坐在王奎身边，高敏坐在孙晓华身边。直到高敏父母回到家，他们才慌慌张张一哄而散，各自回家。

就是这样，大家因为都对高敏很有兴趣，所以对其父母有一种恐惧感，一旦那对面孔严肃的长辈回来，大家都很识大体地赶紧走人。不过也有例外，有次高敏父母中途回到家来，看着一院子的小伙们满脸堆笑，然后大家在高敏的带领下去了她家的地里干了一番农活。一直干到天黑。大家当然很高兴，同学在一起干活的经历将越来越少，此种热闹和趣味显得弥足珍贵，人多力量大，大家都争先恐后卖力。不过，这是农忙时节，自己的儿子偷懒跑出去玩就算了，居然撂下自家活不干，帮人家干活，这像什么话。情况很快就传了出去，一些人就迫于压力（父母的和自己所谓"良心"的）不来了。其实他们是多虑了，高敏父母此举也遭到了他们村里人的议论，受到了乡村舆论的指责，认为是在利用女儿，话说得很不好听。因此，高敏父母不仅不再邀请大家去帮他们干农活，而且态度更差了，脸拉下来，和院中竹架上的丝瓜无异。

坚持下来的是打牌的那些人。

打牌使高敏家的来访者固定了下来。当然，能坚持的人不在少数，但是，因为高敏后来也加入了打牌的行列，他们干坐在那儿觉得受到了冷落，实在无聊得慌，那些不爱打牌的人渐渐就不来了。张亮也是自始至终不打牌的人，但他父母都是教师，家里不需要干农活，没有借口不来。最主要的是王奎始终会拉着他来，王奎说，是兄弟你就要陪我。也就是说，不陪王奎去高敏家，张亮就不配做王奎的兄弟。所以，他只好硬着头皮，冒着炎热，继续坐在王奎的旁边看他打了。他对牌没什么兴趣，好在随身携带着那本来自高敏家厕所里的书可以打发时间。

此时，高敏家厕所里已有了另外一本书，张亮自然在上厕所的时候看了一看，不好玩，况且他不能总是把她家用以擦屁股的书全拿走吧。可以说，在这段时间里，张亮每次到高敏家都是看书。当他合上书本，抬起头来，夕阳西下，牌局结束，于是和王奎一道回家。

孙晓华因为肯定考不上任何学校，她的家人当即给她联系了一份工作，走了。打牌的人少了一个。按理说，张亮补上去就行了。但张亮坚持说自己不会打牌，四个人只好坐在高敏家的院子里继续聊天。因为人少，聊天深入了一点，他们开始谈到学校里某男和某女之间的事。这个话题使四个人兴趣倍增，并由此又谈到了更多的某男和某女，以及他们语文老师经常喊女学生到他家背书的事情。

王奎问高敏，老拐（语文老师的绰号）喊你们去到底干吗呢？

高敏就说，背书啊。

他是不是想搞你们这些女的啊？那个叫李锋的终于忍不住把话挑明了。

李锋是留下打牌的四个人之一。这个问题之后他就再也没来了，因为高敏觉得这话太粗暴了，简直是侮辱，而且侮辱到了她，所以狠狠地骂了他。如果是王奎，自然笑纳其骂，还会来。但李锋这人一向自以为是，一向就是惹事不断的家伙。他不服气，便在高敏家的院子里和她对骂了起来，他骂得相当肆无忌惮，男女生殖器全出来了。高敏就哭了，叫他滚。张亮和王奎当然也跟着一道滚了。这次不欢而散使王奎和张亮也有好几天没再上高敏家的门。但他们二人还是每天你来我往，互相串门。王奎从张亮的床上一跃而起，说，我们要不要去看看高敏啊？张亮说，那我就陪你去吧。

事隔几天，张亮和王奎再次出现在高敏家，颇令后者感动。她没有再让他们坐在院子里了，而是将他们请到自家堂屋。蝙蝠牌落地摇头扇轮番吹拂着他们，使他们受宠若惊、备感幸福。但因为环境和某些东西发生变化，他们的话已没有在院子里那么多了。也可能是，本来他们的话都有限，因为人多，你一言，我一语，把时间给撑满了而已，现在人少了，经常出现冷场，就像摇头扇转过去的间歇感到一阵闷热一样。这自然需要新鲜的东西补充。

高敏主动交代了老拐的恶劣行径，据她所说，她曾目睹老拐冬天的时候把手从王梅的脖子后面插进去。张亮和王奎很激动，他们觉得堂屋里空气越来越闷，也不好意思站起来。他们更希望高敏说一说老拐是怎么对待她的。但始终问不出口。李锋已是前车之鉴。高敏也始终不说。张亮和王奎只能想象，想象力也便有如老拐的那只手，这只手准确无误地插进了高敏而非王梅的脖颈，并且和季节有关，还插进了她的裙子和裙间偶尔一闪的花裤头。

正因此，话题到了这地步，三个人都有必要开诚布公了。王奎最后吞吞吐吐坦言自己一直喜欢高敏。三个人脸都红了红。王奎赶紧补充道，也没什么，到九月份大家就各奔东西了，现在说了也算个交代和了结。然后他问高敏，你不会生气吧？高敏小脸通红，然后一笑说，怎么会呢。说着她扭身进了自己的房间，出来的时候抱出一大沓信件，都是男生向她表白的信件。张亮和王奎逐一阅读了这些信件，他们简直不相信自己的眼睛，除了里面没有他俩的信之外，几乎所有的男生都给高敏写了这样的信，当然也包括前些日子与高敏对骂的李锋。张亮和王奎两个人饶有兴致地轮番看着这些信，看完一封就递交给高敏。因为都是王奎先看，张亮后看，所以递交的动作是由张亮完成的。张亮每次抬头时都发现，高敏的脸很红，也很矜持。所以当王奎问张亮喜欢谁时，后者表示一个也没有，态度之坚决就像真的一样。

看信，缓解了王奎因为当面示爱所应有的惭愧之情，同时也让王奎心灰意冷。回去的路上，他说自己再也不会去高敏家了。在他看来，高敏捧出那么多信件就是对王奎"我喜欢你"的回答。

高考分数下来之后，张亮去王奎家互相道贺了一番，他们都考得不错。张亮显得尤其高兴，因为他属于超常发挥，考得过好了点。他抑制不住激动的心情，在王奎家显得坐立不安。最后他没忍住，要求王奎和他一起去高敏家问问她的情况。王奎坚决不去，他宁愿不与张亮做兄弟也不去。张亮没办法，只好自己去了。

这一天下着小雨。张亮赶到高敏家时，后者并没有像以前那样出来迎接。她的父母板着面孔坐在堂屋。下雨，他们不用干活，另外，高敏没考好。他们听说了张亮考得好，有点害羞地朝他微笑，并唤自己的女儿。高敏从自己的房间走了出来，她因为没考好，情绪低落，头发乱糟糟的，脸上还有凉席的纵横印迹。令张亮吃惊的是，高敏这次没套上裙子，而只穿着那条花裤头站在了他的面前苦笑着。

张亮和高敏还有其父母就坐在堂屋里聊了起来，后者唉声叹气，怕女儿落榜，并且不断拿张亮的分数与高敏的做比较，这令张亮和高敏都很不自然。高敏不理父母，然后领张亮到了自己的房间，并且把门关了起来。

高敏的房间他们都没来过。王奎经常对张亮说自己恨不得哪天半夜冲进高敏的房间将其强奸了。如果他真有那勇气，张亮觉得他也得适应一下房间的布局，找准床的位置。现在这张床的位置只有张亮清楚，高敏坐在床上，降落的蓝色蚊帐掩盖了她一半的表情。窗前的一束美人蕉即将衰败，它们开放了整整一个夏天，早已疲惫不堪。

他们一时找不到话说。能说的在这个夏天已经基本说完了，今天来访能互相交流的情况也在堂屋当其父母的面说过了。现在他们二人独对，在她略有清香的闺房中，突然变得相当陌生。

张亮说，我还是第一次到女孩的房间来呢。

高敏说，可能吧，你好像也是头一个到我房间的男同学。

张亮说，比我房间干净多了。

高敏说，那当然。

张亮说，刚才叫王奎来，他死活不来。

高敏说，是吗，他为什么不来啊？

张亮想了想说，谁知道呢。

高敏没再说话，过了好久，她才突然冒出一句，那你为什么要来？

张亮一下子紧张了起来，他没有想过这个问题，所以他答不上来。他似乎刚刚意识到，自己来是错误的，他的存在是提醒高敏认识到自己没考好，好像自己幸灾乐祸，故意让她难过似的。而事实呢，张亮不是，他确实出于一片关心，只是想来看看她，看看美丽的高敏。即便她头发乱了，裙子没穿，但坐在蓝色蚊帐中的她依然令人心动。她雪白的大腿晃得他眼睛一直看在别处。外面风风雨雨，气温转低，秋天即将到来。

这个场景似乎在哪里见过一般。他心情悲伤了起来，仿佛那个若隐若现的前世场景提醒了他这是和高敏的最后一面。这是一种非常奇怪的情绪，不由人的控制，所以，突然间，张亮想给高敏讲一个故事，故事说的是个女人，她不畏权贵，视名利如粪土，对爱情忠贞不渝，可怜她却遭受她所爱的人的欺骗和玩弄……这个故事正是她家厕所里那本破书上写的。当时张亮看完该故事，十分激动，想立即推荐给别人也看一看，并且尤其想推荐给高敏。把她家臭烘烘厕所中最美丽的故事返还给她,是一种报答和深情。如果她懒得看,那么他就讲给她听。当时他确实挺激动的。可这之间是高考分数的揭晓,王奎也不愿再来,他没有时间和理由亲自登门来给她讲这个故事。是的,张亮突然明确自己此行的目的了,那就是借高考分数揭晓之际,以此借口上门来给高敏讲故事。

但高敏没有给他讲故事的机会,她不依不饶,问,数学考卷第三道选择题,你到底选了什么?

张亮想继续说不记得了。

高敏替他说道,你选的是C,对吗?

他只好低下头,说,是。

在社会上

塘村游记

首先，我想念一段书：

传说上古时候，有一头叫作"年"的怪兽，凶猛无比，它被天帝用铁链拴在天上，只在每年除夕夜放它下凡一次。到了凡间，它就会吃人，且人类无力抗拒。后来有人在家门前烧起一堆火，这才使得年不敢靠近了。一传十，十传百，家家户户都在门前烧起了一堆火。但火有熄灭的时候。火烧着的时候，年虽然不能靠近人，但它可以等着火熄灭，照样可以吃到人。有一家看着家里柴火都烧完了，情急之下，便将夏天乘凉用的凉床架上去烧。凉床是由竹子做的，在燃烧中爆裂，发出噼里啪啦的声响，居然吓得年逃走了。这就是爆竹的由来。后来的人，除夕之夜也不再于家门前烧火驱兽，而是使用鲜红的桃木门板将其拒之门外。既然如此，家家户户都需要桃木，后来桃木紧缺，聪明人就想出用红漆涂刷门板，再后来，就有更聪明的人将红纸贴在门上，这便是除夕贴对联的由来。

这段文字是我在一本万年历上读到的，时间是在我除夕下午拉屎时。我有拉屎看书的好习惯，情况基本如此，给我记忆深刻的书都是拉屎时读到的。另外，我跟许多人有所不同，不爱早晨起床就拉屎，也不喜欢上午或中午解决问题，下午才是我拉屎的好时光。这当然没什么道理可讲，起源于多年前的某日早晨醒来，当我遵照拉屎的传统想去拉屎的时候，被人阻止了，那个人是个女的。我只好继续陪她在床上商量爱情，到了中午才起床。中午起床是没有选择的，吃午饭。饭后，又陪她去逛大街，大街上找不到公厕，商场的卫生间也仅供撒尿之用。实在憋不住了，我就离开她，穿过大街小巷，来到一个工地。我喜欢工地。工地虽然总是挥汗如雨热火朝天，但在我看来永远都是荒凉的，在这样荒凉的地方，有如置身荒山野岭。从另外一个角度来看，火花四溅的电焊、枯燥乏味的打桩机和水泥搅拌机，难道不会让你认为那些默默从你身边经过的、戴着橘黄色头盔、穿得一模一样的工人不也正是机器的一部分？或者机器人？在机器面前，我们向来没有羞耻之心。总之，我终于可以脱下裤子拉屎啦。时已下午，等我提上裤子回视我的屎，夕阳也没有使它们金黄，那是几截黑暗无比的屎橛子。一晃多年过去，我每天下午拉屎时，眼前都会再现当年情形，即便这样的年三十也不例外。也就是说，每次拉屎都让我想起那个女的，同时获得"爱情就是屎"的矫情判断。

下面，我得介绍我拉屎的地址，是，鸭镇塘村王奎家的茅房。这种乡村茅房非常典型，那就是不分男女，只有一蹲坑，我知道自己不能蹲得太久。在茅房外还站着我的另一位兄弟，他叫张亮。在年三十为什么会出现这样的情况？说来话长，简单点说吧，就是，王奎、张亮和我，我们是好兄弟。随着我们年龄渐长且一事无成，所以对回家过年这件事越来越提不上什么热情。那么，当王奎迫于父母所求不得不回家过年且他恳请我们相陪之时，我们不得不出于伟大的友谊欣然而往。于是，我和张亮跟着王奎来到了赫赫有名的塘村。注意，赫赫有名也基于伟大的友谊，否则谁会知道这个世界上会有这么个地方呢。

确实，在我们三个人的交往中，塘村作为王奎的老家，被他反复强调。他经常说起六年前发生在塘村的一个故事，一个男的被一个女的杀了，因为前者想强奸后者，而那女的又居然被枪毙了。这是一个简单的故事，把它说出来似乎都是多余。不过值得一提的是，这个女的是王奎的同学，也就是说，和我们一样大。但这不重要，重要的是，我们（具体是张亮和我）确实对发生过这故事的塘村心怀敬畏。塘村除了这些，当然还有一方狭窄阴暗的塘。这在我们来时已经看到了——村子依塘而建，树木高大，巨大的喜鹊窝在树叶落尽的树杈间窝着。道路和塘之间是坡地，坡地上是葱郁的竹林，竹林间的小道逶迤而下，直至塘岸，偶尔水光一闪，有如刀光剑影。我们来到王奎家门前止步时，王奎意犹未尽地说，如果一直走下去，会走到也曾不断被他反复强调的棺材窝子（乡村公共墓地）。王奎说，这里是平原地带，没有山，他一直引以为憾，好在有村东的棺材窝子，所以塘村人自古以来就不缺"上山砍柴"的丰饶。在那里，坟包千万，灌木丛生，确实是个砍柴唱曲儿的好地方，砍柴唱曲之际偶遇个把白胡子老头也未可知。

然后我们就见了王奎的父母。王奎的父亲是个电管站收电费的，所以看起来属于乡村干部形状，脑壳明亮，头发稀疏，穿皮鞋。王奎的母亲是典型的农村中年妇女，手掌巨大，身材一如门前的菜坛子，满脸堆笑，喜迎来客，对比于其黝黑的面孔，暴露了两颗闪闪发光的钢质假牙。

下面就是王奎的妹妹了。来之前，王奎也说过一两次有这么一个妹妹。在王奎的描述中，或者在我们的印象里，这个妹妹还很年幼，身居穷乡僻壤，面黄肌瘦营养不良简直是肯定的。或许也与春晚小品给我们的暗示有关，妹妹一定是要扎两条又粗又黑的辫子的，中间是一条笔直雪白的头皮，而且裤裾必然会因为成长而将细若麻秆的脚踝和同样数量同样品质的手腕裸露在年底的寒风之中。她应该会羞涩地避开张亮抚摸其脑袋询问其名字，低着头，用蚊子一般的声音回答说：我叫王娜。但事实太出人意料了，王娜完全不是我们所想象的那样。虽然还在初中，但发育好得有点过分。穿着打扮亦非我等所想，拉直的长发、高领红毛衣、白牛仔裤和流行一时的帆布球鞋。王奎也对自己亲妹妹的发育状况略感惊讶，他依稀记得自己小妹妹从家门中冲出来扑到自己怀中的陈年往事。而现在，王娜对我们（包括王奎）只是略微点头致意，然后转身回到她自己的房间。我看见张亮原先准备抚摸妹妹小脑瓜子的脏手只在自己的裆前左右相搓，并满面羞惭地低下了脑袋。

在王奎的房间，我们一时不知道说什么才好。王奎简直是个骗子，有这样漂亮的妹妹却不事先告知，怎么说都是对伟大友谊的严重亵渎。张亮没忍住，他说，王奎，你妹妹真漂亮，真是初中生吗？王奎意识到了问题所在，他没有回答问题，而是骂了起来：你们两个是不是脑子有屎啊。我看见他说这话时脸也红了，这说明他很认真地在骂人。

所以我说，王奎，你们后面这片竹林真不错啊。王奎需要的就是我这样的话，他于是立即轻松起来，说，是啊是啊，家家门前都有啊，门对千竿竹，家藏万卷书嘛。我说，书呢，哪儿有？他说，没有。张亮不失时机地说道，看书才是脑子有屎的表现。我说，我要看书。

没错，他们知道我想拉屎了，这就是伟大的友谊。于是才有王奎给我找来了那本万年历，才有张亮站在王奎家的茅坑外等我。我不知道他为什么要等我，或许也可以理解为伟大的友谊。问题在于，他站在王奎家的茅房外使我的拉屎行为臭名昭著。王奎父母经过时问他为什么不待家里，而是面朝茅房？他就诚实地告诉他们我在里面拉屎。虽然隔着一道门，我仍然可以想象他对着这对中年夫妻露着笑容用手指着茅坑的形象。我不知道他们有没有顺着张亮的手指看向我蹲点的方位。所以，我看完那段有关年的传说后就出来了。

赶在我开骂之前，张亮笑盈盈地凑过来告诉我：王奎妹妹刚才来过又走啦。

哦。我朗声应道。

一切按照古老的传统进行。黄昏时分，天还很亮，王奎家就开饭了。在塘村，年夜饭开得早将预示着来年一切都占先机。开饭前照例要贴上对联，然后在门前猛放一阵爆竹。这个都由王奎、张亮和我代劳了。在放那种冲天炮时，发生了一个小小的意外，那就是张亮没将它坐稳,使它倾倒,冲天炮火平行于地面向四面八方乱射。有几枚冲进家门,在摆满丰盛菜肴的桌下爆炸。王娜因此发出与她年龄十分吻合的尖叫。好在这只是虚惊一场。

作为闯入者,张亮和我分别和王奎父母喝了杯酒,对我们的打搅表示了极其诚恳的歉意,并同时表示了我们为能与他们共度除夕感到由衷的荣幸。此外,张亮还敬了王娜一杯酒,对刚才燃放冲天炮的失误让后者受惊表示了一个兄长才有的愧疚。这个遭到了王奎父母猛烈的拒绝。他们说,过年就需要这样,热闹嘛。还说,你们来了,哪里又是什么打搅呢,太好了太好了。王娜浅浅一笑,举起她喝可乐的杯子,然后凑到唇边抿了一点点。在我看来,她没有接受张亮的道歉。于是我鼓动张亮重新向我们可爱的妹妹敬一杯酒。张亮几近失态,这次居然举杯说出了"祝妹妹学习进步"的蠢话。即便他诚意满满,将自己的酒一饮而尽,王娜看都没看他一眼,仍然只是抿了一小口。轮到我敬我们可爱的妹妹时,我当然是祝妹妹"越来越漂亮"。果然,我们的妹妹有点不好意思地笑了笑,不仅认真地喝了一大口可乐,还启唇发音吐了两个字:"谢谢。"

王父是收电费的,王奎母亲也没闲着,除了种田,也贩卖水果。酒桌上,她倒是说了一句颇有意思的话,不妨直录。鉴于王奎、张亮和我迄今未婚的现状,作为过来人,她不得不提醒我们,找对象和买苹果是一回事。如果不趁早挑拣,迟了,只能拣烂苹果了。

饭后,天还是没有黑。大家坐在堂屋陪王父说话。这个收电费的老头,酒精刺激使他热衷于谈古论今。而在这些古今中外的话题中,他特别关心台湾何时回到祖国母亲的怀抱。然而,他的结论是悲观的,认为自己这代人(刚年过半百)怕是看不到那一天了,大有"但悲不见九州同"的感伤。从小看《舰船知识》长大的张亮,居然跟王父非常聊得来。为了抚慰王父这一片拳拳爱国之心,不得不擅自要对台湾诉诸武力。不仅如此,针对武力统一台湾,张亮还提出了自己诸多独到的战略战术,深得王父的赞赏。我的注意力则在可以看见的厨房。在那里,王母正和她发育完美的女儿在洗刷锅碗,倒也风光旖旎。唯有在一旁的王奎显得焦躁不安。他不断示意张亮停止这种居心叵测的热烈交流。更是以教训的口吻提醒自己的父亲不要错过年年期盼的春节联欢晚会。看电视吧,他说,春节联欢晚会要到啦。于是我们开始看电视。春节联欢晚会还没到,它当然会准时到。它不可能因为全国人民急迫的等待而提前,但我们就像真的在急迫等待似的。

等待使人困意绵绵。一道巨大的闪亮从门外照射了进来。天黑了,在远处村庄的上方开始不断地升起五颜六色的焰火。我们先看到它们耀眼的光亮,然后过一会儿才能听到空旷的炸响。现在我们终于有理由摆脱王父的纠缠了,看焰火吧。

和我们站在一起眺望焰火的还有王娜。她就站在我们的身旁,当然,其中空隙还可以站一个人,但没人,只有从背后吹来的风穿过其间。当一朵焰火腾空而起,炸开,放出光亮,我们便可以看见她优美动人的侧影。她的长发在风中飘动,她的眼睛在焰火的明灭中扑朔迷离。焰火让我们兴奋,似乎是试图盖住远近的爆炸声,我大声疾呼般地提出了我的置疑,为什么我们没有买焰火来放？难道我们可以因为二十多岁了就主动放弃燃放焰火的权利吗？好吧，即便如此，我们的妹妹，王娜，她才十几岁对不对？（简直令人不太相信。）她难道不正是一位与焰火具有相同品质的少女？她观望远方焰火的眼睛是这样美丽，难道不该让她扭动少女的身体点火、逃离、捂耳、跺脚和欢笑吗？太应该啦！

当即我们由王奎领路前往他们村口的一家小杂货店买了许多焰火。在路上，我们看见有些孩子拿着那种燃烧的火药棒在村道上奔跑。这鼓励了我们，我们怀抱着焰火往家的方向跑。我多么希望王娜会站在她家门前等待着我们。在我看来，那简直是肯定的。

可惜，没有。她到同村一位女孩家玩去了。

晚会开始了。我对王奎说，焰火留着给你妹妹明晚放吧。王奎没有反对，张亮也没反对。但我们对晚会确实没有兴趣。我们躺在王奎的房间里百无聊赖。没想到来到塘村会这样无聊。我就躺在王母给我们铺的那张床上，滚热的茶水使酒精早已过去，我感到无比清醒。一百瓦的灯泡足够明亮，而窗外，除了偶尔升起的焰火就是一片漆黑。即便是新年，我也可以听见乡村夜晚的寂静，或者在鞭炮和焰火的爆炸缝隙，更加寂静。在我的身下，具体地说是在褥子之下，是王母铺垫的新鲜稻草，它们干脆、金黄，散发着粮食的清香。我突然想念起我的家乡来了，我的父母大概也在想念我。这令我感到忧伤。

于是我从床上坐起来，说，王奎，弄点好玩的事做做吧。张亮没有坐起来，他一如既往地躺在床上，闭着眼睛说，王奎，去找个人来打牌吧。我就说，是啊，打牌好。张亮这才一下坐起来，说，把你妹妹找回来打吧。

不提妹妹还好，提到妹妹王娜，王奎生气了。隔墙有耳（王奎父母），他压低声音说，你们两个这样有劲吗？

张亮把头埋在被子里奸笑了起来。是的，这样挺有意思。

我说，有劲。

王奎盯着我，不说话。

我说，你妹妹很漂亮对不对？

王奎还是不说话。

我说，我的意思是，真难以相信你这个猪头三有这么漂亮的妹妹。

王奎怒目圆睁。

张亮更进一步，说，王奎，你也别装了，难道你不喜欢美女？

王奎这下真急了，大叫一声，你们都给老子滚蛋。

见我们没动，他自己径直出了家门。

我们知道，出于伟大的友谊，王奎出门替我们找牌搭子了。

王奎去找了他的堂兄弟，但他堂兄弟要去村里老大家谈事，所以没来。关于塘村老大，我们也是早有耳闻。按王奎的说法，此人乃当地一霸，斯世豪杰。早年在码头挥刀砍人，正所谓一刀成名。其间"几进宫"（坐牢），颇多坎坷。三十来岁方定型，承包工程，铺桥修路，与人为善，正经买卖。与领导喝酒，携美女出入，食肉衣裘，香车宝马，好不风光。而王奎的堂兄弟，也跟着塘村老大混得风生水起。堂兄弟显然是塘村老大的小弟，而绝非王奎的小弟，他们有大事要做，岂能将时间浪费在我辈的牌桌之上？我辈除了羞愧，只能慨叹：那，到底干什么呢？这么长的夜晚。

王奎没有让我们失望，他带回了一把气枪。

我们去打鸟！他说。

走兽大概早在年这头怪物被鞭炮吓跑时就绝迹了。好在数千年来，飞鸟翩翩，不绝如缕。此时它们酣睡林梢，对辞旧迎新浑然不觉。适逢月黑风高，正是打鸟季节，真好啊，这大概就是我们来塘村的目的。张亮和我还挺激动。

可以想象，披风戴霜之夜，三个汉子在竹林中穿梭，他们枪法一流，动作矫健，枪响处，羽毛纷飞，鸟雀坠地。真实情况与上述大差不离。

事实是，根本不需要枪法。我们的手电向竹叶丛中照射，看到那些肥硕的腹部，枪几乎抵住，扣动扳机即可。所获多为野鸽，这些肥大的鸽子在所谓"呓语咕咕"中中弹身亡，生死尽在梦中。也有一些麻雀，它们太小了，一枪下去，就会被打得破烂不堪。不过，尽量不要去触碰那些竹子，这会惊动了它们。果然，不断有一些翅膀扇动的声音向着高空飞去。

它们会飞到哪里去呢？我问。

王奎说，不知道。

张亮问，它们不再回竹林了吗？

王奎说，肯定不回。

对此，我感到遗憾，这些一面之缘的鸟儿就此永远消失在我的视野，其实是令人忧伤的事情。所以，我们只能把它们全部打下来，那样才不会有任何遗憾。我们收获巨大，我相信，把我们塑料口袋里的鸟雀全部拔毛去屎，也完全可以烧满满一大碟。当然，吃，无所谓。我们不是爱吃的人。

我们来到路口，在一户人家的猪圈旁边坐下来歇一歇。张亮提了提塑料口袋，十分得意地说，里面绝大多数是他射下来的。王奎没有反对，我也没有反对，我觉得反对是多么无聊。在我们身旁圈里的猪正在哼哼叽叽。猪都是这么哼的，没什么特色。不过这头猪是如何躲过乡人在年底有计划有预谋有组织的、对家畜家禽展开的大屠杀而活到现在的呢？于是我用手电照了照，这使我发现它的两排巨大的乳房在地面上拖来拖去。

原来是一头老母猪，张亮感叹道。

说话间，我们所面对的这户人家门打开了，突然降临的灯光使我们眼睛为之一亮，继而一黑。但见一条黑影在门槛上愣了一下，然后还是犹豫着走过来了。来人提着一个铁桶，提手吱呀作响，他是来喂猪的。黑暗中看不清相貌年龄，凭走姿，王奎就能认出此人。

王奎对那喂猪的说，二子吧，怎么这么晚还喂猪啊？

二子说，啊，是王奎啊，你们这是干什么呢？

然后王奎向二子介绍了张亮和我。闻听远客驾临，二子怎么说也要邀请我们去他家坐坐。瓜果梨桃，花生瓜子，沏茶倒水，一顿忙活，总算坐了下来。

二子跟王奎也是同学，但当年落榜，没考出去，也未外出务工，一直待在家里，被王奎誉为"家里蹲大学"教授（趁二子去倒水时）。教授虽主业务农，却不坠青云之志，平素研习诗书，笔耕不辍。听说张亮在一家杂志编稿子，教授两眼贼亮，慎重地打开抽屉，取出一叠文稿。有分行的诗句，亦有密密麻麻的文章。虽系手写，但誊写认真，字字清晰，只是我们信手翻过，一个字也没看进去。见我等如此敷衍，教授摇头含笑良久，这才从抽屉最深处掏出一本封面有大美女的杂志来。封面美女是谁，未及细看，教授就翻开目录，用一根指甲缝中有黑垢的手指指出一篇署名为"馒头村主"题目为《态度一种》的文章。按页码翻到，众人传阅，好在篇幅短小，千八百字，一目十行，迅速读完，大意是二子或教授或馒头村主虚构了自己一次因为失败后来奋起最终取得胜利的故事，旨在表明，退一步海阔天空是错误的人生态度，正确的应该是：进一步海阔天空。

二子，你写得真好！大家异口同声赞叹道。尤其是张亮竖起拇指表示教授的才华为当代众多作家所不及之后，二子喜笑颜开，不禁起身依次给张亮、我和王奎分别续了茶水。

二子二十啷当岁，何以取"馒头村主"这样老气横秋的笔名？二子赐教了三点：第一，塘村东头是一大片坟地，即棺材窝子，这在前文已有交代，后面还会说到。第二，唐朝诗僧王梵志有一首著名的《城外土馒头》，诗曰：城外土馒头，馅草在城里。一人吃一个，莫嫌没滋味。第三，《红楼梦》里水月庵浑名"馒头庵"，亦有诗曰：纵有千年铁门槛，终须一个土馒头。

我们听了一二三后，不禁感到疲倦，居然一时忘掉了对二子应予以赞颂，看起来倒像是陷入了沉思。参禅，玄机，人生一世，所为何来？好在大家很快就打起精神，站起身要走。张亮边往外走还边赞叹道：笔名都能高占如此，真是林下高士啊。

和二子依依惜别之后，陡然置身深夜，我们这才发现很冷。张亮提议不再打鸟，该回去了。于是，我们就朝王奎家走。这时，在前方，隐约晃动着一条白色的人影，形象相当婀娜。想起二子的引经据典，大家不禁倒吸一口凉气，是鬼而且还是女鬼？一念至此，我们又觉得有必要加快脚步上前看个究竟。没想到，我们加快脚步，她也紧赶慢赶了起来。直到王奎喊了声：王娜。白色人影才立在原地回头看我们，果然是王娜。她穿了一身雪白的长款羽绒服。

被你们吓死了，王娜说，我还以为有鬼呢。

我不由得看了眼张亮，后者也正看着我。我俩不禁扑哧笑了起来。

哪里有鬼，别怕，张亮上前试图安抚我们的妹妹，王娜躲开了。

不是鬼，起码也是坏人，王娜娇喘道。

王奎说，他们两个确实不是好人，妹妹，别理他们。

王娜听哥哥这么说，也笑了起来。

然后，她看了看我们的收获，仅用食指和拇指掂了掂，问：就这么一点啊。

不少了，王奎解释说，又不是杀猪，哪有那么多肉。

她说，那你们可以去打兔子啊。

哪里有兔子，我这就去打，张亮叫道。并且他不再走了，他要打兔子。

兔子不在竹林里，它们在那里无处藏身，它们出没于村东头的棺材窝子。我们没有回王奎家，而是折身返回，我们要为我们亲爱的妹妹王娜去棺材窝子打兔子！

棺材窝子，果然名不虚传，看来一向诚实的王奎果然诚实。他没有虚报数目。即便此处没有整整一万个死人埋在地下，也有一万左右。这片广袤的坟地不是塘村的人可以充实的，王奎说，几乎整个鸭镇所有的人死后都会埋在这里。

包括你？我问。

那就不知道了。王奎说。

啊，写"进一步海阔天空"的二子难怪要给自己起一个"馒头村主"的笔名，不身临其境，很难体悟这个笔名的意味。在我看来，该笔名与成吉思汗有异曲同工之妙，真是惊天地泣鬼神，波澜壮阔，惨烈无比。那么多死去的人垫着我们的馒头村主，我们的二子眼睛真是雪亮。

不过，要想寻找兔子可不是一件简单的事情。兔子喜欢待在洞穴里。在坟地寻找洞穴，是不是会扒拉出一些锈迹斑斑的尸骨呢？

没有什么好怕的。我感觉自己一点也不怕。张亮肯定比我更不怕，应该说，打兔子，他最积极。而王奎，他在此地生活多年，更没有一点怕的道理。我们不放过任何一个看起来像洞穴的地方，但结果一无所获。我们看到的最多的是那些新旧、大小不一的坟墓和石碑。"祖""考""妣""氏""大人""孺人"，反正就这些字。确实没什么好怕的。我甚至无意踢翻了几个碗碟，那里面有一些鱼啊肉的。在活人辞旧迎新之际，死人也应饱餐一顿。

小时候我母亲讲过一个故事，说一个人很穷，没饭吃，一到过年过节就在坟地转，大鱼大肉吃得很是快活。这么想着，我就把这个故事跟张亮王奎说了。张亮说，那你吃啊，有种你吃啊。

王奎也说，就是，说有屁用，你敢吃吗？问题牵涉到一个"敢"字就复杂了，如果我不吃，就是不敢。好吧，我就不敢，不吃。

我再次警告他们，找到兔子才是此行目的，不要瞎搞、打岔。

我们继续找洞穴及可能躲藏在洞穴里过年的兔子，于是我们继续找不到。王奎一直不积极找，我也觉得已没有可能性。只有张亮热情不减，似乎他和王娜约定了明天的早餐，那就是后者起床后有兔子肉吃。

然后，在一个坟前，王奎停了下来。

这个坟很不起眼，并非砖砌，也没有抹水泥，就是最经典的隆起的黄土包子，倒是极其吻合"馒头"一说。可怜封土已经塌陷，坟头上枯草萋萋。看样子鲜有人来祭扫，没人培土，也没人供奉碗碟。照这样下去，最终将无人知晓这里曾经埋过一个死人，同理，最终也将没人知道这个人曾在世界上活过。

因为没有墓碑，大家不禁好奇。谁呢？王奎倒是记忆犹新。没错，他说，这里面埋着的就是那个被枪毙的女同学。她是我们的同龄人，在六年前就已经死掉了。按某种说法，她比我们先走六步。我们使出浑身的力，也别想赶上她。

她叫高敏，王奎告诉我们，该女同学生前成绩极好，简直与王奎一样好，但可惜和馒头村主一样没考上学校。高敏家里穷，老母早死，老父有病，需要她的照顾，所以她一直待在塘村务农。其间谈过几个对象，似乎她都不满意而作罢。后来发生了那事，那男的没有强奸成功，在她的奋力反抗下，只好悻悻而归。没想到此人晚上在家躺得好好的，被提刀翻墙越窗而入的高敏给活活砍死了。

这真是一个不幸。我们就站在她的坟前抽起了烟。恍惚之间,我觉得高敏就是我的女同学,我曾对她想入非非,也曾在乡村道路上紧追不舍,她有那么健康的身体,关键她的成绩还很好,她的橡皮特别香,我当然想强奸她。因此我坚信王奎曾经想强奸她,张亮也是。

我于是说,咳,如果现在她从坟里走出来,王奎,张亮,你们谁娶了她吧!

说完,我拔腿就跑。在奔跑中,我感到浑身汗毛都竖立了起来。于是,我发出了尖叫。在我的身后,追赶而来的王奎和张亮也同样发出了尖叫,首尾呼应的尖叫使塘村众多的狗也跟着狂吠不止。我的手中还抓着手电,因为跑动,光柱乱舞。这一切是多么混乱。

后来,我停了下来,蹲到地上大口喘息。在手电的光柱里,我看到我口腔喷出了大量的烟雾。然后,我才发现自己没有跑到村里,而是在麦田中央。村子与我隔塘相望。王奎和张亮作为两条黑影在向我靠近。于是,我索性躺在冰冷的麦地里仰望星空。我已经多年没有仰望过星空。由东而西,巨大的银河。那些遥远的星球此时正在灼热地燃烧,然而所至,竟是如此寒冷的光芒。

王奎、张亮大概也累了,他们坐在我身边,王奎还夸张地用力将枪座跺在麦田里,像一个绝望中的战士。此时此刻,自远而近响起了鞭炮的炸响。天哪,零点将至了,大地就要回春啦。

现在,就是这些鞭炮,它们越来越多,越来越近,越来越响,在我们的四周。

我们深陷埋伏。

鸭镇夜色

晚饭后我们干点什么呢？什么干的也没有。只好摸黑打篮球。

后来，我们发现离篮球场不远的门房处来了一个年轻的姑娘。她看起来有点急迫，正和门房刘师傅在说着什么。应该是听到篮球撞击地面的声音了，所以她边急迫地说，边不断向球场这边看。不过我们能确定的是，她什么也看不到。

门房的门头上有一个两百瓦的大灯泡，它每天傍晚六点半左右亮起，直到第二天凌晨五点半才会熄灭。瓦数不小，如果在室内，会很明亮，但它被安置在门头上，赤裸裸地置身地球表面的黑暗，任务就过于繁重了。除了门前一块，还得力不从心地照耀门房一带的空气和花木。也就是说，姑娘看不到我们，我们也看不清姑娘。为了看清，我们走了过去。

张亮和王奎是同时到达的。球现在不在我们手上，它应该小幅度滚动在球场旁边的草丛里，或者静止其中。

这个女的是来找梁小春的，她是后者的表姐。

梁小春是今年新分配来的女教师，也不是鸭镇人。长得可能不错。究竟是不是这么回事，还不能确定。这也可能跟她不与我们在一块儿玩有关。按理说,她应该和我们一起住在校园后面的单身宿舍里,那样,我们就会邀请她到我们的宿舍组织一个小小的牌局。那样一来,多好。可惜。也可能是她胆小吧,或怕我们对她做什么(毕竟我们都是男的),当然也有可能是其他原因。总之她就是不住校,而是听说住镇上的表姐家。表姐何人?看来就是眼下这个漂亮的姑娘。

对于梁小春还需要多一点介绍比较好。据说她和我们前些年刚来时一样,也对这份工作很不满意。她不想当老师,更主要的是,她就是本城姑娘,却被分到了这个鬼不生蛋的穷乡僻壤鸭镇。不像我们,天生不是本地人,怨气小点。我们猜,她还在赌气。而且在我们看来,再过几年,等她年纪赶上我们了,气也不会消。但也不会膨胀,就那么大的气了,固定了,怎么说才好呢,说是像固体一样有固定体积和形状的气体比较合适。所以,除了上课,这个叫梁小春的年轻女教师从不与任何同事打招呼,这当然包括我们。看来她是打算誓死做一个与集体格格不入、坚决不与世俗同流合污、尽量保持一个女大学生所应有的矜持的人了。也可能和她所任教的学科有关:她是化学老师,又是新来的,有必要多干点活,所以兼任化学器材室的管理员一职是再合适不过了。也就是说,她的办公室就设在器材室里,不必要和一大拨人沉瀣一气、共处一室。当然了,说别的没用。让我们还是听信传言吧,传言这姑娘脾气不仅古怪,而且相当古怪,古怪到只能用古怪才能修饰的古怪。这样挺好,有一个脾气古怪的年轻女教师对我们来说毕竟是件有意思的事。换言之,当我们被人提请注意梁小春的时候,我们忽然对后者产生了浓厚的兴趣。

我们的记忆是：梁小春除了穿着化学老师固有的白大褂像鬼魂那样从我们的办公室窗前一划而过，就是表情木然地坐在器材室与两大柜子的坩埚、试管和写满标签的化学药品为伍的样子。值得称奇的是，她不仅将这些器材排列得整齐有序，而且置身其中的她也是如此精湛的队列中的一员。

表姐告诉我们，平时表妹在六点左右就可以回家（表姐家），可是今天天都黑成这样了，她还没有回去，而且手机也打不通（应该没电了）。表姐于是苦着脸（仍然漂亮）说，没办法，我只好找到学校来了，找你们来了。

这就对啦！王奎热情洋溢地夸奖了一通我们的表姐，你找到学校来真是太正确啦！

如果你不找到学校来，被我们知道了，我们会怪你的，我们会找到你家的！张亮不甘落后地说道。

刘师傅见状，露出很失落的样子，看样子他不太想把表姐就这么轻易地过手给我们。所以，即便他迫不得已将表姐移交给我们了，仍然不愿意立即消失，而是继续站在一旁。并且我们还注意到他多次张嘴想插入谈话，但都被我们毫不留情抢了过去。年纪大了，可能确实唇舌不够利索，说不过年轻人。不知道我们上了年纪是不是也会这样，如果是，我们决定从此不长了。

对于梁小春的失踪事件，和别人相比，应该说王奎的责任最大，因为他和梁老师都任教于初三毕业班，而且都分别是班主任。具体是，王奎初三（1）班，梁小春初三（2）班。而且，他们的任教班级是交叉的，即，王奎也教2班的语文，梁小春也教

1班的化学。为了不被肩膀上的重担压垮，王奎在身材高挑的表姐面前直了直身体，挺了挺胸脯，做出了当仁不让带领大家寻找梁小春老师的架势。

他先带我们去了初三（2）班的教室。谁都知道这是多余的。每天天黑之前，刘师傅都会在校园里转一圈，检查各个班级门、窗和灯是否已关上。不过，除了刘师傅，我们也都没表示反对，在走动中，我们发现表姐两条腿并得很紧，脚尖不外八，也不内八。

结果当然如刘师傅所料。门窗都关得死死的，一把大锁挂在门上，在黑暗中显得无比结实、安全。教室里也是黑的，但因为两面墙分别都有两扇窗，所以也并不显得太暗，依稀可以看见值日生在打扫完教室后，又重新将桌椅排列了一下，很整齐。定睛细看，这些多年来被勤加摩擦的桌椅，在黑暗中使劲吸收室外的光线，然后轮廓清晰地泛着清光，有点像眼光。好像它们和每天用臀部挤压它们的家伙一样，还很年幼很调皮，只要我们一转身离开，它们马上就闹哄哄地吵起来，有的甚至还会离开自己的位子跳到别的桌椅上去。

我们的梁老师不会独自一人躲在其中，而且也无处可躲，但我们还是和表姐一起忍不住把脸贴在窗玻璃上朝里面窥视了良久。然后就是我们离开窗户，直起身，和表姐你看看我我看看你，并且用相当谦逊的笑容来表示彼此什么也没发现。

在化学器材室，也就是梁小春的办公室外面，王奎没有急着让表姐再次率先将小脸贴在玻璃上，而是自己挡在前方，突然向表姐发问，表妹最近有没有遇到什么不顺心的事？表姐想了想，说，应该没有。王奎点点头，说那就好那就好。这才闪开身体让表姐朝里看。

仍然什么也看不到。如果我们没有忘掉氰化钾的分子式并且此时有足够的光线，那么我们就可以看到该药物就摆放在左边那个大柜子的第三层，具体是靠里倒数第二个看起来很不显眼的那个玻璃瓶。这对化学专业毕业的梁小春来说，是一眼即明的赫赫存在。说来话长，在很多年前，也可能就在我们来之前不久，一个教师曾吃过这瓶氰化钾。吃了很多。据说此人活着时饭量也很大，曾在食堂与人比过饭量和肉量。不过氰化钾毕竟不是食物，没等他吃完，人已经完蛋了。也就是说，他还给后人留了半瓶。

我们当然也不可能相信刚刚工作不久的梁小春会这么快速地厌倦生活而选择灌下这余下的半瓶氰化钾了断自己。我们只是觉得，表姐和我们这种脸贴着玻璃朝里观望的神态颇有意思。换言之，与其说是我们在寻找梁小春，倒不如说是希望在办公桌后的地面上发现一具年轻的女尸。这具女尸的面部也许痛苦地扭曲着，也很可能像日常睡眠那样安详，说不定还在黑暗的化学器材室的地面上栩栩如生，随时都可能坐起身茫然地看一眼前方的墙角，叹一口气，然后站起身冲外面的人笑一笑。

我们只好回到门房那个两百瓦的大灯泡下想办法。

刘师傅因为刚才的事，把凳子全藏了起来。不过，好在他还是为我们的表姐留了一把藤椅。我们环绕在表姐四周站立着，一时还找不出什么话来说。仍然是刘师傅打开了僵局，他举了举捧在手上的那个作为茶杯的水果罐头瓶子，问表姐是否需要喝口水？说着还扭开了瓶盖。我们注意到铁皮制作的瓶盖锈迹斑斑，和茶渍混为一体。而在一点儿也不透明的玻璃杯壁上，还残存着那块早已破碎不堪的水果罐头标签。表姐婉谢了。刘师傅有点失望地自己咕咚喝了一大口，然后咳了一口痰，狠狠地啐在自己的脚尖不远处。

　　灯下，我们再次欣赏了一番表姐。真很漂亮，五官清晰准确，脑门圆润饱满。颌骨略向外突，这使我们永远不要担心她会有个双下巴。头发或许因为夜和灯光，格外垂直而有质感。如果她的表情能够舒展开来，即不表现出因为表妹的事而烦恼的话，我们相信她会更漂亮。张亮见状，就敦促王奎另想办法。王奎拈了拈下巴——五十年后大概会有胡须的地带——然后要求刘师傅将花名册拿出来。有必要补充的是，花名册是用来记录我们鸭镇中学的教职员工是否按时上下班的重要依据。具体是每天签四次自己的姓名，分别为早晨上班、中午下班、中午上班和下午下班。刘师傅表示反对，他声明自己已经查过了，梁小春三字清晰无误地在该日花名册上准时出现了四次。不过王奎并不以为然，坚持己见，既然刘师傅不愿意拿出来，他只好自己动手，从门房那张桌子的抽屉里给翻了出来。查验结果再次表明刘师傅是正确的。后者不免发出冷笑。王奎岂能甘心，他明知故问地问了刘师傅一些有关签字的规则。这些规则，领导反复交代，并印发成文件传达给所有人反复学习过了，也就是说，除了我们的表姐，没人对此需要打听和回答。不过，刘师傅也和大家一样意识到了表姐并不知情，所以这一次居然很配合王奎，一五一十地将签字规则很专业地背诵了一遍。结论是，梁小春和其他老师一样，下班走了，有其亲笔签名为证，离校时间是下午五点左右。

王奎向表姐复述了他和刘师傅所得出的结论。后者不知所以，只好点头表示同意。但张亮却在旁边攻击王奎，他讥笑王奎假模假式搞半天，全是废话，毫无价值，因为从这里面根本看不到一丝线索。王奎振振有词地反驳道，怎么会毫无价值呢，它说明梁老师已经离开学校，起码告诉我们应该去校外寻找梁老师。说的也是。张亮仍然不依不饶，请教道，那么，去哪儿找呢？

问题确实就在这里。这确实把王奎给问住了。在一旁有点看不下去的刘师傅看到这两个年轻人争执不休，不免大摇其头。大家被刘师傅摇头晃脑的模样所吸引，直到对他摇头的动作感到厌烦时，后者才及时止住摇头的动作，提醒道：也许学生知道。

于是，语文教师王奎给初三（2）班的语文课代表打了个电话。课代表非常惶恐，表示自己并不清楚班主任梁老师的下落。因为惶恐，她建议老师可以去问问初三（2）班的班长周强同学。不过，周强家没有安装电话。在鸭镇，安装电话的农家还很有限。张亮在一旁提醒王奎，没有安装电话，也不意味着周强父母没有手机。至于这一点，初三（2）班的语文课代表告诉她的语文老师王奎，首先，班长周强同学的父母是否有手机，她不知道；其次，就算有，号码多少，她还是不知道；第三，就算有人知道号码，大概也只有作为班主任的梁小春知道。也就是说，当务之急是立即联系初三（2）班长周强同学的父母，然后通过其父母找到周强，再通过周强打听梁小春的下落。而这一点的前提是得先知道周强父母的手机号码，而就目前看来，知道周强父母手机号码的只有梁小春。

这太绕了，而且是不可能的。最后，我们认为，只有去这位叫周强的家找他了，即便他不知道班主任梁老师的下落，也许可以获得一些线索。

好在路程并不远。

周强家就住在蚂蚁村,距离学校大约需要十来分钟。出了校门,穿过镇中心后,得别进一条巷子,然后绕过一方池塘才能到达。路不远,也好走,所以表姐将自行车锁在了学校,交给刘师傅妥善照顾(后者认为前者完全可以不锁),她则和我们一同步行去。

鸭镇这个地方,就我们有限的了解,自打有人类居住以来,一直是乡村,近些年才为了迎合席卷全国的城镇化建设浪潮,撤乡为镇。所以,在原来乡政府、供销社、医院、菜场、信用社和学校集聚的地区逐渐增添了居民楼、超市、银行、桑拿房、卡拉OK厅和餐馆等设施。也就是说,当夜幕降临,全鸭镇陷入黑暗的时候,独有镇中心这么一块地方灯火通明。这里的人跟村子里的人不能说是生活在两个世界,但可以说他们生活在两个时间概念里。此时此刻,村里人大多已洗脚上床呼呼大睡,而镇上的夜生活刚刚开始,正如火如荼。

于是,在穿过镇中心一家喝啤酒吃烧烤的大排档前,我们遇到了一群喝醉的流氓。天已凉了,但啤酒、叫喊和灯光使镇上温度较高。这伙流氓也不愿意待在室内吃喝,而是故意把桌子搬到了路边,大概是这样才好让人们可以看见他们光着上身所暴露的肌肉及文身,才好让大家加深"原来他们是流氓"的印象。确实,很远就可以看到他们了。那些粗俗不堪的话也是远近可闻。作为教师,虽然我们私下的言行未必比他们好到哪儿去,但还不至于如此轻薄、嚣张。而他们的轻薄、嚣张又和我们公共场合故作姿态的德行形成了对峙。所以说，让一群教师经过一群流氓是件很滑稽、难堪以至于危险的事。

王奎见状，打算带领我们从马路对面绕过去。那边没有什么店铺，只有一爿近乎露天的小车行而已。开这个车行的是个黑黑的老头，不爱说话，只是始终坐在不分昼夜的昏暗之中给人修车补胎打气什么的。总之，从那儿走不会有任何障碍或麻烦。但就在这时候，那张桌子上站起了一个人，"王老师王老师"地喊了起来。大家一看，是王奎班上的学生王磊。

王磊是个品学俱劣的学生，他名义上是初三（1）班的学生，但早在刚刚进入初中那会儿，或者更早，就已放弃了学习，专事敲诈勒索、打架斗殴和调戏女同学的勾当。因为九年义务教育是国家大法，学校无权开除任何学生，所以王奎也不能拿他怎么样，只能头疼不已，屡屡找领导抱怨。也仅能抱怨而已。后来，王磊如大家所预料的那样与社会上的地痞流氓混在了一起。这之后反而好了，因为他终于找到了组织，所以不怎么在学校和班级出现了，校方和王奎顿感清爽多了。不仅如此，偶尔碰到，王磊也不像以前那样尽和老师作对，反而能表现出类似于尊师重教的礼貌和热情。有时简直热情过度，让人难堪，比如现在。

既然王磊喊了王老师，王奎就不好再带领大家绕了，硬着头皮走了过去。王磊给大家每人递了一支烟，并分别殷勤地点上。他也看到了表姐，也要递烟点上，但被表姐惊恐万状地拒绝了。她开始是躲藏到王奎的身后，但仍然觉得不安全，于是又躲藏到张亮的身后，具体在谁身后也没确定，而完全取决于王磊和她之间的距离。王奎苦笑着向自己这位学生汇报道，我们还有事，就不耽误了，你们慢慢喝吧。可能是为了体现他是"混过的"或不"怕事"，说着他还夸张地向桌上那拨流氓挥手致意。此举不出还好，一出，惹得桌上一个流氓站了起来，也跑了过来。此人一看就喝多了，有点摇晃。他说他非常希望能邀请王磊的班主任王奎和我们大家加入其中喝上一杯再走，尤其是我们身后的表姐。说着他就向表姐扑了过来。后者惊叫着逃开了。桌上流氓见状，拍桌子掼板凳狂笑了起来。

好在王磊善心未泯，可能也未喝多。他以自己的面子替老师打了圆场，不过流氓们仍不放过。一直不说话的张亮突然挺身而出，他叫王磊带路，走到桌前，端起酒杯，分别和在座众流氓分别干了一杯。如此这般，我们才没再受阻拦和骚扰，得以通过。当然，走没多远，我们就可以听到他们高声笑骂，其所指正是我们。我们权且就当没听见。我们看见的是，表姐现在确实已从王奎身后转移到张亮身后了。

周强家很好认。问了位在猪圈前喂猪的妇女，她指了指，就到了。

没有院子，是三间老式平房。和周边人家的楼房及深院比较起来，家境看来不是很好。也似乎因为贫穷，连灯都舍不得点似的，家里黑灯瞎火。转到房后，才发现一扇窗户泄漏着一点微弱的光。靠近一看——连个窗帘都没有——没有女人在木盆里洗澡，正是勤奋的周强在灯下苦读。

台灯的光线像一个立体的扇面，以周强的脑袋为圆心，可以照射到他身下的周边区域。在这个扇形光柱里，我们可以看到周强的身后是一张床，床上是破旧却叠得较为整齐的被褥。所以，这张床看起来比较冰冷。我们可以想象周强最终做完所有手头的难题之后，上床时一定会深深地叹一口气。因为遥想当年，我辈也正如此。此情此景不免让我们觉得亲切和感动。在床的一侧还堆积着几个大麻袋，里面是粮食无疑。一只肥大的老鼠正趁着周强沉浸于难题中的大好机遇，在麻袋间毫无惧色地上蹿下跳。它行动敏捷，而且悄无声息。即便有，我们未必听见，周强可能更听不见，他太专心了。他优异的成绩与这样的全神贯注有关，也与这只肥大的老鼠有关。说实话，我们真不忍心打扰灯光下的事物。

是王奎敲的窗。敲了一下，没反应。聚精会神的周强听不见，不过那只老鼠发现了。后者居然用两条后腿栖在麻袋顶端，像袋鼠那样直立了起来。它追寻敲击声，认真而好奇地盯着窗外看了一眼，而且似乎还转动了眼球，与窗外的我们每个人都对视了片刻。大概它没有发现有什么好人，所以只在瞬间，就倏地跳下麻袋跑不见了。

果然不虚此行，周强为我们提供了重要的线索。他说梁老师下午放学后，骑上车和张永兰一起走了。张永兰我们是知道的，在学校很有名，发育过早，学习太差，特别妖娆。对于她的情况，可谓众所周知。刚刚接手这个班的梁小春显然对情况不太明了，所以她才会搞什么家访。可能是希望张永兰不要再这么下去了吧，"那样的话，你就不可能考上好一点的学校，将来走上社会也无法适应越来越激烈的社会竞争，即便不被淘汰，也会不被人重视，不被认可，生活质量也不会高，甚至和你含辛茹苦的父母一样面朝黄土背朝天地从事着祖祖辈辈的农民行当"……我们可以想到梁老师肯定会对张永兰作如是教导。虽然这是无知状态下所干的多余的事情，但我们还是想笑。

张永兰家在光明村。我们有点泄气，太远了。鉴于表姐站在张亮旁边，本来想问王奎怎么办的问题只好问张亮了。表姐是当地人，她说如果从大路走当然远，而如果从小路，也就是从田埂上抄近路的话，那样步行十五分钟即可到达；而如果我们回学校拿自行车的话，也需要十分钟，再从学校骑到张永兰家，就得超过五分钟。合计一下，不如现在直接从田埂步行过去。美丽的表姐如此精确的算术能力令数学老师张亮大加称赞。这一点改变了张亮长期以来所固守的偏见，那就是漂亮女人不是蛇蝎之心就是智力欠缺。表姐的从天而降彻底、立即瓦解了他这一固守多年的偏见。也正是这时候，我们才突然意识到，虽然表姐很漂亮，我们愿意跟她一道走路（王奎和张亮一人一边），但我们居然始终对她还一无所知。这真是莫大的失误啊，怎么说都是不应该的。

值得一提的是，和周强告别的时候，他那对怕因为看电视而影响孩子学习过早进入睡眠的父母衣衫不整地爬了起来。这对老实巴交的农民夫妇，因为僵硬的笑容和被中断的睡眠，在昏暗的灯光下显得无比苍老。我们谢绝了他们邀请喝杯茶再走的热情提议，而是有点不耐烦似的轰他们爬回床上去，并且安慰他们："你们生了个了不起的儿子！"不仅如此，走了一大截之后，王奎没忍住，又折了回去，走到还倚在门框上目送我们的周强一家面前，问其父母有没有手机。这个问题因为太突然，搞得周强一家三口惶恐半天才明白过来，然后羞愧不已地承认，他们家连个手机都没有。王奎对此似乎心有不甘，作为临别赠言，他建议周强及其父母，你们家应该买点老鼠药了。

夜晚的田间小径并不黑暗，相反，却显得明亮而温润，如一根松懈的裤带透迤于黑暗的原野。秋夜的特殊气味和田野里昆虫的鸣叫混合一处，让人觉得气味是金属的光泽，叫声有阳光的余温。我们感到全身的器官在打开，在上升。我们是多么愉快，虽然它不合时宜——一个小姑娘至今还无下落——但我们控制不住，张亮不禁不满地发起了牢骚，为什么我们每天要困在学校，为什么我们从来没有晚上到田野间来散散步的念头，究竟是什么困住了我们以及我们的想象力和创造力？他甚至抛弃来之不易的阵地——表姐的一个肩膀，在田间小路上使劲奔跑了起来，然后在一个崎岖不平的地方无意或有意地跌倒。他躺在地上不愿意起来，冲着广阔的夜空大呼小叫。这引发了来自村庄的一大批狗叫。张亮做对了，他对表姐暂时性的抛弃不仅没有让表姐感到失掉了依靠，而且让我们的表姐第一次发出了笑声，使她暂忘了丢失表妹的烦恼。此外，张亮的行动还感染了我们，除了表姐，我们也在那块草地上躺了片刻。当然，我们这么做未必不是通过集体行为诱使表姐也躺在我们中间。

真没想到你们老师也这样啊，表姐笑着，然后像娇嗔似的命令我们，快起来快起来，还要找我表妹呢。她说这些话的时候声音并不大，有点像在耳畔窃窃私语那样小心和神秘，所以就像我们耳畔的枯草叶那样弄得我们耳痒痒心痒痒。王奎是最早站起来的，他嚷嚷着重复表姐的焦虑。但大家不难发现，躺在草地上使表姐感到愉快并发出笑声这一行为是张亮首创的，而非王奎，因此后者就不能纵容前者的发明创造，基于此，必须在下一步行动中起到带头模范作用，免得再次失去主动权。也可以说，王奎并不是真的希望我们也像他那样立即爬起来赶路，绝不是，恰恰相反，你们就躺在这儿才好呢，那样一来，王奎就可以独自占有表姐了。事实上他就是这么干的，他嘴上催促着大家，身体已挨在表姐一侧用肩膀拱着她往前走了。张亮见状，赶紧跃起，赶了上去，占据了表姐的另一侧。我们在后面可以清晰地看见：二人将表姐夹得很紧，所以肢体摆动所产生的摩擦一时变得非常之钝，严重影响行走。表姐只好一会儿加快步伐，将二人丢在后面，一会儿放慢步子，将二人摆放在前面。

据交谈所得，表姐是卫校毕业的，现在是镇上医院的护士。我们脑子里立即出现了雪白、干净的大褂罩着她苗条的身体的形象。这一想象关键在于大褂里面空空荡荡，我们的表姐什么也没穿。另外，头顶上那顶可爱的护士小帽至关重要，好像如果没有那顶帽子，我们就会把她和桌子上排列着许多烟卷、鼻毛过长的中年男医生弄混淆似的。

让我们感到悔恨不已的是，她已工作了两年，而镇医院正是本校教职员工公费医疗的指定医院。之所以没有见过她，完全是我们的失误。我们为什么非要如此年轻，居然从来不生病，即便感冒发烧，也不屑于去看。我们的教训是深刻的，毋庸置疑，如果不想错过什么，疾病也不要错过。

问题在于，在我们不在场的两年以及更长的时间内，我们的表姐是否已搞上对象甚至已婚？经过一番艰苦的盘问，表姐被迫承认自己至今还没有男朋友的真相。这虽然为大家所希望，但仍然过于突然，很有爆炸性，一如此时田野上空突然有个UFO并且上面的奇形怪状的外星人把脑袋伸出舷窗冲我们问好那样让人惊讶继而狂喜。这种惊喜又让人窒息而焦躁，反而使大家一时陷入了沉默，谁也不敢轻易说话。憋了半天，张亮扛不住了，说，我们其中之一可以做你男朋友吗？为了掩饰或消解紧张，他故意拿腔捏调，使用了一种流氓口吻，希望使它听起来不像是一道选择题，而只是个玩笑。

这当然让我们的表姐佯装着恼羞成怒了，她伸出胳膊轻打了张亮一下，张亮也便立即响应地惨叫了一下。至此，我们才再次恢复轻松，都笑了，包括打人者表姐。谈到和梁小春的关系，表姐说，作为表姐，其实她也仅比后者大五个月零几天。说到出生年月，我们又不禁抬头仰望还能看得清的星空，谈论起了年轻人——尤其是姑娘——热衷于谈论的星座问题。当她终于亲口说出自己是处女座的时候（我们事先已根据她的月份算出来了），神态极为娇羞。首先，这个星座的名称是十二星座中最难以启齿的；其次，这个星座的名称会让提问者想到另一个问题：表姐，你是不是处女？最后，即便表姐不是处女，因为星座的属性，我们也会把她往处女上想象。

这是危险的时刻。王奎最后将话题引向了别处。对此我们没有意见，反而松了口气。我们将梁小春在学校的"特立独行"告诉了表姐，表达了我们的好奇，并且诚恳地指出，表妹虽然也和表姐一样漂亮，但绝对没有表姐可爱。表姐出于谦逊或其他什么，对此只报以微笑。不过，她还是向我们承认了表妹的脾气问题。姐妹二人目前住在一起，一个房间两张床。表姐喜欢听一些流行歌曲，但表妹却每天都在看英语书，为来年的研究生考试做准备。不仅如此，表妹总是冷言冷语地对表姐的趣味、爱好和审美表示不屑。一件兴冲冲刚买来的衣服，往往都是因为表妹的一番评论而有被时装店主骗了的感觉。对于表姐每天花几个小时泡在网络上和那些无聊的男人聊来聊去，表妹也很不理解。表姐觉得自己很委屈，她是鸭镇人，也就是乡下妹子，而表妹是城里的大小姐，从小她就觉得自己矮表妹一等。好不容易长大了，表姐发觉自己原来挺漂亮的，所以胸部挺得更高了些，性格一丢农村姑娘的扭捏而开朗活泼了起来。结果这时候表妹住到她家来了，使她好不容易积攒起来的自信心正在一丝一缕地被抽走。

说着说着，表姐突然捂住了自己的嘴巴，这还不够，也停下了脚步。她惊恐地分别看了我们一眼，又反方向地分别看了第二眼。我们知道，本质上是她在看自己，是从我们的脸上来看自己。她还不太相信自己刚才所说的一切是否真是出自自己之口。她此行目的不是在夜晚的田野和一群年轻的乡村男教师谈论自己，更不是在这些轻佻的男青年面前暴露自己和表妹（而且是这些男青年的同事）的分歧。她是来寻找表妹的，因为表妹没像平时一样准时到家，她和她的全家都焦急万分。否则她不会出现在夜晚的田野。她站在这里已经说明她和表妹非常要好、亲密，甚至超越了姐妹关系，乃是闺中密友。光说明这一点还不够，而是应该不失时机地通过这种千辛万苦的寻找向这些表妹的同事努力突出、强调才对。

不过,我们对此不会吃惊,我们觉得这很正常。如果两个姑娘之间没有这样那样的分歧,那么她们没有必要有表姐和表妹之分,那么我们也不会浪费大好的睡眠时间。我们真的毫不介意表姐和表妹的分歧,对于表姐能向我们泄露她的委屈情绪感到极为赞赏。我们只希望在不久的将来甚至就是明天,表姐能和我们在网络上见。到时候我们将有说不完的话。

后来,田野间出现了一条灌溉渠。不宽,可以跳跃过去。当然,向西走五十米,也有一座小石拱桥可通过。但王奎提议,为了节省时间,还是跳过去吧。说着他就先跳了过去,我们也紧跟着跳了过去。不过,张亮很快就先我们一步意识到了不妥,又跳了回来。让表姐一个人落在彼岸就是犯罪啊。总之,这样一来,两岸都有人,表姐可以大胆地跳了。灌溉渠其实很窄,而且表姐自幼生活在此地,跳这样一个小沟毫无问题。但她在跳的时候还是为了表达女孩所应有的惊惧尖叫了起来,声音随着她的跃起、飞行和落地,画了一条清晰无比的弧线。这条弧线纤细、明亮得就好像一根被陡然提起的鱼线,鱼钩在其顶端,有饵无饵都不重要。鱼钩与鱼线本身就构成了诱惑的器具。王奎自然不失时机地在对岸摆出了一副将她接入怀抱的架势,当然,这也是多余的。尖叫和怀抱都是做做样子,不过也恰到好处。

也许提这一点是多余的:在表姐跳跃沟渠的时候,我们发现渠水里也闪过了一道寒光,抬头一看,原来是一轮下弦月姗姗来迟——或正是时候。

当我们到达张永兰家之后，不免大吃一惊。因为在院门外，透过钢铁大门，我们看见不久前在镇上遇见的王磊正坐在张永兰家宽敞、明亮的堂屋里。如果不是年轻，我们或许会认为现在坐在这里的王磊和坐在酒桌边的王磊其中一个是鬼魂。

张永兰坐在另一把椅子上，二人表面上在看他们面前的电视，实质上正在聊天。聊什么，听不见，而且可以看出二人在聊的不是愿意让第三者知道的内容。这种神秘的交谈总让人有偷听的欲望。

好吧，这当然不是我们的目的，再次声明，我们的目的是找梁小春。

张永兰家的堂屋很宽敞，很明亮，这刚才说了。另外，她家的大门并不是一般鸭镇人家的模样，而是整整一面墙体都是由钢化玻璃制作的，和店铺的门面很相似。也就是说，首先，张永兰家很富裕（钢铁院门和钢化玻璃门）；其次，站在院门外就可以对她家堂屋一目了然——没有梁小春，也没有张永兰家的其他人。这对我们是一个无比沉重的打击，我们走得两腿酸胀，结果一无所获。可怜的表姐，丢掉了表妹，而我们作为男子汉，说是帮忙寻找，却是白忙一场，什么忙也没帮上。

说实话，我们所有的人都认为可以转身回去了。不过，这同样不符合常情，应该向张永兰打听打听梁老师的下落，这也许才是最后一线希望。王奎再次上前，勇敢地摇起了张永兰家的铁门。刚想摇第二下，一条体形高大的狼狗突然扑了过来。好在它还没学会自己打开铁门跳出来撕咬我们，只是虚惊一场。即便如此，我们还是被吓得不轻，集体往后直退，表姐都退到张亮的怀里了。可惜同样惊恐的张亮毫无察觉，还没反应过来，表姐就赶紧跳开了。

闻讯赶来的张永兰安抚了她的大狼狗，然后开门让我们进去。但因为狗就在她的身边，我们不敢进去。张永兰只好转过来安抚我们，尽管进来吧，"我家的狗是不会咬老师的"。王奎带头，表姐夹中间，大家这才心惊胆战地走了进去，但一路上无不盯着那只狼狗。果然，狼狗在张永兰的安抚下，对我们的鱼贯而入没什么意见，它甚至还矫情地摇晃了两下尾巴，继而多情地躺下身子翘起一条后腿。母狗。

进了灯火辉煌的张永兰家堂屋，我们这才稍稍定下心来。此时发现，王磊那小子不见了。

对于王磊和张永兰的关系，我们早就略有耳闻。怎么说呢，成绩都差，一个社会流氓，一个校园骚货，挺般配的。不过他们毕竟还小，刚刚发育不久，半夜还共处一室，还是令人吃惊和不好意思。对待学生的所谓早恋问题，王奎有过一番高论，他说，他们已经发育，就像我们当年一样，对异性产生好感和性欲是再正常不过了，我们不能因为自己当年没有和某位女同学发生早恋关系就产生嫉妒心理而阻止我们的学生拥有这种关系，那将是阴暗、卑鄙的。说得确实很有道理。不过，还是不要光天化日似的出现在老师眼里比较好，一方面不让他们不好办（处理还是不处理呢），另一方面不至于太让他们没面子（老师到现在还光棍着哪）。现在王磊见老师来了，躲了起来，是对的。大家装作没看见，避而不谈他，回到此行目的，更是对的。

下午放学后，梁老师确实跟我到这儿来了，张永兰说，但是我好多次告诉梁老师我爸妈不在家,她就是不信,非要跟我来,来了才相信,所以就走了。之后她就不知道了。说到这儿她想笑,但忍住了。

我们替梁老师感到愤怒,但不知道怎么表达愤怒。因为张永兰确实没撒谎。我们不知道该说什么了。是不是现在大家就走呢?

王奎问,那你父母呢?张永兰说,她的爸妈长年在城里做生意,一年也回不了几趟。王奎继续画蛇添足地问张永兰,你家里难道就你一个人过日子?张永兰有点不服气,理直气壮地回答道,不啊,我有爷爷奶奶啊。王奎几乎是在恶狠狠地替大家发泄情绪了,继续逼问道,那你爷爷奶奶呢?张永兰无辜地看了我们一眼,哭笑不得地说,他们早睡觉了。然后她或真天真或假天真地问道,王老师,你要不要叫我喊他们起来让你看看啊?

这是可笑的。张永兰话音刚落,我们似乎已经看到那两个老态龙钟的人像鬼魂一样穿着过去时代的衣服正从门口走进来的样子。他们满头白发,弯腰驼背,耳聋眼花;如果开口说话,现实和记忆从来就是混为一体不分彼此,何况他们现在是从梦境中走来,不定还会说出什么。

问题还在于,此时此刻,已是最为黑暗的深夜,而张永兰家堂屋中的光线却如此强烈,把我们这群教师身份的造访者照耀得面目狰狞、头晕眼花。换言之,我们是不是在做梦?

表姐看来还处于理智中,她从王奎身后(不知何时又成了这样)走了出来,和张永兰接上了话。她问,那么请问这位同学,你知道你们梁老师从你家离开后,去哪儿了吗?张永兰无辜地努了努嘴,这神情已表示这个问题只有天知道了。但她毕竟还小,善心未泯，所以还是很配合地朝天花板翻了翻眼睛，作出思考的样子，然后直视表姐诚恳地说：不知道。

我们终于看到表姐露出了恐惧的神情。她的眼睛在明亮的光线中越睁越大，继而又紧紧地闭上了。这可以理解，我们千辛万苦的寻找不仅毫无结果，恰恰相反，其过程其艰难似乎只是为了强调"梁老师失踪了"这个惊人的事实。

然后表姐用一种不易察觉的哭腔说，怎么办，还是打个电话给姨父姨妈吧（梁小春远在城里的父母）。张亮安慰并好奇地问，她父母不知道吗？表姐难过地点了点头。王奎对于张亮的好奇心有点不快，在一旁替表姐补充道，这怎么好让她父母知道，让他们着急干吗。说着，他摁住了掏出手机却在犹豫不决的表姐的手，说，我们还是再找找吧。是是是，张亮为了弥补过错，也直点头，说，说不定她迷路了呢。

不说不知道，也没想到，说到迷路，我们突然茅塞顿开，也彻底绝望。迷路是完全可能的。试想，梁老师到鸭镇工作才几个月，性格古怪，不与人交往，对鸭镇地形地貌自然很不熟悉。而且天又黑，农村也没路灯（除了镇上），你叫她一个城里小姑娘怎么认得路？！

那，我们去哪儿找呢？表姐终于当着大家的面哭了出来。张永兰出于女人对女人的理解，赶紧拖了条凳子让表姐坐下。坐下了，流泪才可以尽兴，也更符合哭泣的姿势。她确实是那么哭的：臀部被板凳挤压成一个标准的肉蒲团，柔软的腰肢在其上扭动，如果张永兰不断递上去的纸巾是古老的手帕就更好了。这也让我们可以联想到，迷路的梁小春此时也正在鸭镇的某个黑暗的角落呜咽不已。我们甚至想到了这个鸭镇的治安情况。在这个流氓遍地的镇上（刚在镇中心我们就遇见了一拨），很难说他们不会动一动我们娇嫩的梁老师。也许梁老师此时此刻不是置身荒野之中，而是正衣衫破碎地抱着自己蹲在某间乌烟瘴气的破房子的角落浑身发抖呢。还有大街上那些裸露、刺青的肌肉，及其满口的黑牙和淫邪的笑容。种种场景在我们脑子里交叉混杂，太可怕了，我们简直感到心都快碎了。一直强大的王奎终于没了办法，也像泄了气的气球一样瘫在了一把椅子上，自此一声不吭。于是我们都没了主意，都绝望而又悲伤地在张永兰家找了一个可以供自己坐的地方坐了下来。坐下来后，我们才突然发觉我们已经筋疲力尽。

我们离开张永兰家到底是什么时候，谁也没有在意。表姐停止哭的时候，我们也没有立即离开，而是又纷纷耷拉着脑袋待了好一会儿。这之间，张永兰面对哭泣和一拨老师的沉默先是惊恐不已，后来她就习惯了，出去了两趟（与躲藏起来的王磊打招呼或上厕所），然后就是坐在那里不断地使用遥控器换频道。换了好一会儿，她才将频道固定在一个综艺节目现场。一个不男不女的主持人操持了港台普通话在说什么，舞台上一会儿烟雾喷射，一会儿雪花纷飞。镜头偶尔掉转到观众席上，群情激奋。

看！像不像梁老师？！

张永兰突然大叫一声，大家纷纷顺着她的手指看去，我们在综艺节目忽明忽暗的灯光里果然发现观众席上确实有一个女孩很像梁小春。也许是灯光的原因，那个女孩头发枯黄，形销骨立，面无表情，和节目现场的氛围很不相称。这一回，我们才突然明白,梁小春并不漂亮,一点儿也不漂亮,说她难看和讨厌都可以。

最后的交代也许多余。

我们离开张永兰家不远,王磊才装作偶然遇见那样从后面赶了上来。他刚才一直在张永兰家的另一个房间,听到了一切。只是残存的害羞使他觉得不宜暴露,所以始终没有出来。这没什么,也不重要。

他说,他在镇上遇见我们时,并不知道我们是在找梁老师。他告诉我们,就在我们经过镇上遇见他的时候,梁老师也在那儿,只是在路的对面那棵小树后面的车行里。

是这样：梁老师的车胎爆了。她从张永兰家推着车到镇上的时候,天已经彻底黑透了。到了灯火通明的镇上,她才发现自己满头大汗,满头大汗又使她满面通红。所以她想先在镇上把车胎补好,不急于回表姐家,总之已经迟了,补好胎骑回去也未必比这么推着回去慢。王磊看到了她,喊了她,那些流氓也叫了叫。但我们脾气古怪的梁老师毫无惧色,根本就懒得搭理他们。她径直穿过马路,到了老头那儿,然后坐在一个小马扎上等待。大概与此同时,我们一行人从学校出来,经过了这群流氓。而当时王奎本是打算绕过这群流氓从路对面走的,可惜被王磊叫住了,不得不硬着头皮去和流氓周旋半天,张亮还喝了酒,有了之后较为优秀的表演。就这样,我们错过了在路对面车行找到梁老师。其实谈不上找到,只是经过。我们经过车行,不经意地看到了坐在小板凳上耐心等待的梁老师,会说,你在这儿啊。更可能只和她打一招呼,然后一拨人簇拥着表姐继续向前。

春日即景

刚开始,柳树有点小绿,不太注意,看不出来。后来,绿得狠了,下面还有青蛙叫。青蛙叫的那个拟声词很丑,我就不写了。这就是说,春天来啦!

我们去看望一个身患重病的人。

这个人叫王奎。名字很刚,但他身患重病。

我们,是,我和张亮。

王奎的老婆在家,她长得还是那么漂亮。因为在家,所以她只穿了件粉红色的毛衣,所以她的乳房不减当年。王奎家院子里有株桃花,我们看见他老婆从桃花下经过,来给我们开门,我们吓了一跳。真是人面桃花相映红啊。另外,桃花开得太牛×了,开在王奎家破败的院子里简直牛×哄哄,令人浑身躁热。我们就站在栅栏门外高喊,小高,你家桃花开得真好啊!

对,小高就是王奎老婆。

小高这个女的,长得确实不错。张亮有点紧张地问,小高,王奎要紧不要紧啊?小高对着我回答道,你们进去看看不就行了吗?

那是那是。张亮居然有点害羞。

是这样的,小高曾是张亮高中同学。上了大学,张亮就把她当笔友,大学毕业还想跟她搞对象,所以经常带着她出双人对找我和王奎吃饭什么的。那时候的张亮风华正茂,满面红光,他大概觉得身边的小高迟早要跟了他。但小高结果跟了王奎,这出乎张亮的意料。张亮接受现实,但他看到小高还是要害羞一把。唉,张亮是个执着的人。

我也挺喜欢小高的,我跟小高有过一次地下接触。当然,王奎和张亮都不知道,那是她得在二者之间做出选择的特殊时期。我跟小高的事情很简单。她问我,你说,他们哪个好点?我说,他们两个一般化,就算是我好朋友还是一般化,谈不上好。小高说,哟,就你不一般?我说,怎么说呢,说心里话吧,我确实觉得自己比他们两个不一般。小高就好奇了,说,说说看?我说,这个就没必要了吧,我现在是帮你在他们两个中间选一个,不是在我们三个中选。她说,那不一定,说不定我还真选择你呢。我说,你以为你选择我我就要你吗?她说,少来了,说吧,反正也是聊天,说真的,谈他们两个我就烦,说说你,说说看?我就说,你真要我说?她说,对啊。然后我就对小高说了一句话,她听明白后拔腿就跑掉了。至今我还记得她拔腿跑动的那个时间和地点,那个时间也是春天,再具体点是春夜,地点是湖边。我也记得她跑动的背影,她的背影比她的正面更精彩,尤其是其时其地。也就是说,当时我想追上去,但我没追。没追也许是不对的,为什么不对?后面我得谈这个问题。

我们就跟着小高进了房。

王奎睡在床上。病人不睡床上难道睡地上吗?

我说,王奎,怎么样?

王奎支起身子,说,还那样。

张亮说,那医生怎么讲?

王奎说,我也没搞清楚,你们问小高。

我们就看着小高。小高说,医生说,下个月中旬开刀。

有这么严重?张亮有点吃惊了。

我安慰张亮,说,没事,开刀有什么,阑尾炎不也开刀吗?

然后就是小高站在窗前削起了苹果。那苹果是我和张亮刚才买的,我们仅凭记忆或电视上的景象买来了苹果。我们买了大概有七八斤,这是专门给小高削的。但说实话,从我个人角度来看,苹果为什么总是要出现在病床一侧呢?难道王奎一生病了就真的爱吃苹果?我总是被这样的问题搞得很困惑。

吃吧,小高把削好的苹果递给王奎,另一只手拎着螺旋形状的苹果皮。

王奎接过苹果,没有立即塞进嘴里,而是盯着看了几秒,突然说,你为什么给我吃苹果?

为了让王奎把苹果吃了,小高又削了四个苹果。

她先给我,我立即就吃了起来,王奎看我吃,也跟着吃了起来,但他毕竟是病人,没我吃得快,我吃完了他才吃一半。所以,等小高削的第二个(不把削给王奎的那个算作起数)给了张亮,第三个也已削好正准备吃的时候,我说,给我。她就给了我。所以,她又削了第四个苹果。所以是四个而不是三个,超过人数一个，加上削给王奎的，就是五个。因为张亮嘴小，所以，第二个苹果我是和他同时吃完的。而小高因为是女的，所以吃得很慢。当我们等待小高终于吃完苹果的时候，再看躺在那儿的王奎，只见他皱着眉很痛苦的样子，而他手中的苹果被他放在了床头柜上，起码还有三分之一的果肉。可惜，在这个短短的时间内，那三分之一破破烂烂的苹果已生满了锈。

他确实病得不轻。

我们只好再到院子里去。

外面光线很强，桃花盛开，这么好的天气这么好的季节，王奎却重病在身，躺在了潮湿的床上。想当年，我们四个人每到这时都会去爬山。我们抄近路上山，再抄近路下山，从来不走正道。我们在山顶哇哇大叫，在山下也哇哇大叫。想起当年，我就热泪盈眶。

我们坐在桃树底下，小高进去忙饭。

为了缓解一下情绪，我问张亮，你跟那个脸上没痣的姑娘怎样了？

张亮说，不行，没进展。

我说，你是不是很爱她？

张亮说，呵呵，不知道。

我又说，她是不是嫌你长得不好看？

张亮说，没，她从来没说过这个。

那问题就大了，我说，她连你长相都不嫌弃，那肯定是对你没意思了。

张亮说，别搞得跟什么似的，你呢？有什么新情况？

我说，哈，我，我需要吗我，我比你好，挺好的。

张亮说，懒得管你，你牛。

嗯，我牛。

在开饭之前，院子里进来一条狗。不是王奎家的肯定，但又肯定经常来串门。所以它没提防，看见两个生人，突然站在那里不动，脖子往上伸了伸，想叫，但又放弃了。它有它的想法，那就是干吗叫呢，绕过去就是，直接去厨房，看看小高烧什么好菜来着。

不过它还是谨慎的，贴着墙根走，尾巴夹得很紧，不仅如此，还用余光看我们。这是我第一次发现狗会使用余光，在我印象里，狗基本没有白眼球，就是说，我是第一次看见了狗也有大块大块的白眼球。很可爱。

然后我们就唤它，它非常紧张地停了下来，朝我们龇了龇嘴。我"噢嘘"一声，它吓得一蹲，又迅速按原路跑出了院子。我就笑了，然后我站起来到院门口看它跑哪儿去了，发现，它并没跑远，站在院门外五十米处回头张望。它看见我在看它，便向远处跑了起来，边跑边叫，叫得不太用劲，有点尿。

我就笑着回院内，发现墙根下有摊尿。哈，我对张亮说，这条狗有意思啊。张亮说，没出息，跟狗玩什么玩。我没理他，说，这条狗胆子很小，但我估计它还会来，真的。可以打个赌吗？

张亮说，这个还打赌，你是不是有病？！

吃饭了。王奎也从床上爬了起来。他有点勉强地坐在桌子的一方，嗯嗯吃饭。他饭量没降低，这让我感到欣慰。我说，王奎，还能吃饭就说明你的病根本不是问题，相信我，很快就会好。张亮也是这个意思，但他说法不一，他说，我奶奶今年九十了，一顿能吃一满碗饭，我估计她活到一百岁没问题。

张亮确实蠢，他这个话太糟糕，我分析一下：首先，一个老太婆能吃饭跟一个年轻人（即便他已生病）能吃饭是两码事；其次，活不活到一百岁是个寿命问题，也就是一个生死问题，对一个病人（况且还是我们的朋友）说死，于心何忍，何其歹毒；最后，你是在人家家里吃人家的饭，背后说说还无所谓，怎么能吃着人家的还说这种蠢话？总而言之，张亮太蠢了，蠢不可言。

不过，这些分析也只有我分析，王奎和他老婆小高有没有分析，我不得而知。看样子他们没分析。所以，小高问张亮，你奶奶属什么？

龙。张亮说。

小高眼朝天花板翻了翻白眼球，然后恢复位置，说，那没有九十啊，才八十九吧。

张亮脸又红了红，前面说过，他爱害羞——说，啊，我们家就这个风俗吧，不对，我们家没风俗，是习惯，习惯是，过九不过十。比如明年我二十九，我家里就会给我过三十岁啦。

哦。

我觉得很好笑，而且笑出了声音。

一直没说话的王奎问，你笑什么呢？

我就说，按照我们记年龄的方法，张亮奶奶活到一百岁就增加了一年的难度，我觉得还是按他家里那方法好，你们说呢？

除了张亮不想笑之外，王奎夫妻都开心地笑了。在他们笑的时候，我突然觉得很没劲，有点想滑到桌肚底下去的感觉，就跟喝了酒一样。但这天我们没喝酒。我心里骂：为什么这么无聊？

在饭就要吃完的时候，我才发现，那条狗在桌肚底下找骨头吃。桌肚底下一根骨头都没有，说明这条狗早就到了。我们把肉从骨头上剔进口中，骨头交予它负责，看来已非片刻。我们已合作多时。这是人与狗的默契，即便我们初次相见。

所以，我把桌上堆积的一些骨头也扔给它吃，刚开始它还挺害怕的，渐渐地就放心吃了起来，很凶猛的吃相。张亮看我跟狗那么好，大概有点嫉妒，所以他也开始扔骨头，很快，我们两个陌生人"嘘"那么一声，这条狗就开始摇头摆尾了。我们甚至可以伸手摸它了，摸它光洁的背，摸它的脑袋。张亮还夸张地把手伸到它锋利的牙齿附近，当然，这条狗不会咬他的手。张亮为此居然有点得意，笑得嘎嘎嘎的。

最后——我是说王奎吃过饭想回到床上之前，他提出向我借钱。他说，借点给我。我答应了。问，什么时候要？他说，马上我上床睡，坐不住，你们走的时候，小高跟你去你家拿。

张亮说，为什么不问我借？

王奎说，你要是多，那就借你的，不借他的。

张亮又说，那你还是先借他的，如果要给你，我还得回去筹，今天给不了你。

嗯，就这样，我们该走了。小高取下了小围裙，套上外衣，包括梳洗，她已经做好了出门的准备。

我们三个人就各自骑上自行车上路了。那条狗跟我们跑了几步，停了。然后我回了几次头，它站在原地，但越来越远。

在一个岔路口，张亮和我们道别了。然后只剩下我和小高一前一后。路上也没什么其他的行人。午后的阳光，道路两侧的树木已逐渐成荫。在我们看不到的地方总能适时传来上述的蛙鸣。还是那个原因，我不想用字来表示它们鸣叫的声音。

　　路上有些坡子，下坡子无须蹬，所以，轴的滚动和链条静止交互作用所发出的那种声音十分清晰好听。我们甚至懒得交谈。这不奇怪，我虽然经常咋咋呼呼，但我坚持认为自己不爱说话。小高是个爱说话的姑娘，但因为王奎的病以及阳光、树荫和我的一言不发，也懒得说话。

　　我们自行车的声音真好听。

晚报新闻

骑自行车往家赶的时候，在万寿遇见了张亮。他孤零零地站在车站的站牌下，看见我了，向我猛招手，并"老逼老逼"地大声疾呼。是，我的绰号叫"老逼"。我只得象征性地捏了捏刹，然后两脚点地努力将车停下来。等我停下来，回头看，他离我已有七八十米远。我的刹车一直有问题。

然后我就看见他拐着罗圈腿向我跑来。我很想蹬车继续赶路，随着他越向我接近，此想法越激烈。真的，我有急事，小区5栋402户的一个老妇女给我介绍了个对象，她鼓动了我妈，打手机叫我立即回去。说实话，虽然我对相亲一向兴趣不大，但之前老妇女给我看过那姑娘照片，模样还很不错。可以想见，此时那姑娘正两膝并紧地坐在5栋402户的客厅沙发上，而且偶尔还会抿一口茶。当然，她不会喝多，喝多了就得上卫生间，上卫生间就会搞出一些声响。她应该不希望包括我妈在内的生人听到那些，更不会希望随时破门而入的我听见这些。我莫名其妙地感到自己很了解她，知道她不愿意在相亲对象进门的时候她正在卫生间撒尿。我很急，不应该让这样一个腼腆而敏感的姑娘久等，不应该让她难堪，让她失望而归。

张亮跑到我面前，因为喘息一时说不了话，他大口喘息的面部表情说明，他的事情可能比我还急，更急的是，他这么急现在竟然说不出一句话。好吧，我说，张亮，你歇会儿，别急，慢慢说。

然后他断断续续地把事情告诉了我，听后我大吃一惊，掉头和他走了。

具体什么事，而且我和张亮都得去？这个说来话长。相关情况可以参阅前文。当然，仅看那篇还不够，此篇不可不看。下面我慢慢说，先说我和张亮去的地方。

我们去了一个叫大瓜园的村子，这个村子很小很小，因为大多数人都被拆迁走了，剩下的村民不足二十户。几十间乱七八糟的破败不堪的平房及瓷砖剥落的楼房局促地挤在左右楼群中间。水泥巷道坑坑洼洼，积水其中，臭不可闻。偶尔有几只肥大的老鼠旁若无人地从一边跑到另一边，有的高兴起来还从另一边又返回这一边。我们所进的那间房就曾有老鼠先我们光临。这都是我亲眼所见。我说，张亮，老鼠老鼠。张亮没理老鼠，说，到了。

自王奎夫妇搬家至今，我还是第一次光临。

王奎的老婆小高再次睡在床上。她又一次自杀未遂。这一次她没重复割腕，而是使用了喝农药。谈起喝农药，这基本是乡村妇女的专利——将来我会写一篇《农药是村妇们最热爱的饮料》的小说，等着吧——小高职大毕业，相貌脱俗，真没想到她竟然干出此等没有名气的丑事。进屋后，我一时没能适应黑暗，没有看见小高眼泪汪汪的可怜样，也没有看见王奎埋首坐在一侧。我只闻见老鼠和人的尿味（后者应源自床肚下那个红色塑料痰盂），在此基础上，我也似乎闻见了发自小高口腔的农药味。后来我曾有幸目睹了那个空了的农药瓶子，上书加黑姚体"乐果"二字，并画有一颗雪白的骷髅，照例为两根同样雪白的臂骨交叉托起。我每次看到这个，总想起一句脍炙人口的话：让我们托起明天的太阳。

    在路上，我曾和张亮有过一段对话，如下：
    我说，张亮，我们去干吗呢？
    张亮说，不知道。
    我说，你很急？
    张亮说，好像有点不放心。
    我说，那就去吧。
    张亮说，是不是你也不放心？
    我说，不是，我去看看，问个情况。
    而事实呢，我来到这间屋子后并未问任何情况。我和张亮相对着王奎，一起坐了下来，然后侧过去一点，同时面向躺在床上流泪伤心的小高。
    抽烟吧，真无聊。
    后来张亮忍不住了，问，怎么搞的？
    没有人回答他。
    然后王奎抬起头看了看小高，又看了看我，说，老逼，你那钱我得迟点还你。

我想说，算了，别还了。但我没说。我确实同情王奎夫妻每况愈下的生活，他们是我的朋友，小高还曾和我一起骑过声音好听的自行车。但，我不富裕，或者跟富裕不富裕没关系。我的钱终归应该是我的钱，没有道理不要了。说流利点叫，我得对得起我的钱。

我确实没办法啦！王奎说完再次把头埋了下去。我估计他哭了，就上前推推他肩膀。他就那样闷着脑袋十分有力地挥开了我。这说明他确实哭了。我说，别难过了，都会好起来的。当然，我自己也深刻意识到此话多么虚弱无力。大家都不是孩子，对这日子很有体会。

张亮在关怀小高。

他说，怎么样了，你还好吧？

小高懒得理他，把头侧了过去。在床里，是一堵贴满旧挂历的墙。墙上是窗户，傍晚的光线自那射入，照在小高的脸上。逆着光，我可以清晰地看见小高塌陷下去的两颊，在那层闪烁着油泽的皮肤上仍然还保留着少女时代的汗毛，茸茸的。小高还很年轻，她年方二十五。书上曾对女人的生理有过议论，专家学者普遍认为，女人过了二十五，那层茸茸的汗毛将逐渐消失，代替的是毛下那层油腻腻的皮，而那层皮届时也将发生质的变化，即毛孔开始粗大，黑色素逐日增多，螨虫寄生其间，于是一切因之暗淡。也就是说，此时的小高即将不复存在。她很快就将失去一切。我突然想到，这也许是小高屡次自杀的最主要的原因。

张亮一直对王奎进行逼问，他说，这一次到底又是为什么？

王奎被逼无奈，只好说，还是那些事。我相信王奎所说应该不会有什么大错。能有什么呢？！夫妻二人自结婚以来不断迁居，工作换来换去也没有一个好的，双方家人及社会舆论更是侧目。自上次王奎病倒花了许多钱之后，二人的日子更是一蹶不振、江河日下。综合起来，就是，这日子真是没法过了。小高当然自杀。一切都明摆着，可张亮却不依不饶。后来，小高终于开口了，她说，你们两个给我滚出去吵！

这一喊，二人立即停止了无聊的口舌之争，都乖乖地回到属于自己的位子，继续抽烟。在烟雾缭绕之中，我想起这已是小高第三次自杀未遂。说实话，我真不理解她为什么总是自杀未遂。在我看来，死是一件多么容易的事。就在不久前，我们单位的一个老家伙，他和同事下棋，下了两盘，老家伙都赢了。到了午饭时间，他想结束没有悬念的棋局去吃饭。但那个输了两盘的小家伙不想这么轻易地放过他，不想自己马上去食堂成为老家伙的一道所谓开胃的菜。所以坚决要求下"最后一盘"，并"以此定胜负"，"输了的拜对方为师"。老家伙有两盘垫底自然无所畏惧，便再次坐了下来。结局和前两次一样，还是老家伙赢了。他不禁哈哈大笑。他太高兴了。他想喊面前这个连输三盘的年轻同事为"小鸡巴"，可惜他自己的鸡巴居然毫无廉耻地开始撒起了尿。他想张开两腿向在场的请教，我怎么撒尿了？可惜没说，就这么死了。

死是一件多么容易的事情。我想对小高说：你可以先背贴在这间臭烘烘的屋子的一堵墙上，然后以百米冲刺的速度向另外一堵墙撞去；你也可以从这个屋子走出去，跳过那些坑坑洼洼，然后到了那条大马路上,那条马路车辆比行人多得多,它们因此有恃无恐,速度很快,看准了,一头栽过去,就大功告成了。而又何必割腕何必喝农药呢?

张亮曾严重警告王奎,有了第一次就有第二次,还有第三次,依此类推至无穷。现在看来,我们亲爱的兄弟张亮是多么有先见之明,一切尽在其意料之中。

我还记得小高第一次自杀时的事,是去年。仍然是张亮电话打到我那儿,仍然是一副如丧考妣的口吻。当时我正在看一张A片,当时我比片中人还要兴奋。电话在这样的时刻响起,令我十分恼火。我不能停止手中的活。等我把活迅速干完才去接的电话。当张亮告诉我"小高自杀啦"时,我多日未通的鼻子突然通畅了,当即闻见手上的腥味儿。

在天黑之前,我打过一个电话给小区5栋402户的那个老妇女。我说,阿姨,抱歉,我朋友这里出了点事,恐怕一时赶不过来了,真的太抱歉了。她说,哦,什么事那么重要?我顿了顿,想把小高自杀的事说给她听。但这件事情确实跟她没关系,而且说起来挺麻烦的。所以,我吞吐起来,说,也没,没什么事,没事。她说,没事你都不来看看,你知道人家孙佳等多久了吗?哦,那个双膝并紧的姑娘叫孙佳,真是一个良家女孩的姓名。如果我能和她相识,并能深入持久地发展下去,我将终有一天对她说,孙佳,你其实没必要把腿夹得那么紧!于是我忍不住激动地对老妇女说,能让我和孙佳说句话吗?我知道这也许是奢望,老妇女普遍没那么开明。不过我还是听到她递交话筒的窸窣声。然后我就听到了另外一个老妇女的声音,她说,你死哪儿去了啊?此人正是我妈。

电话是在路边电话亭打的,手机早已被我理所当然地关了。我把电话挂了后,就穿过马路去对面的大排档买盒饭。我买四份,也就是需要等待。在等待中,我找了张报纸看了起来。报纸上说,在距离万寿不远的兴卫村,一户农家的一只老母鸡生了一只重达0.5公斤的巨蛋。我觉得这则新闻挺有趣的,便向老板讨要了这张报纸。老板是个爽快人,给我了。我想让大家看看,就在离我们不远的地方发生了奇迹。也许我还可以就势来安慰一下王奎夫妻,你们的生活也会出现类似的奇迹。如果你们也生这样一只蛋,那我们一定会一路燃放着鞭炮前来恭喜的。当然,这是矫情。我的意思就是说,也许大家太无聊了可以看看报纸,想象一下那只巨蛋,仅此而已。

于是我就带着四份盒饭和那张报纸又返回了王奎夫妻租住的小房子。

吃完盒饭,我感到有了点困意。张亮不同,食物使他更来了精神,又一次开始逼问王奎。当然,这一次,他没再当着小高的面与王奎争执,而是将后者拉了出去。王奎很不情愿地被他拉进了外面巷道的黑暗之中。于是,我和小高被留在一百瓦灯泡的光明之中。这使我想到,唯有我和小高是光明磊落之人,屋外那两个乃阴暗宵小之辈。也就是说,唯有我能配得上现在躺在床上的小高。说实话,她的身体因为抢救看起来很不好,但在灯光下别有一番韵味。头发散乱在雪白的光枕头上(枕套在床里侧蜷缩着),

眼睛迷离,整个身体的曲线被毯子逼真地勾画来勾画去。

因此我也略微振作起了精神,说,小高,你真漂亮。

出乎意料的是,小高朝我笑了笑。于是我也友善地笑了。

然后我说,小高,我念个新闻给你听吧。她点了点头。于是我将那个巨蛋的事读了一遍。在读的时候,我故意省略了事发地点。等读完,我就问,你猜这事发生在哪儿?

小高说不知道。我说,嘿,就知道你不知道,告诉你吧,就发生在这附近,兴卫村。

呵呵。小高居然笑出了声音。因为灯光,我甚至有点不太相信。

然后我就趁着这么明亮的灯光在他们的房间里四下走动起来,我希望再找点东西说说。这不是难事,我一会儿拿起一个电动剃须刀说,一会儿拎起一只臭袜子问小高另一只在哪儿……总之,我没闲着。也许我还曾拎起小高的胸罩比画过其应有的体积,甚至俯下身去吻了小高,这都很正常。为了满足读者的淫欲,我还可以说我和小高干了一把,并且,她很配合。干完的时候,小高还流了泪与我谈了点心。她说,嫁给王奎是个错误。我说,你当初确实应该嫁给张亮,你看,他到现在还对你念念不忘。小高先没出声,后来,她可爱地咬了咬嘴唇,说,老逼,我嫁给你吧。我愣了一下,说,小高,我对不起你,我有了女朋友,而且我跟她快结婚了,她叫孙佳。

再后来,当然是我和张亮告辞滚蛋。他们夫妻的事情还得他们夫妻自己解决。自杀是否再次发生,谁也不敢肯定。张亮要求我推着自行车和他一起走一段路,我坚决反对,但反对无效,我们还是这么走了很长一段路。我看到我们在路灯下的身影像一对情侣,刚开始令我有点反胃,后来令我有点感动。

张亮说,你知道我跟王奎说什么吗?

我说,不知道,你能说什么呢,这破事?

张亮停了下来,并还做作地蹲在路边抖着手点了一支烟,这才说,我叫他跟小高离婚。

我说,亏你想得出来,你搞什么搞,还朋友吗你?

张亮说,不,我喜欢小高,大家都知道,我愿意娶小高,给她幸福。

我说,那王奎怎么说?

张亮说,王奎没说什么。

真的?

真的。

好吧,我说,我们走吧。说着我骑上了自行车朝家的方向而去。

我听见张亮在我的身后追逐,他一边骂一边问,喂,你和小高在屋里又说了什么啊?

我加大蹬车力量,然后一个拐弯就在张亮的追逐中没了影子。

美好夜晚

一

去年,不,是前年,那段时间我很闲,不想工作,不想女人,也不觉得自己这样有什么不对。我每天中午起床,然后下一碗面条当午饭,饭后,就坐到电脑前沉迷于一款叫《三角洲部队之黑鹰坠落》的战略游戏。据说这款游戏早已过时,目前玩家极其有限,而且我玩的是单机游戏,独自一人,以美国大兵的身份和装备只身作战,旷日持久地跟中东和非洲几个国家的军队周旋,要么完成任务,要么被他们击毙在巷道、沙漠和山丘之上,然后重来。到了傍晚,我会接到一些电话,说成我通过玩游戏等待电话也未尝不可。在电话里,对方告知我饭局的时间和地点,然后我穿戴整齐,出门赴约。

然后就到了那天晚上。

那晚有没有星星、月亮什么的,我不太清楚。这么多年来,白天我们都看不清楚天空是个什么情况,何况夜晚?好在天空跟我们没关系,起码大多数人不计较这个。但那晚的天气在事后的谈论中是非常诡异的。张亮说九点左右冷空气来了,大风将街道上的垃圾吹向了天空，行人都抱着胳膊埋头奔跑。对此他印象深刻，因为我们摇摇晃晃在大街上走了很长时间才走到歌厅。张亮到现在还在感慨地球上为什么会有那么多垃圾。无穷无尽的垃圾被狂风没完没了地卷向天空。这容易使人产生错觉，那就是大风会将地球表面所有东西都吹走，直到只剩下岩石与河床——据说地球的本来面目就是如此。李芫则说当夜八点左右就开始下起了雨，一直下到第二天凌晨我们各自回家那会儿。她为了证明自己说的是实情，拿出了没人能轻易反驳的证据。一、后来我们把所有人的钱全部花完了是不是？是。所以下雨了大家没有去二十四小时便利店里买伞，各自回家的时候王奎希望买一包烟，大家也只凑了三块一毛钱没买成，最后大家是刷公交IC卡坐头班车回家的。对。二、她从来没有在半夜十二点之前不回家，如果不是下那么大的雨，她不可能一直跟我们玩到那时候。没错。三、她家所在的小区很大，巷道很窄很复杂，出租车是开不进去的，所以不等雨停了，她是没法回家的，就算雨停了，都那个时候了，没有我们送，她也是不敢在他们小区那些没有路灯的巷子里走的（她曾有走夜路被人从后面摸一把的悲惨经历）。确实。四、她顺便驳斥了张亮的说法，那就是那天很闷热，下雨使天气更加闷热，否则后来大家不可能去歌厅唱歌，唱歌是因为我们吃完的时候还早，王奎建议去唱歌，她还表示了反对，但不是很坚决，所以后来王奎用KTV包间里有空调来诱惑她，她这才和大家一起去了。正是如此。

王奎表示，唱歌的主意并非自己提起来的，之所以去唱歌，是张亮每次一喝多都有这个要求，而且他在路上就唱开了，因为五音不全，司机还笑了。也就是说，我们吃完是打车过去的，并非张亮所说的走着去的，那会儿我们身上还有钱。现在可以肯定的是，后来大家确实去唱歌了。饭后，准确地说是酒后唱歌，这完全是自然而然的事，很可能都没有人提，大家就不自觉地招手打车过去了。至于说他用KTV包间里有空调来诱惑李芫去唱歌完全是鬼话，王奎是个从来不出汗的人，他不怕热，也不怕冷，对于天气或气候没什么感觉，所以当晚究竟是刮风还是下雨，他一点印象也没有。

遗憾的是，张亮、李芫和王奎的分歧并非我们后来坐在一起展开回忆时的争论。那天晚上之后，我们四个人就再也没有坐在一张桌子上吃过饭。王奎当时和李芫是男女朋友，那天之后他们就分手了。争吵就算了，王奎打了她也算了，居然还牵涉到经济问题，即互相退还对方花钱给自己买的东西，总之搞得很不愉快。而张亮去了广州，偶尔只在网上能聊几句。对于我个人来说，我是因为认识王奎才认识王奎的女朋友李芫的。所以，他俩分手后，我不可能还跟李芫有单独来往。直到今年上半年，情况才发生了变化，才获知上述李芫的"李四点"，此为后话。也就是说，那晚之后，唯有我跟王奎还有来往，但次数并不多，而且是呈递减方式来往的，因为我越到后来越发现，我跟王奎并不是很熟，甚至很陌生。王奎不爱说话，就算他偶尔打破让人难受的沉默张口说点什么，也只能暴露和强调我们之间无法弥补的巨大差异。面对这个连汗都不出的人，我觉得他远不如张亮有趣，或者不叫有趣，而是轻松。当然，只要王奎找我，我也会赴约。因为我想不出有什么不赴约的理由，也想不出有什么非见面不可的必要，也就是说，我从来没有主动找过王奎。对我来说，在我对面举杯的王奎是张亮的大学同学，我认识张亮，然后认识了他，这就是我们之间的关系。换言之，我和王奎的友谊必须靠置身现场的张亮才能维系，否则可以忽略不计。当身在广州的张亮在网上询问我和王奎的状况时，我都如实相告，但因为到后来来往越来越少，我也便没什么可以向张亮汇报的，只得表示我已经和王奎没什么来往了。当然，手机里王奎的号码还"健在"，至于他本人是否健在或者有没有换号我一概不知。按这个趋势下去，我的手机一旦被偷，或者换机换卡，王奎大概就从我的生活中彻底消失了。张亮叹了口气，又使用那种暴露大牙的聊天表情回给了我。然后说，正常。我回复以"嗯"。然后张亮又自责起来，这两年兄弟们不吃不喝，关系疏远多了，这全怪我。我说我没有这么觉得，我觉得我跟你还是挺好的朋友，跟王奎也是，联系不联系，吃喝不吃喝，不是很重要。张亮说听到我这么说他很高兴，觉得交了我这么个哥们是值得的。这话我听了很不舒服，因为他的话似乎是在提醒我我是故意这么说的，其目的是安慰他。事实不是这样，我没那么恶心，但我也懒得反驳他。他继续说道：不过，如果大家还能够像两年前那样坐在一起"不醉不归"（原话），那就更好了。我说"也是"。最后，对话框又跳了出来，张亮感慨道：那是一个美好的夜晚。

二

现在可以肯定的是，那晚我们都喝多了。具体是为什么吃饭，也存在分歧，但分歧没有那么大。我和王奎的看法一致，那就是什么也不为,像之前无数次吃饭那样一起吃饭。难道我们必须要为了什么才吃饭?一拨号称年轻的男人和女人,他们认识,并且还号称是好朋友,当然免不了要坐在一起吃饭。如果他们不吃饭,无以落实他们彼此之间是认识的而且是好朋友这层关系,反正我一直是这么想的。自从我在更早的时候于另外一张酒桌上认识张亮之后,很快就加入了这张酒桌。

张亮认为那是由李芫组织的欢送自己去广州的告别晚餐。对,那顿饭的单确实是李芫买的,这点是毋庸置疑的事实,不过,之前两次分别是我和张亮买的。我认为,李芫和王奎当时是男女朋友,算作一股是完全应该的,那晚他们买单完全是我们之间约定俗成的制度使然。当然,以前李芫从来没有买过单,她是女的,具有与生俱来的免单权,难得几次吵着要掏钱,也总是被王奎摁住了。这是否说明,在那顿饭开始之前,王奎和李芫的关系就濒临破产?否则前者怎么会那么爽快地让女朋友抢着买单呢。不过,这不重要,我试图提醒张亮,在那顿饭之前,我可从来没有听说你要去广州,而且就我所知,李芫也不是很清楚。你只跟你的大学同学王奎流露过这个意思,你跟他说你也不想留下来了,这还是王奎后来不经意间说到的,他以为我知道,我告诉他,我不知道。

张亮说,虽然我不记得我有没有跟你说过,但你又怎么能肯定我没说过呢?我觉得可能是我在酒桌上说过,你没留心,或者你喝多了,忘了。你承认不承认你一喝多就忘事?再说了,就算我没说过,又有什么关系。这事并不重要。

然后他再次发起了牢骚,和去广州前的牢骚话如出一辙。即,他和王奎的大学同学毕业后都去了广州、北京和上海这样的所谓大城市，有的还去了美国什么的。当然，也有个别回了老家，去当教师，去国家机关或事业单位当公务员，在当地纷纷过上了稳定而舒适的生活，相亲结婚，生儿育女。只有他和王奎留在了南京。王奎家里有人，一个舅公是当年的进城老干部，所以王奎后来考上了公务员。不过，兴许王奎真如张亮所说，人不行，所以混得也就那样，仍是一个小角色。即便如此，他仍然比张亮强。张亮，毕业十年了，什么也没有，工作换了许多，在南京的最后岁月里也无非是在那个电脑公司混日子，一点希望也看不到。据说主要是张亮忍受不了老总那德行，后者给张亮他们每个月发不到两千的工资，还做出关心的样子，问：你们有没有往家里寄钱啊？

除了操他妈，我想不到该怎么回答这个问题。张亮一提到这事就很愤怒。

这是张亮再次申述他离开南京前往广州的原因。

事实不容否认，张亮在那家电脑公司干确实没有什么前途可言，他的愤怒是可以理解的。收入少，没房子，找女朋友都困难。他好不容易生了场病，去医院认识了李芫，结果带出来吃饭，还没等他拿出更进一步的动作，就给王奎抢去了。当然，这么说并非表示他对这事多么耿耿于怀，大家都没女人，来了个，没有漏掉，总算给某个朋友捞着了，这就行了。张亮不在乎这个。他强调这点，旨在表明，在南京，他个人是看不到一点希望了。

张亮这一套辞令并不新鲜。就我所知，事实并非这么简单，他确实为这事耿耿于怀。即便李芫成了王奎的女朋友后，他还是控制不住地跟她发短信，没完没了地说些废话。所以他预知了李芫和王奎即将分手,而且也知道他们的分手与自己无关,但是张亮还是自作多情地认为自己可以把李芫重新(?)接收过来,结果发现这没有可能。就是这样。

总之,李芫为了欢送张亮去广州而召集大家吃这顿最后的晚餐,这是张亮的定见,怎么撼都撼不动。

现在看来,无论这一点是否属实,李芫都乐于张亮作如是解。她说"张亮是个可怜的人",当听到后者现在广州仍然一文不名,正在追求一个叫"三妹"的卖水果的湛江姑娘的时候,尤其难受。那个三妹我们都在网上看过照片,身材不错,黑黑的,长着一副马来人的模样,或者说越南人也行,反正就南亚人的样子吧。她在张亮租来的房子下面的菜场上卖水果。榴莲。这是一种很臭的水果,但据张亮说吃起来能上瘾。南京的榴莲因为太贵,我们很少吃,所以我们只知道榴莲很臭。这种臭味让李芫感到悲伤。她甚至有点懊悔自己当年从来没有响应过张亮。她记得张亮在电脑公司那会儿,难得有一次公司组织旅游,是去青岛,张亮给她带回来一个大海螺,起码有一只鸡那么大,颜色还很鲜艳。张亮谎称是自己沿着海滩走了两公里才在岩石背后找到的。这是鬼话无疑。这种体积的海螺不可能出现在沙滩上,都是渔民捕捞的,肉被掏空吃完,然后剩下这么个坚硬华丽的躯壳。而且李芫有过去青岛的经验,他们医院年年组织他们去玩,所以她也去过海南。她清楚,北方海域没有如此鲜艳的海螺,它们属于南海生物。所以李芫当着张亮的面否定了这个海螺的来源。你是买的,不会超过二十块钱,而且这些颜色是涂上去的,洗一洗就没了。我们记得很清楚,张亮嘎嘎地笑了笑,说:没想到没有考倒你啊，厉害，答对了，加十分，这杯要喝完。然后一扬脖子，只见喉结滚动，瞬间滴酒不剩。

李芫因为打算跟王奎分手，她原先根本不打算列席这张饭桌。王奎跑到了她所在的小区，然后将她喊了出来。他在电话里说，我就在你楼下，你不出来，我就真喊了。李芫怕让父母知道，只好下来了。也为了避开邻居，她将他拉到车棚。这是个错误，下班时间，邻居们龙头上挂着菜、驮着背着书包的孩子骑着摩托车、电动车和自行车一个接一个地回来了，他们进车棚时都被眼前的景象吓了一跳。一男一女两个年轻人在那儿争吵。不过很快他们就训练有素地装作什么也没看见，锁上车回家了。

王奎不希望这时候（张亮即将前往广州之际）在我们面前暴露他和她关系即将破裂的事实。而李芫觉得这只是他的自私想法，自己没有义务帮他实现。

我们已经分手了，李芫非常肯定地说。

分什么手，王奎怒不可遏，说，我不同意。

然后他们就对骂了起来，把一个又一个晚归停车的邻居搞得一愣一愣的。李芫也正是因此打消了再换地方的念头，比如把王奎拉到他们小区那片竹林后面。什么女孩形象，如果为了保持女孩形象而必须鬼鬼祟祟，那还是去他的吧。

当然，在李芫的家门口，王奎忍着没动手。动手是之后的事。最后，他们吵累了，只好蹲下来。蹲姿使二人心平气和了不少。天色也暗了下来。王奎像个长辈那样劝说道：李芫，你还是去吧，算送送张亮行吗？

张亮怎么了？

张亮打算去广州了。

三

那顿饭之前和之后很长一段时间，张亮去广州也一直只是他本人的一个计划而已。连从那家电脑公司辞职也是这顿饭半个月之后的事。多么可怜，因为只有圆满地将那个月干完，他才能将那个月的钱全部拿到手。这时候，他才在电话和网上向我们宣布自己即将前往广州的特大消息，而且说是那边的同学已给他找好工作，催他速去报到。所以，他现在很忙，要跟电脑公司"清算"（原话），要跟房东退房，要回一趟苏北老家，还有一些杂七杂八的琐事要办，所以跟我们道别即再正经吃一顿送别饭，需要等他通知。

我们一直没有等到他的通知。当两个月后收到他的消息时，他已经身在广州。我们不得不为此而骂他一顿，然后暗暗庆幸。我记得那段时间我身上的钱不超过一百，透支的信用卡因为没按时还上而无法继续透支。如果他通知了我，我还真不知道从哪儿弄笔钱来为他饯行。

那么，在这两个月内，除去之前半个月辞职，再用半个月解决其他琐事，另外一个月他又究竟身在何处呢？他说他一直在老家住着，去广州的火车也是直接从老家发出的。但前去广州接待张亮的同学同时也是王奎的同学，那位同学指责王奎这多年来不仅没有帮张亮，后者上火车了，你连送都不送，甚至连顿饭也不请，你还是哥们吗，看来我们以后到南京也不能找你玩了。王奎觉得自己非常冤枉，他当即致电远在广州的张亮，你到底是什么意思，是我不请你吃饭不想送你，还是你自己玩消失玩鬼祟？张亮在电话中辩解，误解误解，都误解了，自己并没有一点责怪他的意思，话也完全不是那么说的，他向他们共同的同学所说的是没有惊动王奎就这么来了。但这个解释显然无法消除积压在王奎胸中的冤屈和怒气。

得了吧，王奎咬牙切齿地说，你就是一个呆×，你以为这两年你给李芫发短信我不知道吗？老子不信你的鬼话了。然后摔掉话筒。

当然，这不至于彻底摧毁王奎和张亮之间的同学或哥们情谊。互相谅解是此后二人必须要做的事。但芥蒂已在，也就那样了。两年来，张亮会在网上与我谈论王奎，探听后者的近况，以及关心我和王奎的关系，显然是他和王奎本人的联系沟通已若有若无的缘故。

张亮在去广州之前的那最后一个月里并没有栖身老家县城尽绕膝之孝。他父母早在他还是孩子的时候就离婚了，各自又建立了新家庭。张亮回到所谓的老家，一般都是住在姐姐家，和自己的外甥挤一张床。他的外甥已读中学，对这个要和自己分享空间的舅舅并不欢迎。张亮曾多次强调，自己过年回家和外甥挤在一张床上的时候，让他感到极为滑稽。一个老大无成的舅舅，还在幻想女人。另一个刚刚踏入青春期，也开始幻想女人。当然，舅甥二人的幻想对象肯定是不同的，假设张亮在思念李芫，外甥梦中的大概是某位女同学或年轻女教师。真可谓同床异梦啊。不过，二人想女人的一致性虽然并不因为辈分和年龄有什么本质区别，但或许正是辈分和午龄使他们无法跨越障碍像兄弟那样谈论共同关心的话题，反而使二人觉得对方就是一条长满体毛的男人大腿横在自己的视线内，显得那么多余、操蛋，真是让人难受极了。所以，张亮只在姐姐的家里待了一晚，就回到了南京。他没有跟姐姐说自己打算去广州，没有说以后回来次数可能会更少了，也可能再也不会把这里当家回了。他觉得自己一旦说出这种话，就会心酸落泪。

指责王奎的那位同学证实了这一点，那就是张亮是从南京去广州的。也就是说，张亮在南京蓄意地藏匿了将近一个月的时间。他住在哪儿？难道房东的房子是直到离开才到期退掉的？他吃什么？张亮没有什么积蓄呀。更重要的是，他都干了些什么？他是怎么隐匿得神不知鬼不觉的呢？这还包括，既然张亮叫我们（我和王奎）等通知而通知迟迟不来，我们为什么从来就没有想到主动跑到张亮那个地方找找他呢？我们是不是真的早就"烦透了张亮这个呆×"（王奎语），他不通知我们正中我们的下怀？

张亮始终避开这些问题王顾左右而言他，就算说，也都语焉不详。什么住在亲戚家了，什么电脑公司老总给发了两个月工资作为多年来他做牛做马的慰问金了……南京何时冒出个张亮的亲戚？

他骗你的，王奎是坐在我对面这么肯定地告诉我的，一点犹豫都没有。电脑公司那位平易近人的老总，给发俩月工资做慰问金？这不是做梦嘛。

好吧，既然张亮不愿意说那个月，那么我们就不问吧。难道我们真的是那么关心张亮？难道我们不是出于卑鄙的阴暗的取笑心理在打听他那个月的下落？还是自己照照镜子吧，你算什么，瞧你那模样就饱了，王奎说。他经常在镜子里看一眼自己，然后省下一顿饭。他不会再打听"呆×张亮"（原话）的任何事情，没有时间没有兴趣没有必要。让他在广州那个老鼠有黄鼠狼大的烂地方烂下去吧，如果那些大老鼠有兴趣，可以在前者烂掉的时候啃上几口。当然，那个黑黑的三妹未必同意饥饿的老鼠这么干，她会哭肿双眼，以此怀念"呆×张亮"生前对她的种种好。如果她真如张亮所说"是个淳朴善良的好姑娘"，那么她应该会给他擦拭尸首，于是在他的右瓣屁股上发现那块形状酷似台湾岛的胎记。

张亮不止一次在澡堂子里告诉我们这块胎记的伟大寓意，积极的理解是，他来到这个世界是为了祖国的统一大业而来的，这决定了他成为一名军事爱好者，经常光顾一个著名的网络军事论坛说一些亢奋的话。消极理解源自张亮的奶奶，这个许多年前就已死掉的老太太，在许许多多年前经常在门前放下一个木盆，然后将小张亮从街巷的某个角落里给拎出来摁在木盆里开始给小张亮洗澡。小张亮是她老人家的长孙，疼爱有加。大张亮每想到奶奶，就要揉揉胳膊，因为小张亮不爱洗澡不爱泡泡，他总是想挣脱。但奶奶那只龙爪一般的大手死死掐住了他的胳膊，疼得要命。也正因此，小张亮越要挣脱，奶奶也便越要抓紧，结果无不是洗澡水泼了一地，小张亮哭天喊地。奶奶那双手，张亮曾拿来与李芫的那双小手做过比较，后者纤细白嫩，握在手中柔若无骨（事先征得了王奎和李芫本人的同意），结论是，奶奶那双手被誉为劳动工具更为恰当，和铁锹、洋钎、耙子、火钳、老虎钳以及红把手的起子等等是同类。洗完澡，奶奶才松开小张亮，然后在小张亮的屁股蛋上拍上一巴掌。无论是否拍在那块胎记上,奶奶都会重复那句话:这是阎王爷一脚踢的,因为我们的小亮亮不愿意来投胎,嫌我们家不好,我们的小亮亮不愿到我们家来,我们的小亮亮不愿意给我做孙子。大张亮每说至此(都在酒后)无不潸然泪下。他还告诉我们一个看起来没什么价值的细节:每次奶奶将洗澡水泼掉之后,总会将木盆靠在墙上,然后地上就会露出一个圆形的干燥地面。小张亮见状,止住哭喊,饶有兴趣地跳过之前由自己泼溅出的水渍,然后到得干处,不自觉地站在圆心上。小张亮于是觉得自己是站在一个孤岛上,他破涕为笑地呼喊正在搬小木桌准备晚饭的奶奶,声音稚嫩得与不远处毛茸茸的小鸭彼此呼应:奶奶你看,奶奶你看!

四

在隐匿南京的那一个月内,李芫是唯一见过张亮的人。但她并不知道后者当时住在哪儿。他知道那天李芫是夜班,白天在家,所以他来到了她家那个小区。他试图凭借有限的记忆一举敲响后者的家门。但李芫在电话中听到的是他向她呼救。我迷路了,找不到你家。

你到我家来干什么?

我想见见你。

李芫是被他的平静所震惊,这是以往从未听过的声音。所以,她叫他原地别动,然后将他带到自己家里。

我已说明,这是两年前的事,在两年前,我们谁也没有去过李芫的家,包括王奎。她始终不愿意把男朋友王奎介绍给自己的父母,这也是二人最终分手的一个重要原因。暴怒的王奎为了彻底断绝二人近两年的关系并惩罚和羞辱对方,要求对方返还所有由他赠予的物品。当然,都是"健在"的,像巧克力、蛋糕、水果和鲜花这些东西早已吃掉、早已枯萎,重新进入了生态循环,也就作罢。王奎这么做的前提,当然是先一步将李芫送给他的东西打包送还。

全部坏了,不能用了,李芫回忆里是这个样子,打火机齿轮不转了,皮带扭曲了……而那双耐克休闲鞋的鞋底被彻底磨掉了花纹,也可知王奎是多么勤于穿这双鞋。李芫只得照办,但囿于有些物品已经不在了,她说能否用钱来替代?王奎说,那最好。李芫问,多少钱?王奎说随便。李芫于是往王奎的卡里打了一千块钱了事。

出双入对,床也上了,她为什么不把我介绍给她父母,王奎自己分析道,就是不准备跟我好下去,她不会嫁给我的,我只是个过渡人物,我不愿意做过渡人物,就是这样。

王奎如此理解,未尝不有其道理,但并不符合现实逻辑。张亮去了李芫家,这又怎样,李芫没有嫁给张亮,这是天下人所共知的事实。当然,李芫这个做法确实叫人难以接受。她如此慎重对待带男人回家完全是种病态。不过话说回来,谁没有一点病态的地方呢,难道你没有?如果五分钟内你确定自己没有,不妨再花点时间。

张亮没有在李芫家发现任何异常,面积、家具和摆设司空见惯,与在所有正常家庭里所看到的景象一致。张亮因此苦笑着告诉李芫,他有点失望,因为他一直把这里想象成龙潭虎穴或者盘丝洞什么的。谁叫你家这么神秘呢，呵呵。同时，他也感到高兴，感到亲切。李芫的家表明李芫是个正常的姑娘，他不得不承认，近两年来，他一直对李芫抱有成见，觉得后者不是个正常的姑娘。

切，李芫问，怎么不正常了？

嗯，比如说吧，你把我们所有人的门槛都踩平了，都从来没有邀请过我们来你家玩是不是？你不邀请我们也就算了，连王奎都不让来，你也太奇怪了。

李芫没有回答他这个问题，而是直接问，不是说你去广州了吗，你今天跑来找我干吗？

张亮开始局促起来。然后说，也没什么，就是来看看你。

说吧，少卖关子了，李芫说，我还不知道你？

你知道什么？张亮眼中一亮。

我知道你对我挺好。李芫事后想了很多次也没弄清楚自己怎么会突然冒出这么一句暧昧之词，或许真的是同情心爆发。

其实，我其实对你也不好，张亮害羞地说，我是说，我觉得不够好，早呢……你明白我的意思吗？

明白，李芫咄咄逼人，你喜欢我，是不是？

这好像不用问了吧。

不是问不问，是你得说出来，李芫出于一片好意地开始教导张亮，如果你喜欢一个女孩，就得告诉她，你以后一定要记好这一点。

你是怪我没在王奎之前说吗？张亮两手开始颤抖，不，不是怪，是说我早就应该说是不是？

李芫想了想，说，是吧。又补充道，你可能误解了……算了，不说这个。

不行,张亮屁股几乎从沙发上腾空,我今天来就是跟你说这事。

好,那你说吧。

张亮落下屁股,十指交叉,尽量稳定自己,然后开始倾吐心扉。他说,李芫你还记得我去你们医院挂水吗?是你给我挂水,我从小就怕去医院,怕打针,怕疼,如果不是王奎那狗日的偏要拉我去高淳吃螃蟹,我是不会过敏去医院挂水的。浑身发红,一夜没睡,我实在受不了了才去挂水。当然,也得谢谢王奎拉我去吃螃蟹,否则我怎么认识你呢,也可能是上天注定,是王奎让我认识了你,所以你后来跟王奎好了。我是说,如果不去高淳吃螃蟹不第二天到你们医院挂水,你就不会出现,后面什么事也没有。我是害怕医院的,我怕疼,但你给我挂水,针管插到血管里我一点也没觉得疼。你还问我疼不疼?我说不疼。然后你告诉我如果有什么不适就摁椅子边的红色按钮,铃响会有人来。我说我摁铃是你来吗?你一笑,说当然。你笑得真好看。我没有摁铃,后来你还自己跑过来看那袋药水挂完没。你跑来跑去,不只给我一个人挂水。你还擦汗,我觉得你真够辛苦的。你给我换水的时候还问我为什么挂水,我把吃螃蟹过敏的事告诉了你,你还安慰我说没事,以后饮食上要有所禁忌。你为什么对我那么好呢?除了我奶奶,没有人对我这么好。不过后来你跟王奎好了后,我们吃饭,你们吃螃蟹时你还问我为什么不吃,看来你忘了我应该不吃螃蟹,你知道吗,当时我很难受。我以为你对我有好感,我根本没有想到能约到你。我第一次带着你去找王奎吃饭时,你知道我多高兴吗?你不知道。但是你跟王奎好了。李芫,你为什么会答应跟我出来吃饭呢？

李芫告诉他，她相信自己的直觉，她觉得张亮不是坏人，而且她苦于父母催逼，但又不甘心去相亲，她希望自己能结识异性。

是，我知道你不喜欢我，我就是想问你，你当时为什么答应跟我出来吃饭？我不把你介绍给任何人也是可能的，你为什么跟我出来吃饭？

我懂你的意思，李芫说，你是不是想说，我既然不喜欢你，为什么还出来跟你吃饭，那我这样告诉你行吗，我喜欢陈冠希，因为我觉得他很帅，我也喜欢比尔·盖茨，因为他有花不完的钱，但那是没用的，我很清楚。也可以这么说，我从来不知道自己会喜欢谁，但我愿意跟男孩相处，我需要和异性一起玩，我愿意试试看，然后我才能决定。

五

现在出现了一个问题：张亮去找李芫时，本人并不在场，我又是如何如此精细地重现他们的对话的呢？现在我有必要交代，除了必要的语言加工外（我们不可能用文字还原真实），其余都是李芫亲口告诉我的。半年前，我们在公交车上偶然遇见。我们在一个城市，这种遇见是可以预期的，虽然我从来没有预期过这件事。

李芫说她跟王奎分手后，相过几次亲，也跟某人认真谈过大半年恋爱，最后还是觉得不行。也就是说，我遇见她时，她仍然单身。在公交车上，那些因为进补、晨练和爬山而显得精力充沛的老年人占据着我们面前的座位，相形之下，李芫却疲惫不堪。

落日偶尔从楼房与楼房之间的空隙里照射过来，照在她的脸上，刀光剑影一般照耀着她江湖落寞的嘴脸。是的，较之前两年，她有较为显著的衰老迹象，而绝非落日的缘故。

我们找了一家饭馆一起吃了饭。这家饭馆在两年前可能还没开张，有效地避免了我们睹物思人。老实说，我讨厌一对还算年轻的男女坐在一起像老年人那样回首往事。所以我们根本没有提到王奎和张亮。作为一名护士，李芫只能一切照旧。所以主要是我在汇报自己这两年的情况。

我告诉她，我后来结束了在家无所事事的生活，经朋友介绍去出版社当一名编辑。当然，我不属于他们编制内的职员，说到底也就一临时工。不敢生病，不敢奢侈，没能力换更大一点的房子，也不打算买车。就目前来看，生活颇为规律稳定，谈不上满意，也算能跟家人和自己交代。我已经不指望自己能怎样，也不打算像张亮那样雄心勃勃地出远门、见世面以至挣大钱（张亮语）。如果有一天我能够发财，我当然欢迎。如果一辈子发不了财，我觉得也属于正常。比如我眼下干的这份活，虽然收入并不高，和他们正式员工相比还悬殊得很，但我觉得那点钱对得起自己了。在我看来，他们拿钱比我多也是理所应当的。你或许会替我鸣不平，那就是为什么我和他们干的活是一样的，收入有这么大差别？我是这么想的，因为他们投入比我大。比如他们读高学位，花了时间花了钱，他们托关系进入编制，也消费了家庭背景和社会关系等稀有资源。而我呢，毕业至今没干过什么正事，朋友能够帮忙让我吃上这碗饭，我觉得不错了，所以我不妒忌，能够接受，没什么可抱怨的。

女朋友呢？

有一个，我说，女朋友是一所幼儿园的老师，但你不要因此认为她玲珑天真。事实上她是个大块头，长相一般。如果她不反对，我打算年底跟她把事办了。这也是应双方家人的要求吧。都不小的人了是不是？一个人到了一定的年龄就应该干这个年龄的事。不要计较这是什么"向人类秩序低头顺从"（李芫语），也不要说搞什么叛逆了。当然，你要是不遵从人类几千年来传下来的规矩，我也不反对，赞成并且支持你，只要你愿意那样，你有能力那样。我觉得互相尊重最好。一个人苦挣了一辈子钱，钱不多，也一文没花，死了，你说他傻吗？你有什么资格说他傻呢。另一个人一辈子风光无限，你羡慕他，想跟他一样，有必要吗，你有那能力吗？也就是说，前一种人无须妒忌和羡慕后一种人，后一种人也不要自作多情地同情和嘲笑前一种人。人跟人是不一样的，各自有各自的生活方式。俗话说，虾有虾路鳖有鳖路，而条条大路通罗马，罗马是什么地方，是棺材或者骨灰盒，然后烂掉，进入物质循环。说白了，咱们都是死路一条。在这条死路上，我们彼此无须互相攀比、对立和仇视，我们应该互相尊重。基于这些认识，我觉得我和女朋友还算般配，般配就是经济收入、学历、外形和家庭状况可以遵照世俗判断的标准配比恰当。既然双方都没异议，又有人催，那就结婚吧。

李芫闻此，问，你喜欢她吗？

这话非常女人。我真希望她不要这么女人。

我说，喜欢就那样，不喜欢也就那样，所以我不知道喜欢不喜欢。

李芫说，我发现你变得世故和油嘴滑舌了。

我说，我不这么觉得，我跟你说的没有一句是违心或者摆姿态的话，我是认真地在跟你说这些。当然，如果你怀疑我是否诚实，我也能接受，不生气，你有这个权利。如果你相信我说的都是心里话，那我会很高兴，但我也不会因为高兴就得意忘形。主要是你不说话，如果你说，我同样不会怀疑，就算你说的是假话，我也觉得你那么说有你的道理。

饭后，我们重新留了电话号码，表示有空再聚聚。对此，我是这么想的，如果她联系我，我就跟她吃饭。如果不联系，我也不会联系她。跟老朋友聚一聚不会死人，同理，也没有什么非得聚聚的必要。

大概半个月后，李芫给我发来一则短信，四个字，生日快乐。是，以前，张亮、王奎、她和我，生日到了都会吃饭庆祝。时隔两年，我很好奇，她为什么还能记得我的生日？这条短信也被我那个幼儿园老师的女朋友看到了，她问是谁？我实话实说，但为了省事，我尽量言简意赅。女朋友看不出我有什么隐瞒的地方，神态里大概也没有鬼，也便没再问什么。然后，在她的注视和帮助下，我和李芫又发了几条短信。

谢谢。你怎么还能记得我的生日？

你忘了，你和我是一个星座，而且比我正好大十天。我也是快过生日，加上上次遇见，才突然想起来的，呵呵。

星座，在我看来，仍然是一个极其女人的话题。我的女朋友也热衷于谈论，因为我不懂，所以很少响应。有一次我情绪不好，问她，你知道你父母的星座吗，你觉得他们的性格是否与星座特征相吻合，你知道他们的星座是否般配合适吗，如果不般配，你是不是觉得自己有必要返回你妈的子宫萎缩成单纯的卵子等待星座般配的家伙给你重新受精？说完我就后悔了，然后我道了歉，她也原谅了我。所以说李芫这条短信在我看来是无须回复的。然后示意女朋友准备做爱。后者不干了，她说，再跟她聊点嘛。我说我不知道聊什么呀，要不你以我名义跟她聊吧。

女朋友很来劲，她一边被我干着一边发短信，不时将她和李芫说的话读给我听。但我心无二用，没怎么留意。

第二天，我在出版社吃完午饭后才又打开手机看了一遍。

我说，你很孤单吗？

李芫说，有点，呵呵。

我说，我能帮忙吗？

李芫说，晚安。

六

这是一件神奇的事，那就是我跟李芫上了床。

中午，她说上次是我买的单，可以抽空请我吃顿午饭。我说好。这次吃饭，我们开始聊到了王奎和张亮。她还说，上次我说的那些话，她回去想了想，觉得挺有道理的，但好像我又等于什么也没说。吃完饭，她买了单，我们各自上班。然后整整一个下午，她都在给我发短信。在短信中，她说自己这些年的种种委屈，甚至不厌其烦地打出"他妈的""我操"这样的字眼。在我看来，一个人如果不到一定的程度，是不会多此一举的。手机打字太麻烦了。反正意思是，这些年她连个可以说话的人都没有，怎么着我也算她的老朋友，所以我有责任让她发泄发泄。我说我很荣幸，只要你想说，随时奉陪。然后她问我几点下班，我说五点。她说她六点。我犹豫了一下，说，那我等你。

这一个小时的等待，我分作了两股。前半个小时，我待在办公室里，给女朋友打了个电话，告诉她，那个叫李芫的晚上想跟我聊聊，如果你没什么事，到我办公室来，我们一起跟她吃饭。女朋友说，我就知道她不是个好女人，哼哼，我才懒得坏你们的好事呢。然后补充道，她跟幼师时代的同学约好了，下班逛街，吃饭，然后去KTV唱歌。

后半个小时，我在前往医院的路上想到两个问题。一、我没有告诉女朋友中午也跟李芫吃了饭，这倒不是我蓄意隐瞒，而是我没来得及说，也没想到说，我已经邀请女朋友加入，只要她来，中午吃饭的事自然也就知道了。第二个问题，就是我在竭力回忆两年前，那时候李芫是王奎的女朋友，张亮也一直很喜欢她，那么我不可能对她一点感觉也没有。是，没必要否认，我一度也被李芫吸引，希望能跟她睡上一觉，能把她抢过来做女朋友也行。但我那会儿就知道，李芫对我没感觉，她不喜欢我这号的。这一点在两个多小时后就得到了证实。

当我干完从她身上爬下来喘气的时候，她突然说：真奇怪，以前我从来没有认真注意过你，为什么？

是啊，我说，不知道啊。

再到两个小时前。她是和一拨同事同时从医院出来的，简直跟电影一样，她向她们挥手，然后笑盈盈地向我奔来。

打算去哪儿？她问。

随你。我答。

还吃饭吗?

吃吧,到吃饭时候了。

我不饿。

那就饿了再吃?

那到底干吗呢我俩?

你不是想倾诉吗,边走边说吧。说着我迈开步子走了起来。结果她没动,站在原地露出不高兴的神色,然后冲我发脾气,你怎么这么说话,谁想倾诉了,真是的。

好,我说错了,我返回拉了拉她的胳膊,走吧。

后来我们就是手拉着手在走,我不知道这是怎么发生的。她确实没有倾诉,似乎在一直生气,我们就这么默默地沿着人行道手拉着手在走。

你女朋友看到会怎么想?她突然开口说起了话。

应该会很生气吧,我晃了晃手,准确地说,是晃了晃我和她的胳膊。我突然觉得自己如果在我们的身后看到前方牵手男女晃动他们交织在一起的胳膊,一定会认为多此一举。

那你怎么办?

我还没想到,不知道。

后来我有点累,提议坐车,她叹了口气,没反对。

在车上,因为四周全是人,我们聊得比较好,延续了中午饭桌上的话题。然后我不禁顺势问道,你当初为什么不让王奎到你家去呢,你真的有那么矫情吗?

她立即否认,不存在,张亮就去过。

我说，没听他说过啊。

她说，那我就不知道了，总之他去过，王奎确实没去过，至于你，也没说过要去吧，不能怪我。

我说，那我说我想去呢？

她说，那就去吧。

现在？

可以。

她家的小区确实很大，巷道复杂，难怪张亮迷路。张亮希望自己能轻车熟路，但还是迷了路，张亮为此而感到忧伤。

她的父母正坐在沙发上看《新闻联播》。对于我的到来，手足无措，又惊又喜。我理解这对老年夫妻的心理。李芫的介绍也恰到好处，只说了我的名字，其他什么也没说。当其父母问有没吃饭时，李芫迅速地回答"吃过了"，然后就把我带到她的房间，并且关上了门。

确实没什么再需要说的。触摸、拥抱、亲吻，然后脱衣做爱，非常自然。这让我觉得自从我在多年前的餐桌上认识王奎的女朋友李芫以来，这漫长的时光，作为一条射线，其指向就是这个房间这张床。此外，我就是感到饿。她的床头有一个苹果，我们一人一口分吃了。在吃苹果的过程里，李芫说起张亮来那次。

李芫父母那天不在家。

张亮动了手，他想抱住李芫，但始终没有成功。

张亮说，李芫，你能不能劝我不去广州？只要你叫我别去，我就不去。

李芫，张亮几乎是带着哭腔，我不想离开南京。

她说，你还是去广州吧。

七

我只能这么牵强地认为：王奎是个不出汗的人，而李芫在床上却是个大汗淋漓的人。这种生理区别决定了他们的分手。

当天晚上我离开李芫家已是十点，因为饿，我找了个路边摊吃了半斤水饺。和我坐在一张桌子上的还有两个女中学生，她们刚刚上完晚自习，需要吃点麻辣烫。在交谈中，她们语言极其粗俗，无比恶毒地咒骂和嘲笑刚刚给她们上完晚自习的教师。我觉得这样不是很好，就说，你们为什么非要上晚自习呢？她们说老师要上。我说那你们不去就是。她们没再搭腔。我想说的是，这两个女中学生提醒我，许多事情没法解释，说不清楚。

进家门时已是十一点。女朋友佯装睡着了。我没有打搅她，去刷牙洗澡。在刷牙的时候，我不得不再次从牙膏的底部往上挤，使得被女朋友挤瘪的牙膏管前面部位恢复饱满充实的状态。我和女朋友的生活简单点说，就是她喜欢在前面挤，将前面挤瘪，我则习惯从后面挤，将她挤瘪的地方填实。洗完澡进房间，她已经坐在了床头。

为什么到现在？

去李芫家了。

你们……？

是的。

她开始发起了疯，将枕头、被子、手机、时尚杂志……所有床上的东西砸向我。这我已有思想准备，所以并不吃惊。

我说我也没想到会这样,但这事发生了,我觉得非常抱歉,如果你受不了,今天晚上我可以睡客厅,明天我们再详细谈。

谈？谈个屁啊。她几乎是在咆哮。我皱皱眉头,走到阳台,没有发现有人家的灯亮。身后是她粗重的呼吸,然后是下流、肮脏、无耻、贱、瞎了眼等意料之中的词汇。这些词不仅指向我,我相信也指向李芫和她本人。然后我就看着她收拾东西。我将她送到门口,也给她打开了门灯,这和平时没有任何区别。当门灯亮起来的时候,她突然哭出了声。我说对不起,然后站在门前目送她下楼梯。我感到愧疚,但我觉得这没什么用,也不值得去说去解释什么。我很累,之前和李芫做爱使我疲惫,半斤水饺坠在胃部使我感到困意绵绵。

我告诉李芫：当晚幼儿园老师并没有回家,她去了一位同学家哭了一夜,并且每次都成功地阻止了同学打电话来声讨我的企图。之后她也阻止自己的父母来找我——虽然她的父亲还是背着她和我谈了一次,以致打了我一个耳光——没有什么力量能使她跟我继续下去。当然,我和老师也见了所谓的最后一次面。她确实憔悴了许多,表示自己无意再去找李芫,她觉得自己丢不起人,她只想跟我了解一下情况,好把这事给了结。然后她问我究竟为什么要这样做？我实话告诉她说自己也从来没有想到会这样,于是将当天我和李芫午饭、短信和去她家的全部过程说了一遍。我强调那是自然而然发生的事,不是我刻意去做或者刻意不做就行了的。我还特意提到当天傍晚我给她打的电话,我说,如果你当时来,这一切可能都不会发生。谈到我们在一起的日子,她说她确实感到很幸福,因为我对她很好,这使她误以为我像她爱我那样爱她（潸然泪下）。但是她仔细想了很久，发现我并不爱她（"爱"这个字眼被她使用方言说出来让我浑身难受），而且她承认对我并不了解。如果说了解，恐怕现在了解了一点，那就是她认为，不仅她不能跟我这样的人生活，全天下所有的女人都不应该跟我生活。在我们互道珍重的时候，我出于习惯地提醒她今天别忘了吃药（她有不轻不重的牛皮癣，需要长期吃药控制）。老实说，我并没有考虑到通过这种煽情的方式让她原谅我继而回心转意，长时间以来，我习惯了，但我还是立即认识到它是不合时宜的。她在人来人往的大街上压抑住哭声，五官扭曲，过度的悲伤使她看起来肝胆俱裂。

李芫听了也很难受，叫我别说了，这让她觉得自己是个坏人。我说，那是你多虑了。她说她从来没有觉得自己这么下作，难道我是个坏女人吗？我说你这话挺像电视剧台词的。她说我对不起你，尤其对不起你女朋友。我说她现在已经不是我女朋友了。然后她开始与我谈论起了我和她的问题。

你这样做，是不是表明你爱我而不爱她？

我说不是，我觉得你们都差不多，都是不错的女的。

她说，那你和她分手是不是要跟我在一起？

我说，这样也没问题。

假如我不愿意呢，她说，假如我只认为是跟你搞了一夜情呢？

我说我尊重你的看法。

你不觉得不值，不觉得亏了？

没有，我感觉不出这点。

李芫突然从床上坐了起来，赤裸着上身那样惊恐地打量我。

我也坐起，拽起毯子给她披上，警告她别受凉了。

然后她突然说，我觉得你不是人，是禽兽，不，是机器人。

我觉得这个说法有点意思，是我多年以来一直想听到而自己并没想过的说法。我问她为什么要这么说。她说，你没有感情，从不主动，可以被动地接受一切，怎么摆布你都行，问题是你都这样了，还对人挺好的。

你是说我被输入了程序，然后照章办事？

是吧。

我说，我不知道你的看法对不对，但我觉得挺有意思。不过，我想了想说，我不承认自己没有感情，在未来世界机器人也是有感情的。我看过斯皮尔伯格的一部电影，里面有一个机器儿童，后来他对人类的母亲产生了依恋之情。在人类灭绝以后，他因为是机器被外星人唤醒，他希望能够再在母亲的怀抱里温存，于是外星人答应了他，通过我们所无法理解的高科技让那位早已死去亿万年的女人复活了一天时间，机器儿童和他的人类母亲幸福地度过了那一天。

李芫听完这个故事，一把握住我的阳具，问，机器人也干这个？

我又想了想，说，是的，还有一部电影，也是美国的，也是说机器人，他后来……

李芫适时打断了我，说，你是说你连机器人都不算？

我不是那个意思，我就是人，这一点问题也没有。

为了验证我真的是人，李芫像刚刚想起那样，问我，这么多年了，我从来没有听过你谈你的家人，你有父母吗？我现在都怀疑你不是女人生的。

这个问题不禁使我笑了起来,我告诉她,我当然有父母,他们住在城东的一个小区里,我一般平均一个月去看望他们一次,因为太老,所以他们现在已经没什么力气管我的闲事。此外我还有两个哥哥,这是和你们这些独生子女的区别所在。我的这两个哥哥都算生活稳定事业有成的那种人,经济状况比我好得多。如果我遇到什么困难,找他们是没有任何问题的。

好吧,李芫说,现在我只问你一个问题,那天晚上你是不是没喝醉?

哪天晚上?

张亮去广州之前我们四个人在一起的那个晚上。

八

那天晚上。

和每次一样,张亮最早到,然后我到,王奎携李芫殿后。我注意到这次李芫走在王奎的前面,也没有像之前每次那样进来后由王奎手扳弹簧门方便李芫进来。因为缺乏在李芫之后进门的经验,弹簧门差点撞到了王奎的头。

操,王奎骂了一句,声音不大,但足以听见。张亮幸灾乐祸地笑了起来。张亮有一个特点,那就是一笑,浑身乱颤,即便是很普通的笑。而且目光闪烁、潮湿,似乎笑出了眼泪,这多少让人觉得有点脏。我们始终不能理解,张亮,这个家伙生活质量并不算好,为什么如此热衷于长肉?这样说也仅是对比,因为其他人身材都算正常偏瘦吧,张亮不算胖子,只是他爱穿深色西裤、黑皮鞋和白衬衫，看起来反而比王奎更像国家公务人员。不仅如此，他居然还有块手表，一大串钥匙悬挂在皮带上哗啦哗啦。这也是我们始终不懂的地方。张亮穿得太正式了，虽然浑身上下加起来都是不会超过两百块钱的地摊货便宜货，但还是太正式了。

值得一提的是王奎，他体形匀称，上身倒三角，还有个微微上翘的臀部。皮肤有点黑，看起来肌肉非常坚硬。他有运动员的精干（与他爱穿名牌运动装或许有关）。为了挣钱，他曾在大学时代去美院当过人体模特。他的骨骼比例和肌肉质地，以素描和油画的方式目前也许还被当年的美术系学生保存在箱底，或者挂在什么地方承受灰尘，只有在搬家的时候，这些人才会抚摸再三，追忆所谓的逝水年华。张亮也许过于妒忌，总拿如此标准的身体开玩笑，他说，王奎，我把你介绍给我们老总的老婆吧，她有奔驰，是富婆，我们老总就是靠她才开了这么个电脑公司。王奎无不回以"去你的"。张亮自然也不生气，继续乱颤。我理解为这是老同学之间的招呼方式。李芫毕业自卫生学校，与人体及其器官长期交往，她做王奎的女朋友，后者的身体看来是发挥了重要作用。关键之处还在于，为了保持身材，王奎热衷于体育运动，加入了一个羽毛球俱乐部，每周末都雷打不动去打球。指望王奎身材变形，然后通过其他优点俘获李芫的芳心，这完全是痴心妄想。

然后是王奎点菜。这遵循的是谁买单谁点菜的原则。

最近怎样？最近几天搞什么了？有没有什么新情况？……诸如此类的问题是打发点菜和上菜之间的不二话题。回答当然也只能是"还行""还那样"和"一切照旧"之类，然后不忘添加一个"你呢？"。"也还行"，"也还那样"，"也没什么新情况"。

李芫问，你们为什么每次都喝啤酒，为什么从来不喝白酒啊？我想看你们喝白酒。

张亮说，白酒多土鳖，就是茅台同样很土鳖。你知道白酒在古代叫什么吗？叫臭酒，是修建长城的工匠和水手那种干苦力活的人喝的，连砍柴的都不屑于喝，《三国演义》里渔樵还"一壶浊酒喜相逢"呢是不是。当然，浊酒没清酒高档，李白那种人才喝得起清酒，杜甫只喝得起浊酒。现在清酒什么的都跑日本去了，因为后来咱们中国落后了，清酒咱们是喝不起了。现在可好，一个个喝白酒喝得跟真的似的，还使劲拼谁卖得贵。真是愚昧啊。我们……

王奎接过话茬，很不耐烦地打断他，说，你老是整这些没用的玩儿干哈？（王奎是东北人）那就来瓶白的。然后问我，你有意见吗？

我说我没意见，我听你们的，喝什么都行，但我还是希望大家少喝点。

张亮听到，就喝住王奎，说，既然喝白的，那就一人一瓶二锅头，红星的。他表示，别的白酒你怎么点，都死贵，三六九等的，你说你算老几喝哪一等呢？

说的也是。所以我们一人一瓶小瓶装的二锅头，李芫用听装可乐作陪。

王奎喝得非常艰苦。他表示，自己不是说自己在机关里上班有多了不起，那样说很低级很丢人，不过他确实参加过无数官方的饭局，虽然他不擅长喝白的，虽然什么样的好酒到他嘴里无非是辣，但他不得不承认，这酒太差了。

矫情，张亮说。

操，王奎还是那话。

这时候李芫开动了，她将王奎那半瓶二锅头抢过去，她说她喝。我们都吃了一惊，李芫最多喝过两瓶啤酒，一般不喝。李芫要喝酒这个变故，和他们刚才进门时的先后顺序一起，提醒我们她和王奎出现了问题。起码有所谓的"新情况"。

王奎问她，你真要喝？你要真喝，我可不拦你。

张亮见状，激动了起来，他先鄙视了王奎一下，表示不带这样的，王奎的酒不能让女朋友代喝，然后又提议，李芫可以喝王奎剩下的二锅头，但王奎必须要用两瓶啤酒作为补偿，否则大家腹中的酒精量不对等。

不能让王奎占我们便宜，张亮朝我挤眉弄眼道。

我说，只要王奎没意见，那就按你说的办。

王奎笑了笑，冲张亮摇摇头，没有表示反对。然后就是张亮敬李芫，来，美女，干一个。

敬酒对我们来说，也是向来不存在的。一般都是均摊每人几瓶，同步完成。反正任务放在桌上或椅腿边，你得完成，无须互相敬酒。正如张亮所说，敬酒也是个土鳖行径。也就是说，李芫突然插入进来喝二锅头，打破了我们的喝酒纪律，有必要对此新情况采取新措施。

我便也和李芫敬了敬。然后王奎又用啤酒和我们敬了敬。张亮后来就发现了一个问题，他说王奎你和我们喝来喝去，为什么不敬一下李芫？不要因为她是你女朋友就以为可以不讲规矩。李芫说张亮说得对，主动举杯和王奎喝，而且一口喝完了最后那一点二锅头。我们这些杯中还有二锅头的人，见状只得互相碰一碰，也一并喝完。

然后是啤酒。

我们又喝了一箱啤酒，十二瓶，加上王奎那两瓶，是十四瓶。均摊的话，王奎共喝了一两多二锅头，外加五瓶啤酒。我和张亮分别是二两二锅头外加三瓶啤酒。李芫则是一瓶可乐、一两二锅头和三瓶啤酒。当然，这只是理论，事实没这么精确。到了后来，酒瓶到处都是，大家拿错瓶子的情况时有发生。李芫毕竟是个女的，我们都不自觉地替她喝了一些。

就是这时候，我注意到外面刮风了，但这并非冷空气到来的征兆。我没有在天气预报中听说有冷空气要来。这只是一阵普通的风，预示要下雨——也可能不下。

九

王奎叫买单的时候，服务员说你们买过了。

这让人惶恐。我们不免面面相觑一番，知道并非在座的买了之后，又四下里望，张亮甚至还透过玻璃墙往街上望，希望找到那位不经我们同意就擅自买单的大侠。在我们印象里，这种事一般都发生在古代：一个潦倒的侠客吃完喝完，正愁怎么付账，然后被掌柜的告知已有人买过，转身一瞧，店堂角落里坐着一位贵人……故事就此开始，或者就此转折。那是古代，虽然也有贪官，但没有手机没有电脑没有麦当劳，所以我们就纯洁地以为当代社会也不存在贵人。

然后李芫说是她买的。也就是说，她是借上厕所之机买的单。都是喝啤酒的人，都是上厕所的人，我们怎能发现她在人群中买单呢？张亮显然没有察觉出其中诡异，而是一阵哈哈，醋意上涌，对王奎和李芫道，也是也是，没想到你俩已到了不分彼此的地步啊，什么时候办喜事啊？王奎没搭理他，起身离开，大家也便跟着出去。在饭馆门口，大家都有点累。我说我打车，如果李芫像上次那样去王奎家过夜的话，我可以顺他俩，张亮近，可以走着回家。不过饭馆门前是单行道，打车需要走一段到大马路边招手。怎么样？没人表示异议。

李芫、王奎和我没走多远，本该朝另一方向走的张亮从我们后面跑了过来。

操，你还想干什么？王奎问。

张亮嘿嘿笑道，我送送你们。

我们都笑了。当然，除了王奎。

在那一小段路程上，见李芫一言不发，张亮就逗她。他说，李芫，你们医院医生跟护士乱不乱啊，我昨天网上看到个事，太好玩了……

知道知道，李芫很不耐烦地说，不用你重复了。

我没问你知不知道那个事，我是问你，张亮挑衅似的说，你们医院有没有那种情况？

哦，哪种情况？李芫瞪着他说。

张亮想说而李芫阻止他说的那故事流传甚广，人们在谈论它的时候，大多会起个题目，叫《医药代表的故事》。医药代表就是医药品和医疗器械厂家派往医院推销产品的公关人员，据说以年轻女人为主。故事中的这个医药代表就是个美女,有网络热帖上的数张照片为证,而且这照片只是该美女的遗像,也就是说,这么一个大美女红颜薄命去了,而死因也颇时尚,正是艾滋。所谓有图有真相,人们很乐于相信这样的帖子。不过,故事的重点不在这里,也不是从该美女开始的。先是说某医生被查出了艾滋,然后他老婆也被查出了艾滋,接着该医生所在的医院里的十多位护士也查出了艾滋。当听说那个美女医药代表因艾滋死掉的噩耗,医生一下子哭了,没办法,他只好交代了自己曾被死者性贿赂过的隐情。没想到此话一出,这个城市所有的医生和护士都跑去检查自己有没有艾滋。一时这座城市人心惶惶,没人敢去医院看病,许多得了急性疾病的人宁愿死在家里也不愿到医院寻求及时救护。到了后来,还发生了打砸抢等恶性治安事件。为了突出其真实性,这个城市的名称也在帖子中被公布于众,人们在地图上很容易找到。这样一来,严重影响了该市的招商引资和旅游事业,社会秩序和经济发展都受到了致命打击。总之,这个城市照此发展下去,必将全面崩溃。当然,事情没有坏到那个地步,后来一切都被证实为一个谣言,造谣者也被追究了法律责任。至于帖子中那几张所谓医药代表的遗像,也被见多识广的网友指认了出来,乃是邻国色情电影中的女演员。

我现在将这个故事在此说出来是想说明,它非常有趣,又极其无聊。而在我看来,凡是逗乐搞笑的东西都很无聊。所以,我说,张亮,要不,我们去唱歌?

张亮拍拍我的肩膀,表示我不愧是他的好哥们。王奎也表示可以奉陪。李芫则说,你们去吧,我头晕,也热得不行,想回家洗澡。我说，KTV里有空调，不热。李芫想了想，说，走！

我们确实是走着去的，因为只有两站的路程。在走了一站后，突然下起了雨。没有办法，我们只好招手打了辆车。我记得在出租车里擦拭脸上的雨水时，我尝出那雨确实是酸的。但不难下咽，我想，它未尝不是一种新式饮料，如果广泛收集，装瓶出售，谁能说它没有好的前途呢。张亮在车里唱了起来，那歌的歌词我们没听过，觉得非常好玩。我们进了KTV包间后希望能在点歌台里找到这首歌，结果没找到。我所能记得的很有限，里面有这么几句：

　　人在江湖漂呀，
　　哪能不挨刀呀，
　　一刀砍死你呀，
　　砍完砍自己呀。

十

我们进了包间不久，一个女人就领着十多个女孩跟着进来了。这些女孩排成了一条线，有两个还被排在了门外，她们站在门外，欲抱琵琶半遮面的模样，似乎是为了不让我们看见，又想引起我们的注意。

王奎直接告诉那个领队的女人，说我们不需要陪唱小姐。

那女人看了眼坐在一侧的李芫，又看看我和张亮，表示有人没伴儿，挑两个陪你们唱唱歌，一起娱乐娱乐，又有什么不好呢？我觉得她说得很有道理。

张亮就故意冲她喊，我觉得你最漂亮，我能不能叫你陪？他或许是希望通过这个方式来表示王奎的意思,即我们只看中你一个人,而你不是干这个的,所以我们只能抱憾了。

没想到那领队就跑过去坐在张亮腿上,发了会儿嗲说,可以呀,我以前可红了,只是我现在比较忙,还要安排姐妹们招呼其他客人,不能老是陪你这位大帅哥大老板咯。

王奎问我,你需要?

我说只要李芫不介意,我可以叫一个,但是李芫反对的话,我也没意见。

李芫就说她不反对。不过她提了个要求,挑什么样的女孩得给她选。然后她给张亮挑了个身材高挑乳房惊人的女孩,给我挑了个身材匀称大腿修长的。她问我们是否满意她给我们做主挑选的姑娘,我和张亮都表示相当满意,还说李芫不愧是我们的好朋友,居然连我们喜欢什么样的女孩都了若指掌。这已经足够我们惊讶的了,没想到她又叫了个体态丰满慈眉善目的姑娘派给了王奎,并且招呼那姑娘坐在她和王奎的中间。

王奎站起身,说他要回家就出了门。那派给他的姑娘一下子慌张起来,李芫立即摁住她,问,难道你就不能陪女人唱歌?后者惊恐地看着李芫,说自己确实没有陪女人唱过歌。

钱照给,试试?

好吧,那姑娘有点勉强地点点头,将硕大的屁股落回沙发。这使沙发陷进去一个大坑,而坐在大坑边缘的李芫,因为娇小,不得不滑向坑底,也就是滑向那姑娘的肩头。这使她们看起来确实有一定的情色意味。

张亮对李芫说,这是不是有点离谱了?难道李芫你确实有此爱好？李芫没理他，说，如果你接受不了，也可以走。张亮只得闭嘴。然后问我，你呢？

我说我没意见，而且我觉得这样也不错。

当然，不久王奎就回来了。他只是去上了一趟厕所，他希望通过暂时回避的方式让李芫将那姑娘打发走，没想到回来之后，发现李芫躺在那姑娘身上。他只好上前将二人掰开，自己坐在中间喝起了闷酒。

点歌、唱歌、喝酒和玩色子，这没有什么异常之处。只是刚开始三个陪唱姑娘都很紧张，她们做任何事都会不由自主地向李芫投去一瞥。我告诉陪我的那个叫小红的姑娘，你不要紧张，也不要想别的，平时怎么玩的就怎么玩。她就问我，老公（她们的职业语言），你的朋友和他女朋友是不是在闹矛盾？我说可能是，不过跟我们有什么关系呢。说着我把手伸到她吊带衫里面，又越过胸罩摸了摸她，大小合适，这我就放心了，很满意。她如我所料的那样说声讨厌，然后也并没有将我的手给拿出来。

其实我们并没有唱几首歌，那三个职业陪唱的姑娘唱歌也不太行。职业规定，这些姑娘除了陪唱和给摸之外，主要是让她们的老公们多喝酒多吃东西，酒水、果盘、小吃源源不断地被男侍端了进来。玩色子，就是喝酒的催进方式。此外，她们不断挣脱老公的怀抱，去敬其他姐妹的老公。如果她们喝多了，会借口上厕所自己用手指抠弄咽喉吐掉。在三个姑娘中，派给王奎的那位起身敬我和王奎的次数最多。王奎不跟她玩色子，李芫跟她玩，中间隔着靠向沙发背不停抽烟的王奎。二人有时几乎忘我，两人均将一只手搭在王奎的腿上，玩到乐处，她们还伏在王奎的腿上笑得浑身抽搐。然后我们就喝多了。

这时候李芫摇摇晃晃地站起来,将差不多快在姑娘怀中睡着的张亮摇醒,问:张亮,你想不想跟她搞一下?张亮迷迷糊糊问,跟谁搞?李芫就抓着他的手摁在那姑娘的大乳房上,说,跟她。我注意到张亮想将手掌翻过来抓住李芫的手,但没成功。他只好将嘴在那对出色的乳房上拱了拱,问她行不行,那姑娘撒娇道,不行不行,人家不做这个的。

多少钱你说吧,李芫问她。后者还是坚持不行。李芫就笑,然后摇晃到我面前,问小红同样的问题。小红像受惊那样抱着我的一只胳膊往我身后躲,这让我觉得很像么回事。我就替她挡了挡。李芫故作嘲讽的语气道,哎哟喂,来感情了是吧。然后问我,你,想不想干她?我实话实说,想。她听后拍拍我的肩膀,又竖起拇指,夸我是好样的。然后就轮到了王奎。

你呢?

我什么我,王奎没好气地说。

你别装了,想一想没什么羞耻的,说吧,想不想?

操你妈!王奎是这么说的。

大家都被王奎吓住了,但李芫完全失控了,她并没有止住笑,顿了两顿,说,行,我现在回家替你问我妈。转身做出要走的样子,然后再次转身,扑向王奎。王奎是有身手的,他眼都没眨一下,胳膊一挥,就将李芫挥到了沙发上。

此时此刻,张亮已经鼾声如雷。我只好上前,但被李芫推开了,她没有爬起来,而是保持被王奎推倒在沙发上的形象睡着了。是真睡着了,直到第二天天亮。然后剩下我、王奎和三个女孩。

我给了张亮那位女孩两百块人民币,表示她的工作已经出色完成了。然后我们四个继续喝。王奎此时已彻底放开,像疯了一样。

干完之后,我和王奎的钱已经不够,只好对李芫和张亮一一搜身。张亮没什么钱,李芫钱包里找到一些,正好凑齐。搜身的事是我一手办的,在搜李芫的时候,我摸到了她的臀部,略显干瘪,叫人心疼,然后又摸到了她的腹部,小块的温热让人伤感。考虑到空调过于强劲,我不禁用两个靠枕给她当被子盖了盖,另外两个靠枕给了张亮。但盖在张亮身上的靠枕后来被王奎抢去了,他也睡着了。也就是说,最后只剩下我一个人醒着。

很累很累,在我这一生中从未感到那么累过。但我毫无困意,我只好一个人坐在正对屏幕的地方开始唱歌,一方面打发时间,等待他们醒来,另一方面通过唱歌给自己制造点热量。空调很冷。找过服务员,说是中央空调,没法单独调温和关闭。这就是被空调吹了一夜之后被张亮誉为的冷空气。

我对唱歌并不热爱,也不在行,会唱的很有限,平时只唱拿手的一两首,其他是不敢唱的。不过,那晚我发现,我会唱的歌并不少。我唱了《让我们荡起双桨》《二小放牛郎》和《听妈妈讲那过去的事情》之类在小学学过的歌曲,也唱了谭咏麟、小虎队、刘德华、陈升、齐秦等中学和大学时代耳熟能详的歌。我发现自己还会唱女歌手唱的一些歌,比如孟庭苇的、韦唯的、田震的、刘若英的和邓丽君的。此外,我甚至还会美声(《长江之歌》)、民俗(《纤夫的爱》)、摇滚(《光辉岁月》)和戏曲(《夫妻双双把家还》)……怎么说呢,我觉得这些歌生动地描绘了我迄今为止的全部人生。

在世证明

与张亮闹翻完全是件小事。甚至算不上闹翻，就是，从那以后，我们没以前来往多了，没以前亲密了，呈江河日下的态势。直到后来他从红山路搬走，我们就彻底音信杳无。

闹翻的事情是这样的：世纪之交那会儿，张亮像平常一样带着他的女朋友小汪和我在红山路农业银行那儿的一个大排档吃饭。这家大排档叫刘记大排档，是一个满脸麻子的人开的，麻子居然使摊主在面貌上显得和气，也奇迹般地使他的饭菜比较卫生，不知道这里面有什么学问。总之，这是我们热衷于在此吃饭的原因。另外，也许还有另外一个原因，那就是我们一抬头就能看到银行门前那两只石狮子，即便我们摇晃不已、醉眼蒙眬，它们也自岿然不动。几乎每次，张亮都会在酒精的刺激下声称唯有把这家银行抢了才行，否则日子没法过了。小汪这时候就打他一下，叫他别说胡话，因为假如哪天这家银行真被抢了，张亮会脱不了干系。关于小汪，长得一般，牙齿也不好，但笑起来很可爱，也不知道为什么。值得一提的是，那时候直觉就告诉我，她是一个比较能过日子的姑娘。

看着可爱的小汪，我就更加唉声叹气，拿自己与张亮作比较。你还有小汪这么好的女朋友，你看我，什么也没有。张亮没说话，也没看一眼坐在桌子另一个方向的小汪，只是很猛地喝酒。再然后，时间差不多了，就买单回家。

　　问题就出在买单上。我要买，因为上次是张亮买的，但小汪居然抢在我前面要买。我哪里能同意呢，在我看来，她既然是张亮的女朋友，那么他们二人只能算一股，如果对方要抢着买，也只能由张亮去。另外，和男人在一起，女人早在很多年前就丧失了买单的权利。无论怎么讲，小汪买单只能让我觉得自己不对。于是我就跟她拉拉扯扯了起来，刘麻子看着这个场景，还站在一边嘿嘿笑。他脸上的麻子分布是均匀的，但笑会使那些麻子因为面部肌肉的攒动而集中在一起，也便显得坏坏的。这时候，在另一边的张亮坐着一直没动，他也在看我和小汪拉拉扯扯抢着买单。后来他突然站起来，说，你们俩拉什么拉，简直像在搞！

　　当天的单结果还是张亮买的，因为我和小汪都因为那话愣住了，无暇买单。紧接着我和小汪还很是不好意思了会儿，不再瞧对方。当晚张亮也没有送小汪回家，而是和我一道回我们所住的小区。这并不奇怪，张亮有时送她回家，有时也不送。她家也不远，在距离我们小区三站路外的另一个小区，即便是走，半个小时足够了。在回家的路上，我和张亮也没有因为刚才那句话引起的尴尬而有什么，像平常一样有说有笑，谈论着那个世纪之交司空见惯的话题，比如世界末日，比如想起念书时老师叫我们做"跨世纪的人才"这句话。然后就是各自回家。过了几天，张亮喊我去玩的时候，我却找个理由推辞了。又过了些天，我喊他和小汪吃饭，还是刘麻子那儿。结果小汪没来。小汪再也没有来过。剩下我和张亮相对而坐，继续唉声叹气。这时候，我突然才发现，张亮和我并没有什么话要说，可能是我们相处多年，能说的都说完了。我们就这么像鬼一样冷不丁地冲对方叫一声"干"，然后举杯，一饮而尽，仅此而已。更多的时候是我们看马路上来往的行人车辆，或者和刘麻子说点他老家的事情。刘麻子是苏北盱眙人，带着老婆九十年代初就到南京来开大排档了，因为太熟，那些收保护费的小混混都免了他的。也就是说，他在南京待了很多年。并且他也希望能一直待下去，争取把寄养在老家父母那儿的儿子接到南京来念书。刘麻子的大排档后来不复存在了，谁也不知道他去了哪里，因为没人关心他去了哪里。我也不关心，提到他是想到了而已。我想说的是，世纪之交红山路农业银行那一带的人事全变了。连银行也搬走了。那里现在是个街边露天公园，每天都是一群老头老太在那儿聚散。

之后，张亮因为跟厂里同事打了一架被开除了。于是他在外面又打了一架，伤得不轻。我去他家看他。就是这一次，他告诉我，他父母已经把房子卖了，而是去城南开发区买了一套更大的房子。他说他的新家有两个卫生间。我还和他探讨了一下两个卫生间的使用问题。谈起即将搬家后面临的新生活，谈起从小到大这么多年来和我以及我们这个小区的一切，他扭动着有好几处绷带的身体滔滔不绝，时而兴奋，时而难过。我坐在床边听他说着这些，不知道该说些什么，只是微笑着听他叙说，偶尔才转移视线看看窗外，在熟悉的楼群之间，我们小区各家各户阳台前晾晒的五颜六色的衣服依旧迎风飘动；再其上，是一只风筝，孤单得令人羡慕。那是 2000 年的春天。

　　临走前，张亮留给了我新的家庭住址和电话号码，并且说一过去了，就请我和另外几个从小玩到大的兄弟去"认认门"。因为找不到纸，新的家庭住址和电话号码他当时是写在一张烟壳上的，我随手塞进了屁股后面的口袋。我喜欢穿牛仔裤，因为它厚实，而且耐脏，我一般两个月才把脏裤子脱下来交给我妈去洗。牛仔裤很难洗，我妈总认为洗衣机洗不干净而手洗。所以她一面坐在卫生间的瓷砖地面上使劲搓，一面发牢骚。她的牢骚贯穿了我从小到大所有年月。她对儿子不满意。书没念好，工作也是老头子托人给弄的，而且连个女朋友也没有。她于是就不由自主地提到张亮，她说你看人家亮子就有女朋友，那姑娘叫什么来着？我说叫小汪。然后她像突然想起那样，张亮他们家搬走了，小汪呢？我也才发现这个问题，但我装作就像很在行的那样说，什么小汪呢小汪吗，张亮家又没搬到北京去！然后我就打算出门。我也不知道出门干什么。那是一个星期天，我没有女朋友，张亮也搬走了，但我想，也许我可以去学着上上网。早听张亮说，网上可以找姑娘聊天。就在我要出门的时候，我妈又在卫生间喊了起来。那张烟壳终于被她掏了出来，她慌里慌张地拿着这个东西跑到我面前惶恐不安地问，不是什么重要的东西吧？我拿过来，发现字迹已经模糊，但依稀能看出个大概，最主要的是从小玩到大，张亮的字再差，我也能看出来。于是我拿着那张烟壳，甩了甩水，回到了自己的房间。我想了会儿，觉得留着它没什么意思，而扔掉它也不对。所以我还是决定留着。在房间翻找了半天，也没有找到放它的地方。它太小了。后来我终于找到了个安放它的地方，就是把它夹在床肚下纸盒子里那本《新华字典》里。这本字典是我念书的时候老头子给买的，从小学一直用到初中毕业。我们的语文老师很变态，他总是要求我们每堂课都把字典带着，其实大多数时候根本用不着。到了初二我和张亮发育的时候，我们决定不带字典去上语文课，老师叫我们回家拿，我们就跑到学校附近玩，到了放学再去拿书包，和别人一道回家。后来我们干脆语文课直接不上，语文书新发下来往往连带着数学、英语什么的教材一道失踪了。我们乐得逍遥自在。但这本字典一直老老实实地待在家里，因为它是老头子给买的。后来毕业，所有的教材都当废纸卖了，这本字典还是没舍得扔，但我不认为"是老头子买的"可以作为理由了，我就想，毕竟它里面有那么多字，据说所有的汉字都收在里面，即便我是用不上它了。现在，我觉得把张亮的字条夹在字典里是比较妥当的。于是我拍了拍字典，将它放回原处就找网吧学上网去了。

我和小汪虽然是一个厂的职工，但平时很难遇到，厂太大了。在张亮搬家前，他就跟小汪分手了。据小汪说，这是她的意思。我问是不是你知道他要搬家走了觉得不可能了？她说，切，他又没搬到北京去。我想到我跟我妈也说过同样的话，不禁就笑了。她问我笑什么，我说没什么。然后我又问，为什么你要跟张亮分手呢？小汪不耐烦了，反问，你关心那么多干什么，关你屁事！说完她就走了。

其实我的意思很清楚，就是我总能记得那天晚上张亮说的话，所以我认为小汪一定也对那句话很感冒，是导致他们分手的一个原因。后来我才知道，不是那样，早在那晚之前小汪就打算跟张亮分手了。她说张亮这个人都还好，就是跟自己不合适。好几次，张亮送她回家，路上就对她动手动脚，令她很反感。她不知道为什么会反感，事实很清楚，张亮追她她也答应了，两个人出双入对，所有人都知道，动手动脚有什么呢？但她就是反感，这是没有办法的事情。追问下去，小汪就说烦死了烦死了。开始我以为有什么隐情不便说，后来因为小汪这个态度过于坚决，使我也逐渐相信了她的理由，即，确实说不上来，许多事情都是这样，比如我看到蚂蚁们扛着一只死苍蝇就会忍不住用脚踩它们一下，你能说出原因吗？所以，我也不问了，但还是有时下班后绕道跑到她们车间那边看看能不能碰到她。如果碰到，我就和她说说笑笑一道走出厂房大门。许多人都以为我和小汪像张亮以前和小汪那样，如果他们当面问我，我说，怎么可能！语调几乎愤怒，是替我的兄弟张亮愤怒。我只是觉得，张亮走后，我也只有跟小汪比较熟了。而且跟小汪一起走走说说话，心里很快乐。我们有天刚走出厂门，在路边等车的时候看到一个要饭的老头，他问我们要钱，我和小汪都在口袋里掏了起来。然后几乎同时把硬币递到老头那个脱了瓷的瓷缸里。其实像这种情况，我和小汪只需要其中一人给钱就行了。两枚硬币几乎同时撞击瓷缸的声音太刺耳了，简直吓了我们一跳。我不禁惊恐地看了一眼小汪，发现后者也正在用相同的眼神看我。所以我赶紧把头低了下去。我们很害羞。

这件事情除了让我害羞，也感到愧疚。并不是那样，并不是张亮说的那样。而且这一次我们没有拉拉扯扯，可我们还是分明想起了拉拉扯扯抢着付钱那一次。我想到我和张亮是多么好的兄弟，我们同住在一个小区，幼儿园、小学和中学都是同一所。初中毕业后，他到外地混了几年，我则去学了汽车驾驶。可能我不适合开车，出了个事故，把一辆马自达（三轮蹦蹦车）给撞了。那时候南京允许马自达上街，因为那时候道路没现在好，拥挤不堪，公交车经常被堵，马自达体积小，人缝间来去自如，十分便民。但政府只允许残疾人驾驶马自达，好让这些腿有毛病的人不仅能提高行动速度，也能自食其力。后来下岗工人们见开马自达有利可图，也纷纷开了起来。一时马自达泛滥成灾，竞争激烈，钱也比以前难赚得多了，远出于下岗工人们的所料。更要命的是，市容大队的人不许非残疾人开马自达，这是早年马自达像无头苍蝇那样大街小巷到处乱窜的原因，他们要躲过市容纠查大队的检查和没收。我觉得自己撞到的那个家伙之所以那么慌不择路往我车底下钻，其原因就在于此。好在他没有死，而且他的责任大于我，我花钱消灾就行了。可怜那家伙好好的腿这下真残废了。等他一瘸一拐出了院，政府已经取缔了所有的马自达，即便真残疾也没用。因为这事，我被老头子骂到现在。他托人帮我在一所职业高中搞了张职高文凭，然后又托另外一个人把我弄进了厂里当流水线工人。小汪和我几乎是同时进厂的，但我们不认识。这时候张亮在外地失意而归，成了一闲人。我们几年不见，突然又混到一处，有说不尽的话，我把自己这几年的经历包括出的事滔滔不绝地告诉他，他也把自己在外地这几年的酸甜苦辣使劲对我讲。有一天我下班居然看到他站在厂门口，我以为他在等我，不是，他在等小汪。他在我和小汪这对同事间介绍道：这是我女朋友小汪，这是我兄弟小曹。他在介绍小汪和我时是那么兴奋，眼睛明亮，甚至泪光闪闪。我脑子里总是这么一幕。这就是我从小玩到大的好兄弟啊。

出于羞愧，我再也没有绕道到小汪他们厂房那儿去，而是从厂的后门回家。从后门回家很近，过一条马路就可以进入我们小区。在小区的楼房之间绕几分钟也就到了我家的楼下，如果再往前面走几百步，就是张亮的家。张亮家的窗口依然有灯光，那是张亮的房间，只是现在灯下的人已换了。

我终于学会了上网。有时我想打个电话给张亮，问问他的QQ号码，加他为好友。但不知道为什么，可能是懒的原因，终于没有。当然，两个男人在QQ上闲言碎语也没什么意思，我应该按照他留下的地址赶过去和他好好喝一场，但我没有。真是奇怪，到现在我也无法理解自己为什么会这样。

我的QQ上全是女的，她们有大有小，已婚未婚，有名牌大学生，也有跟我差不多情况的。在众多女网友中，我跟一个叫"一休哥"的姑娘最谈得来。首先她名字好玩，一休哥是我们小时候都看过的动画片，而且都很喜欢。一休哥是男的，可一个女孩起这样的名字显得更可爱，甚至更女孩，总之很诱人。一休哥是广西玉林的。长这么大，除了念书时学校组织过附近城市春游或秋游，还有杭州一姨妈家九岁时去过一次外，我就没有出过南京。广西玉林，这地方我更是闻所未闻，但通过聊天，我知道了那里的山山水水，知道了一休哥是一家国营商店的售货员。她开始告诉我，她们商店要被私营老板收购，改做一家大型超市，而她和她的同事会继续留用。我说，那还不一样吗？她说，怎么会一样呢？肯定不一样，听说职员之间的工资就会有很大的悬殊。此外，她还说了另外一些不一样。总之，她的口气显得相当兴奋。但是，不久之后，她的口气一下子就消极了起来，称私营老板并非全部留用，而需要通过面试和业务考核，要淘汰掉一部分人。我就安慰她说你年轻，又聪明可爱，也能干，一定会被留用的。她说但愿如此。后来情况正如我的安慰言辞，她留用了，特意在QQ上等了我好几天，然后使劲感谢我，用QQ系统里最热烈的表情动作向我表达感激。当然，我知道，感激不可当真，她被留用是她的能力，与我并无关系，把她的感激理解为她的高兴就行了。再后来，就是她像我这样天天上班，兴奋逐渐没有了，聊天的口气又恢复到她们商店改制前的样子。当然，我也告诉了她自己的许多事，但我并没有像她那么诚实（谁知道她是不是真诚实），我把自己出的那个事故添油加醋了一番，那个开马自达的明明没死，我则告诉一休哥说是被我碾成了肉酱。这把她吓住了，我可以想象她目瞪口呆的样子，因为她半天才回复了我一条信息："天啊，你真残忍！"我在这边就使劲笑，觉得非常快乐。

　　一休哥也说到她的男朋友，准确地说，只是前男友，而且很前了，是高中的时候。高中毕业都很多年了，她仍然能说出那时候的许多细节，而且很细很细，常常使我觉得是假的，因为跟电视电影上多少有点相似。比如她说男朋友很帅（我，就不），个子有一米八二（我一米六五），但他家里穷（我也不富裕），他穿得却很干净（唔，这个嘛……）。他们经常一起上学放学,她会把作业给他抄。他有次还给她买了根冰糖葫芦,她说"我好感动",因为他太穷了。有次他还吻了她,在一棵树下,因为她很害羞,不想让人发现,可惜那棵树太细小,什么也挡不住,许多路过的人都看见了。但是,幸好没有熟人看见,她说"否则我妈妈非打死我不可"。多么令人忧伤,这个英俊而贫穷的小伙子后来转学了,从此消失在茫茫人海。我说你现在是不是很想他?她说嗯。我说那我知道了,你现在肯定没有男朋友。她又嗯。我说有可能从高中毕业到现在你一直都没有男朋友。她说你怎么知道的?!我说猜的。然后她不再说话,我没忍住,说,很可能你从来就没有男朋友,你的所谓前男友是琼瑶小说里的,而且你一定长得很丑。她说滚!!

其实我不想伤一休哥的心,聊这么久了,挺难得的,而且她也不容易啊。在广西玉林那么个我所不知道的地方,她相貌平平,到了婚龄,工作也日复一日,乏新可陈,只好把业余时间浪费在虚无缥缈的网络上。这又说明什么呢?说明她还有幻想,向往着美好的生活。但我听她说的那个故事确实感到忧伤,我忍不住自己的情绪才说出她一直没有男朋友,长得也不好看。我不应该这样,我本来的打算是等她说完我来说。我要跟她说说张亮和小汪,我想问问她小汪为什么不喜欢张亮对她动手动脚。我还想告诉一休哥,我也从来没有女朋友,长得也就那样。

我的心情真的难过极了。出了网吧,我觉得红山路上川流不息的车辆就跟假的一样,它们何尝与我有过丁点儿关系?!它们兀自南来北往,卷起灰尘、落叶和垃圾。已到深秋,天空阴沉,看样子还要下雨。缩着脖子跑动的那些人似乎也像被即将到来、业已到来的风雨所驱使的垃圾。我好像第一次觉得自己是多么孤单。

这都是张亮走后的那段生活，我其实是多么怀念张亮，像怀念一个死掉的人。我总是躺在床上回忆我们小的时候。小时候总是那么幸福。我站在他家的楼下喊他上学，他就打开窗户把头伸出来叫我等，我就站在花坛边踢着那些小石头等他。后来我们大了点，就不敢站在窗下喊了，他爸爸他妈妈像我爸爸我妈妈对张亮反感一样反感我，觉得我们彼此带坏了对方。于是我吹口哨、大声咳嗽，最多的是唱歌，唱《西游记》的主题曲，也不唱完，"你挑着担，我骑着马"即可。然后我们去玄武湖，一边提防着被管理人员逮见一边专心致志地钓鱼，我们还爬到紫金山上找什么野果子吃。在学校，我们更是比画所有经过我们面前的女同学的乳房大小，女教师也不能幸免。

后来我还是遇见了小汪，这是避不开的，我们毕竟是一个厂的职工。在去食堂的那条路上，老远地我就看到了她。我试图转身离开，但手中的饭盒不争气，尤其是里面那个汤匙，响声惊动了她。我只好硬着头皮微笑着迎面向她走去。她捧着已打好的饭菜边走边东张西望。我说吃饭了啊，她没理我，或者没听见。我又说我也去吃了，这时候，她头一低，匆匆与我擦肩而过。那天我一点食欲也没有，吃了一小半就倒掉了。傍晚下班的时候，我立即从小门出来了，并没有回家，而是往红山路上走。我走得很快，三十分钟的路，我十五分钟就气喘吁吁地到了小汪家的楼下。她家我认识，以前经常陪张亮在这里等她。为了不让小汪父母发现，我躲在楼下自行车车棚里的一个白铁皮房子后面。又过了十五分钟，小汪果然骑着她那辆电动自行车向这边来了。她没有发现站在铁皮房子后面的我，而是略显疲惫地锁她的车。她背对着我。我走了出来，站在她的身后，喊：小汪。她吃了一大惊，回头看见是我，没说话，继续锁她的车。我走到她的车边，她把脑袋偏到另一边。但还是被我发现她哭了。她没有锁好车就走，而是站在那里。我不知道怎么办才好，过了会儿，我突然说：小汪，我请你看电影吧。

我和小汪就是这么好上的。那年冬天十分温暖，倒不是因为小汪，而就是那年冬天很暖和。所有的商业场所外面都有个"暖冬怎么过？"的巨幅标语。我和小汪最常去的地方就是各大商场。当然是小汪爱逛商场，我乐意陪着她。有时她会大包小包买了许多，有时我们两手空空走了出来。我给她买过一双棉皮鞋、一件羽绒服和一组化妆品。她给我买过条裤子和一个 Zippo 打火机。到了过年的时候，我终于扭扭捏捏给她父母拜了年。然后她也便回拜了我的父母。我们的家长对我们没什么意见，觉得年纪都到了，人也差不多，多说什么就有点太封建了。

据小汪说，张亮没有去过她家，她的父母根本就不知道张亮这么个人。而我告诉小汪，张亮的父母知道她，不仅张亮的父母知道，我的父母也知道，我们小区的许多父母都知道。小汪说，哼，我知道你们知道，那关我屁事。说的也是。

我和小汪也只是偶尔才谈到张亮，因为我们比较忙。我们先是忙着吃饭、购物和看电影，后来就是忙着接吻和抚摸。当我们两人睡在一起之后，我们紧接着就忙着结婚。婚前，我需要把家里装修一新，所以在收拾东西的时候发现了那本《新华字典》。

那张烟壳还完好无损,只是几年下来略略泛黄。我把它拿给小汪看。小汪问我,请不请他?她是说婚宴,请谁不请谁这也是忙的内容之一。我说你说?她说随你。我说那请吧。她说听你的。

结果我们并没有请张亮。那个号码由我打了几次,一直占线。所以我就没再打了。可能忙昏了头,忘了打。婚礼热闹得很,但也不比别人结婚多热闹些。一切都很正常。我和小汪成了夫妻。经常晚饭后我都陪她到超市里转转,买点衣裳架子和卷纸之类。超市里的管理员绝大多数是年轻的女人,这使我突然想起一休哥来,她大概此时正在广西玉林的某个超市里百无聊赖地靠在一个琳琅满目的货架前发呆。我问小汪,你会不会上网?小汪白了我一眼,你当我傻子啊。我想问那么你的QQ号是多少呢,我加你为好友。但她的手已经插进了我的胳膊,我就这么跟着她往收银台走,觉得加她为好友是多此一举的事。

婚后的生活总体上是满意的,除了小汪和我母亲有点相克之外(这也都在意料之中),家庭还是很和睦的,尤其是我父母把退休后搬回老家的决定在饭桌上宣布出来后。小汪其实还是挺能干的,能做饭能洗碗,饭后就是挽着袖子家里东擦一把西抹一下。她使我也变得干净了起来,勤于洗澡换衣。我又想到一休哥,以及她所说的那个高中时代的一米八二的帅小伙,他虽然穷得可怕,但很干净。我决定家里通上宽带把我的生活变化告诉她。小汪开玩笑说,你不会家里藏着个老婆在网上告诉女网友你没结婚吧?我说怎么会!所以,我和一休哥聊天的时候,特意把小汪喊到了身边坐着看聊。我说好久不见。一休哥说你是谁?我说我就是去年秋天对你说你从来没有男朋友、长得也不好看的那个人。

小汪在旁边笑。一休哥说，哦，不太记得了。我说没关系。她隔了老半天才回了个"嗯"。看来一休哥又结识了新的网友，正在重复着那个一米八二帅小伙的故事。没什么意思了，我只好去网上找人打八十分。小汪在一旁指指点点，刚开始还很有兴趣，后来她就哈欠连天了。她催我睡觉。我打得起劲，说等会儿，她就扯我的胳膊，所以我就关电脑了。在关前发现和一休哥的QQ对话框还开着，所以我不免加了句"我已经结婚了！"。

  小汪和绝大多数妻子一样，她想过得再好一点。她拉着我去看了一处房子，面积大，环境美，主要是学区好，这一带的孩子适龄即可进那所著名的小学就读，如果非此学区，则需要向学校上缴大笔的费用。为将来的小孩教育考虑，应该把家迁到这儿来。"否则将来又是你这样一个文盲加流氓。"她愤愤地说。这想法很精明，但面临着几个问题：首先，钱呢？把你家那房子卖了，按揭一点，我们俩人还，不影响生活，她说。卖了那我们住哪儿？总不能前手卖了这就买下住了吧？笨，住我家过渡过渡。我们有的住，那我爸我妈呢？这我不管。什么话！他们不是说去老家住吗？那也得他们都退休了吧。会有办法的，她说。我说，这样吧，等他们退休回老家去了再说你看怎么样？小汪一下子蹦出多远，睁大眼睛叫道，你疯了，你真不知道假不知道，现在这个房价涨的！

  这问题确实让我烦。我没法按小汪的意思向父母提出来。我外面再不好，家里父母该怎样还得怎样。后来小汪还是没忍住，饭桌上说了。我的父母一听，脸色一暗，就像瞬间衰老了十岁。

第二天一大早,父母对我们说,他们想好了,觉得小汪是对的,爸爸今天去单位看看能不能要间单身宿舍。我想说点什么,但小汪使了使眼色。所以我就没说什么,但我非常愤怒。在上班路上,我不理她,中午食堂她给我打了饭,我也没吃,晚上回到家,我狠狠给她两个耳光。她哭得不成样子,但也没号啕,压抑着。我又后悔了,觉得小汪还是懂事的,她也并没有什么错,她此举也是为了我们未来的儿女,就和父母决定搬出去也是为了他们的儿子我一样。于是我就安慰她,她也没反对,两人抱在一起十分悲伤,就像我们成了一对兄妹,而除我们之外,所有的亲人在同一天同一地点全部死掉了;也就是说,虽然我们是一对兄妹,有两个人可以相依为命,但并不能改变我们已成为孤儿的事实。

新房子买后,装修一完,我的父母并没有跟着我们一起入住。他们很体谅下一代,那样安于现状,决定就在单身宿舍里等到退休那一天。他们不是赌气,而是真诚的。我自小到大,没有和父母分开住过,我的妈妈总是为我的牛仔裤之类的问题而牢骚不已。现在,这些牢骚突然没有,让人简直想哭。连小汪都觉得过意不去,她每个周末都会买了许多东西主动拉我去看望爸爸妈妈。当我们一家四口挤在这么间单身宿舍里幸福美满时,我忍不住鼻子一酸,哭了。我举起杯子对我爸说,爸,干了。我们父子从来没有这么正式地喝过酒,他们都一愣,然后我苍老的父亲因为激动,两手颤抖,他终于把杯子举了起来,喝下了那杯酒。

生活发生了这么多变化,我还是像以前那样保留着那本《新华字典》,绿色封皮,书页泛卷。它是父亲在新华书店买的,当年我曾用自己的小手按照老师的要求查找某个字，现在，它只有巴掌大小。翻开来，张亮那年春天留给我的地址和电话号码更加黄了。

小汪确实是个很好的老婆，每天都把饭煮得很香。我体重转眼就增加了二十斤。当然，有时候我们也在外面吃。吃龙虾。春夏季，南京大街小巷都是各式各样的龙虾馆，扶老携幼吃龙虾是近年来一道风景。在这些龙虾馆里，盱眙龙虾是最好的，算是名牌产品了。我就问小汪，你还记得刘麻子吗？小汪说当然。我说你知道他哪里人吗？小汪不记得了，或者不知道。我就告诉她，刘麻子是盱眙人，"盱眙"两个字怎么读，还是我在那本《新华字典》里按照部首查字法查出来的呢。那时候刘麻子就说到过老家有许多龙虾，沟沟汊汊的，到处都是，一下雨，这些龙虾就爬上岸，爬得像赶集的行人，他还说想收购龙虾到南京来卖。小汪就笑着说，那刘麻子还挺有远见的。我说可惜他不知道跑哪儿去了。小汪说，很难说他不在卖龙虾啊。我听她这么一说，觉得很惭愧，为什么我就没这么想呢？然后我就突然变得很高兴，确实很高兴，但不知道为什么。

有一天，我还遇到了王奎。初中和毕业后，他曾和张亮与我一起玩过些年。现在，他剃着光头，无袖汗衫外晃动着两条狰狞的胳膊，上面分别有一条毒蛇盘绕。我们下到酒馆喝了点。他知道张亮一点情况，但这情况是三年前的，而眼下这三年，张亮的情况王奎也不知道。知道多少就多少吧。

他说，2000年，他在城南开发区确实经常遇到张亮。张亮不上班，在人家麻将档里赌。晚上赢万儿八千的情况都有。再后来呢？王奎说，再后来张亮又到外地去混了，据说混得还不错，但是，你猜怎么着？我不知道，怎么着？王奎说，我前年在汤山坐牢的时候居然碰到了他，他也坐牢了。几年？他短，好像一年多就出去了。王奎还说，很奇怪的，张亮父母那几年不知道为什么，连赶数赶地急着死掉了，所以张亮从牢里出来后也就把开发区那套房子卖了，然后就不知道去哪儿了。

王奎以上所述都很急切，然后突然开始放缓，说：我啊，有一次哦，在电视上嘛，看到他啦。

我不想重复王奎幸灾乐祸的语调。事情是这样的，张亮因为嫖娼被抓，还上了电视。

你不知道？王奎问。我说我真不知道。王奎说，所有的人都知道，他狗日的在电视上还想把脸捂起来，结果还是叫便衣给打了下来，额头上那块疤都看得清清楚楚。

我记得这块疤，是我们小时候砸铜板砸的，是我砸的。我以为他再也不会跟我玩了呢，结果第二天还是他头扎绷带站在我家楼下喊我一起上学。

我没在电视上看见张亮，但不知道为什么，我固执地在心里认为，这是我的兄弟张亮在这个人世最后一次露面。这个想法让我觉得很难过，让我很想流泪。但是，最后，我不能不对你们说说实话，那就是我清楚地感觉到心里有块大石头稳稳地落了下来。速度不快，也没有物体坠落应有的加速度，居然是匀速下降。这个匀速让我误以为它会悄无声息地落地，有如羽毛暂栖地面。结果当我跑过去看的时候，发现它还是顽固地把地面砸了个很大很大的洞。

王奎的几种死法

被打死的

本来我不想去打架的,我根本就不会打架,但他们还是喊我,不能推辞,这是考验兄弟的关键时刻。

王奎说,不打不行了,你不打他,他也迟早要找我们。说完,他就低下脑袋,好像陷入了沉思。这让我再次看到了他头顶那块疤。这疤是我用砖头砸的,但,我没打过架,我对自己拳头的力量缺乏认识。

张亮明显做好了准备,他只穿了一条单裤,裤脚塞在袜子里,这是两只穿反掉了的袜子,商标字母因为腿的叉开而虎视眈眈。也不知道是天气冷还是激动,他的腿一个劲地在抖,脑袋昂着,烟叼着,很像那么回事。但他不该很轻蔑地看着我,因为我不是他要打的人,所以我说,走!

我们三个人走在大街上,因为我们严肃的神情和走路时步伐里面特有的紧张,路人都看着我们。有几个跟了我们几步,张亮回头扫了他们一眼。他们又停住了。但这是没有用的,我们已经在围观的中心。我知道我已没有退路。

路过小青年饭馆的时候,老四正在打开一笼包子,因为我早上没吃东西,所以闻不到香味,但我还是感觉到了饿。饿是没有办法的,因为庆功酒还有待于我们去争取。老四愣了一下,在烟雾之后看见了我们,他张了张嘴,但也很快地闭嘴了,并没有发出声音。这是一个非常安静的上午,正常的喧哗声就在我们身边,可就像人们的眼神一样难以捉摸,遥不可及。我希望老四能够像平常那样嘹亮地喊一句:新出笼的包子啰——但他没喊,他令我感到失望。

我们穿过巷子,王奎和张亮塞给我一根棍子。他们已人手一根。王奎沉稳的步伐踢飞了一只易拉罐,它先我们到达前方,这使我们都吓了一跳。王五家就在巷子的尽头,我们已能看见他家的窗户,开着半扇,另外半扇不知道有什么原因。

王奎说,怎么办?张亮说什么怎么办,你是不是不想干了?王奎说,我是说怎么办没说不干了。张亮说没那么多想的,就打。王奎说,打死吗?张亮说打不死他!王奎说放屁。然后王奎问我:你说?我说,随你们。张亮说,随我们?你是不是也不想干了。王奎说你别这么讲,好像是我和张亮拽你来的似的。我说我自己长腿,谁也拽不动我。张亮说,你们吵个屁啊,你们不想干,老子一个人干!说着他侧身从我和王奎之间过去。于是我们跟着他继续前进。

王奎又说,打死吗?但没人回答他,我们已经到了。王五家门开着,门槛上坐着他儿子。这个小孩三四岁的样子,长得不像王五,王五的老婆从门里跑了出来,一把抱起她儿子。儿子像他妈。

你们干什么？他妈说。

叫王五出来！我大声号叫。这时候王奎和张亮看了我一眼，但时间很短，然后也跟着叫。

他，不在家。他妈很害怕。

在哪儿？

不知道。

在哪儿？张亮靠近了她，他手里是棍子。

她向后缩了缩，说，我真不知道。

张亮揪住了她的头发，你快说！

她腾出一只手去挡张亮的手，但她是女人，所以只能脸上露出痛苦的样子。她仍然抱着儿子。

儿子突然哭了起来，他喊：妈——

他妈给他一喊，眼泪便掉了下来。她哭喊了起来，我真不知道，孩子，妈妈在这里呀，啊啊。

王奎看不下去了，说，张亮，你放手。

我赶紧上前去拽他的胳膊。张亮松开了手。

王奎说怎么办。张亮说去找。我说到哪儿找。张亮说不管，一定要找到。

我们又从巷子里往回走，我们不知道到哪儿去找王五。总之我们要从这条巷子里走出去。巷子外面是大街，大街上有许多人，也许王五就在其中。我们已经听到了街上的人声。这时候我突然发现我的棍子没有了，我说我的棍子没有了。他们说你肯定丢在王五家门口了。我说我去拿回来，你们等等，说着我掉头就走。

那只易拉罐还在那儿，我从它身上跨了过去。我再次看见王五家的窗户，两扇都关了。门也关了。棍子在我拽张亮胳膊的地方。我弯腰去捡，地上还有孩子他妈的一枚发夹，一枚很小的黑色发夹。我捡起它，我对着门和窗户喊，嗳，你的发夹。没有回音，我知道母子俩很害怕。但我要把发夹还给她。

于是我扒在窗子上往里看，里面很暗，看不太清楚。但可以确定没人。我又从门缝里往里看，更暗，地上很乱，有小孩子的几个破碎的电动汽车，它们肯定不转，我想。但我要把发夹还给她。它太小了，放在哪里呢。

院里晾着衣服，阴天没有太阳，它们还需要很长时间才能干。小孩子的衣服很小很好看。有王五的一条牛仔裤，可能已晾了很多天，仍然很潮的样子。也有她的衣服，这么冷的天，竟然有内衣，昨天晚上她一定洗了澡，而且还洗了头。她的头发很滑，我拽张亮胳膊的时候感觉到了。我觉得把发夹放在她的乳罩里比较合适。在放的时候，我忍不住捏了它一把。

张亮和王奎不在巷子口。我去找他们，大街上也没有。他们为什么不等我了？我有点难过。也许他们已经回去了。如果这样就好了。

我真的饿了，我可以闻到饭馆里飘出来的香味了。我来到老四的小青年饭馆，我说还有热包子吗？老四说，有有，你来就有。我说给我倒碗豆浆，四个肉包子。不，我又说，给我十二个包子，另外八个用袋子装起来。我想到了王奎和张亮，他们也没吃早饭。

我饿狠了，四个包子很快就吃完了。还是饿，我又吃那另外八个包子了。路上过去了无数行人，他们有男有女，有美有丑。有一个美的女的看我看她，也看了我。我对她笑，她扭脸就走了。朝街的拐角处走了。我赶紧起身，我要跟那女的一道。我要认识她，我已经很久没有女朋友了。

但是我起身时发觉那个袋子空掉了，十二个包子都给我吃完了。我得再要八个包子呢还是要二十四个包子呢。二十四个包子不是个小数目，老四一下子也没有这么多包子。可是我还得去找那个女的，她已经到街的拐角处了。时间来不及我多想了。我得追那个女的去了。

可是时间还是没赶上，我跑到街角时，那个女的已经跑不见了。我向前走了几十米也没再看见。我想我是错过了，我不找她了。我觉得有点累了，大概是吃多了。我得回去了。我甚至有点瞌睡了，我要睡觉了。

我被小三推醒是下午两点多钟的时候，小三怒气冲冲地说，你还在挺尸啊。我说，什么事？然后我好像想起了什么，说，张亮和王奎到哪儿去了，你看见了吗？这时候，我才发觉小三有点不对头，果然，他哭了起来，说，张亮在医院里快不行了……那王奎呢？我问。小三整个泣不成声，最后他才从嗓子眼里挤出一句，王奎他，他被他们打死了。

坠楼而死

读高三那年,我和张亮躲在厕所里抽烟。他很紧张,抽一口然后就把烟藏在身后,跑到门口看有没有老师会过来。我被他搞得也很紧张,于是我突然想起一件事,我说,张亮,你知道一个叫王奎的人吗?他被我这个问题吓了一跳。他说,王奎?你说的是王奎?!我以为他知道王奎,高兴起来,说,你知道?他说,不,我不知道。没劲,我们走吧。于是我们把烟扔到粪池里去上课了。

高中毕业后,我在家里没事干。我父亲给人送了一条烟,然后我就去了采石场干活。活很累,是重苦力。我其实非常不想干。因为我觉得干这活的人大多是农民工,不识几个字,我毕竟高中毕业啊。但我又没有办法,所以我只能闷着脑袋干活,尽量不和别人讲话。

有一个中年人老李在一天下雨休息的时候问了我一些情况,我把自己的想法告诉了他,他表示理解。我躺在地铺上听着外面的雨哗哗的声音,和老李抽着烟,突然觉得很没意思。我说,老李，说说你吧。老李说，好吧就说我，跟你讲，我年轻的时候也和你一样，总想着去干另外的什么。我说，你当时干什么？他说我那时候在家种地。我说，那你现在不种地了，实现想法了。他说，也不能这么讲，说不定过一段时间我会干别的呢。我说也是。他说，要说的是，当时我都快娶老婆了，老婆是同一个村子的姑娘，长得一般化，但我们没结婚，如果娶了，我大概现在还在老家种地呢。我说，幸好你没结婚，为什么不结婚呢？他说，因为这时候发生了一件事。什么事？他叹了一口气说，她不知道什么原因突然失踪了。我说，是不是不想嫁给你呢？他说也不是这个样子的，我们在之前关系已经发展得很不错了，差一点儿就睡了。我说，你快讲。他说没什么讲的啊，反正是她失踪了，我就出来了。我说，不对，这不对啊，好好的一个人怎么会失踪呢？他说哪个知道呢。我说，那你和她家里的人就没找？他说找了，但没找到。后来呢？后来？后来我出来了。我的意思是说，你出来后，那个女的有没有回来过？他说，没听说过，总之她家人也放弃了，我出来后，只听说她父母老来又得了个儿子。我警觉起来，说，那儿子叫什么名字？老李说，好像叫王奎，好像。

老李果然如他所说的那样，不久之后又跑到其他地方干活去了。我则在采石场因为识字，不爱说话，干活又肯出力气，被领导看中，把我送到驾驶学校去学驾驶，将来出来后做场里的运输员。这当然是个好差事。

学了将近一年，考了个 B 照，送石头送了半年，所在的场又解散了。因为市里有专家觉得山是城市的风景和屏障，胡乱开采是不对的。好在我有了驾照,领导又把我推荐给长途客运公司,算是端了半碗公家饭。同样是开车,因为人比石头高级,所以我的工作看起来好多了。所有认识我的人都说我走了大运。我自己也这么认为。

我主要跑南京到苏北响水这条线路。其实开长途汽车非常枯燥。能引起我兴趣的是路边的"鸡"。这些"鸡"多是业余的,不少是有夫之妇。苏北境内很多地方相当穷,夫妻觉得种地没指望,就在路边开小饭店,所谓"停车吃饭"的那种。吃一只老母鸡五块钱,住一晚十块,相当便宜。但我一般不和有夫之妇搞,觉得你在这边跟人家老婆搞,丈夫就在隔板的那边,很不是滋味。当然,我当然承认我搞过。但我还是主要跟没有丈夫的女人搞,五十到一百不等,少说多做,搞过就走。所谓拔屌无情——犯得着有情吗?

2000年秋天,我在响水认识一个自称刘秀娥的女人,她长得很出乎我的意料,因为长得看起来好像很熟的样子。所以我好几次经过都去跟她搞。那次搞完了,我想跟她说说话,就问她为什么要走这条路。因为多次,她对我也有点信任,就讲了她的故事。她说她以前曾经有个叫王奎的男朋友,两个人相爱了,但两家都不同意。所以他们跑出来了。但后来他们经常争吵,因为穷啊。王奎在一个工队里拎泥桶,是小工。有一天,他回来说,要和工队去邻县,大概两个月时间。因为刘秀娥当时已在当地找到了一家服装厂,不便同行,所以他们就此分开了。想不到一分开就再也没相聚过。一打听,王奎好像又有了一个女人。这下她无依靠了,又没脸回家。打算去死,跳了塘,又被人救上来。一摆摊子,就走上这条道了。

我说,那个王奎有多大?她说,比我大三岁,二十八,不,现在三十一了。我说他长什么样子?她说,他啊,当然很英俊了,否则我也不会跟他跑。说着刘秀娥眼睛就红了。我抱抱她,很同情她,觉得自己也像要哭的样子。就这样抱着她吧,其他什么也不干。

就这次回来的路上,我出事了,和人家会车的时候一下子晕了头,撞了。好在损失不大,伤了两个,自己也断掉一根肋骨。但差事算是丢了。本来就不在客运公司的编制之内,临时工嘛。

在家歇了半年,总不是个事。过去在驾校认识的一个叫郭涛的朋友,他看我没事,就叫我帮他开"二驾"(出租车晚班)。他家里条件好,买了一辆富康。他开白天,我开晚上。

因为郭涛家有钱,所以他对开车也无所谓。经常用自己的车子接人到迪厅跳舞什么的。生活比较混乱。有一天晚上,他打我手机叫我去中央门接他。我跑去一看有五个人,两男三女。我说这不好办啊郭涛,交警看到要罚款的。我的意思是看他怎么说,他说我不怕你怕什么!是这道理,反正车子是他的,我所怕的是驾照被记。不过还好,没碰到交警。我把他们送到一个旅馆。半夜的时候,手机又响了。这一次是要我把两个女的送到湖南路。郭涛说他还有事,没一起。

在路上,我注意那两个女的说话。一个说,郭涛还可以,王奎不行,鸡巴小了点。另一个说,王奎昨天差点被抓去了。我就回过头问,你们讲那个王奎是不是刚才和你们一起的那个男的?

她们说，不是他。我说是谁？她们说，你烦什么，跟你有什么关系。我说我也认识一个王奎。她们笑了起来。我说你们讲的那个王奎是不是三十二岁？她们说不知道，差不多吧。我得意地说，我说我认识王奎你们不相信，我还知道他长得很英俊。她们说，英俊有毛用。我说我还知道他们家就他一个儿子，是从苏北农村来的。她们奇怪起来，你认识王奎？我说你们先说是不是他？她们说我们不知道。我说你们讲他差一点儿被抓什么意思？她们说他是票贩子呀，就是黄牛，你不知道吗？我说我天天在火车站拉客还真不知道！她们又笑了起来，说，那你瞎讲什么！我说我真认识一个叫王奎的人呀。她们说，你认错人了，这个王奎不是你讲的那个。我还想说什么，但她们不再理我了。我觉得很气闷。把她们送到湖南路的时候，我叫她们付钱，她们又笑了起来。一个说，你是不是想干？我说，臭婊子！说完，我一踩油门走了。

世界杯期间，万人空巷，生意相当难做。跟我一样的人大都挤在中央门火车站等外地佬客。如果逮到一个佬客送到饭店，饭店会给我们五十到一百不等的回扣，这还不包括车钱。但这生意太少。一般情况很难碰到。所以你不仅要喊，而且要找一个替你拉客的，拉到一个给他二十块钱就可以了。我没找人，我把我女朋友小百货找来，她还不错，因为她是百货商场里的售货员，甜言蜜语，很会拉客。

我把一个佬客送到饭店折回来的时候，发觉小百货跑不见的了。问了，都说没看见。跑到候车大厅去找，那么多人，哪里找得到。我刚张嘴想喊，就听到旁边一个女的在喊：王奎——。我赶紧看那个女人，睡眼模糊的样子，头发乱糟糟的，看样子才醒过来。是个外地人。我就奇怪了，不再找小百货，问那女的，你喊的王奎是不是三横一竖的王，大土土的奎？她警惕地看看我说，干吗？我说你别怕，我问问，是不是？她说，是的。我说，他是你什么人呀？她又看了看我，没出声。我说，是不是你男朋友？她说你怎么知道的？我说，是啊，我知道，刚才他在这里吗？她说你真认识王奎，你叫什么名字？我说这不重要，总之我认识你的王奎。她说，刚才他就坐在这儿的，我睡了一觉他就不在了。我看她所指的那个地方，也就是王奎坐的那个地方，摊着一张报纸，上面屁股的形状清晰可见。我说他可能出去了，马上可能就要回来的，你等等。她说，嗯，等等看。我说我也和你一起等。她又警惕起来，睁大眼睛看着我。我说你别紧张，我真的认识你的王奎。说着我坐到那张报纸的屁股形状上去了。我觉得坐那儿很坦然，心想，王奎啊王奎，我终于要看到你了。

　　她犹疑了片刻也坐下来，问，你是干什么的？我说，我开出租的，车子就在外面。她说你是南京人？我说算是吧，你们是苏北的吧，王奎是苏北的吧？她点点头，有点不可思议的样子，问，真是奇怪，你怎么会认识王奎的呢，你怎么会认识王奎的呢，我怎么从没听说他认识南京的人！我高兴地笑了起来，呵呵，他确实不认识我，但我认识他，他的许多事情我都知道，奇怪吧！于是我把自己所知道的一切有关王奎的事情和她说了一遍。其间，我一直很高兴地笑着，但她表情非常古怪地看着我，没笑，也未置可否。她的样子看起来可爱极了。她就这样一直看着我，我也不再多问，总之一切当王奎出现就行了。

大厅里有一面很大的电视屏幕,没睡觉的人都在看电视。因为已是深夜,世界杯赛早已结束,放的是一部非常粗糙的乡村电视剧,灰帽子,花褂子,"咱"啊啥的……

等我醒来的时候,睁眼一看,心里紧接着就是一惊。她走了,面前的人已是另外一拨肮脏的乘客。我不知道王奎有没有来,我想他肯定在我睡着的时候来了。女的把情况告诉他,他看看我,一脸陌生,然后对那个女的说,火车来了,走吧。于是他们就走了。

那天晚上,我的车子被车站管理处拖走了,小百货因为上了一趟厕所就没看见我整整找了一夜。她说,我都急哭了,打你手机也不回,你到底干什么去了?我不知道怎样对她解释,我只感到沮丧,其他一概不知。她说,你是不是找小姐去了?啊!你,你混账!不要脸!说着她就哭着跑了。

郭涛说,我费了多少力才把车子搞回来你知道吗?你啊你,你到底怎么搞的?我只有抱歉。我说是我不对,真的,我抱歉。他说,我是说那天晚上到底什么回事?!我想把事情告诉他,但突然觉得浑身无力。算了,我说,郭涛,谢谢你了,我以后不来替你开车了,你另找人吧。他说,你什么意思啊你,我又没说不要你干!我说,我懂,但我不想干了。他说,你是不是脑子有屎啊?我说,是的,我脑子有屎。

后来。

报纸是这么说的:

21日下午，在我市月苑小区发生一起民工坠楼事件。据知情人说，当时该民工正在雇主高先生家安装纱窗，由于民工缺乏安全意识，没有一定的安全措施，一不小心从七楼掉了下来，当即死亡。经初步了解，该民工叫王奎，男性，三十三岁，苏北某县人，去年来宁打工。

我想休息一段时间了。我对小百货说，那件事你放心好了，没什么对不住你的地方。她说，算了，别提了，你以后怎么办？我说，下个月房子我不租了，我想回家去了。她说，你回家干什么？我说，能干什么呢，种地。她说，那我怎么办？我说我也不知道。她说难道我也从商场辞职陪你回去吗？我说随便你。她说，那我也回去吧。

我把她搂在怀里，鼻子一酸，泪流满面地说，王奎死了，我们结婚吧。

双赴黄泉

和王奎的不相见已十年了。我叫张亮。

上一次见他是在十年前初中毕业时，那天我拿着烫金的毕业证书，心潮澎湃，觉得自己立即就能苦到钱了。我匆匆走向校门，对身后的校园一点兴趣也没有，看也没看一眼。不仅如此，我也对校门口那些卖零碎的摊点丧失了应有的偷窃欲望。按照之前的估计，我猜自己在毕业这天肯定会偷到很多东西。什么圆珠笔啦自动铅笔啦明星贴画啦，还有什么烧饼啦油条啦，等等等等。偷这些老头老太的东西对我来说易如反掌。我一度认为自己是个大盗，并为此躲在围墙外自我感动。当时我看到一只麻雀落在墙头，将屁股扭了两扭，几乎掉下泪来。拿着毕业证书，心情已超越感动，如果此时不是王奎挡在面前，我估计自己连家都忘了回，而会直接走下去，走向通往城里的那条黄尘滚滚的大路。在我看来，那里到处都是钱和美女。王奎挡住了我，他一直是个操蛋人物。他这天没拿到毕业证书，因为他初二下半学期即已退学，开始了在校门口向软弱的同学进行敲诈勒索的营生。他看着我手里的毕业证书，面露难得的愧色。其实，我也比他好不到哪儿去。我撑下来了,有毕业证书,他没有,如此而已。不过因为他早出校门,所以一直佯装成一名江湖老大的模样。平素里,我虽不至于怕他,但还是让着点的。可是这天我并不打算理他。我说,你有事吗?他盯着我手中的毕业证书说,给我看看。我想了想,就给他看了看。我知道他有点后悔,谁叫他自作主张退学的呢。这激起了我的得意情绪。然后他还给我,继而从口袋里掏出一根烟。我接了点上,说,有事你赶紧说吧。他说,是这样的,你别跟孙曼好了,让给我吧。孙曼是我们班的漂亮女同学,说话带脏字,成绩奇差,比我还差,我们经常到学校围墙后拉拉手、亲亲嘴什么的。其实,我并不觉得孙曼有什么好。在我看来,我喜欢的是1班的高敏,1班是快班,高敏是班长,她虽然长得并不如孙曼好,但我就是喜欢她。在分快慢班之前,我们曾在一个班,那时候我就喜欢她。王奎需要我转让一个自己并不喜欢的孙曼已非第一次,但我一直没答应。现在我觉得应该给予考虑,我是这么考虑的:我扭回脑袋看了一眼就要走过来的孙曼,她在六月份的校园的树荫下非常风骚,心下觉得有点可惜,然后我又看了一眼手中的烫金毕业证书,血涌了上来,说,好吧。然后我就走了。自此十年,再也未见过王奎。

十年后他突然出现在我的门外,这就像早已商量好的,正好十年。我看着他站在我门外满头大汗的样子,想起现在也正是六月份。除了十年应有的变化,彼此不难认出对方。太简单了,世间并无那么多令人感到陌生的变化。

我说,怎么是你!他说,嗯,是我。我说,听说你死了。他说，确实差点死了，你听谁说的？我说，孙曼说的。他说，那个骚货我已经二十年没看见了。我说，你放什么屁！他说，没有二十年也有六七年吧。我说，她结婚了，儿子估计都三四岁了呢。他说，骚货！

然后我才把他请进我的家门。我看看时间，已经六点半了，天还很亮。他进了门，屁股挨凳子不到三分钟，就开始像个贼一样在我的家里到处看，说，操，你小日子过得不错啊，这房子什么时候买的，多少钱？我说，去年初，十八万。他说，你抢啊，这么多钱。我说贷款的。然后他才把视线从我家墙上的一张裸体油画里收回来，认真地看了我一眼，眼睛里不由自主地流露出惭愧。

我的情况是，初中毕业后，我打算去学个厨师或驾驶什么的，苦点钱花花，但没成功。我二伯在市里一所职业高中当主任，把我招进去又读了三年书。读了三年，我的脾气变好多了，不再打架，也不太搞对象。所以，二伯又找了关系把我从他们职业高中推荐到一个到处是废铜烂铁的大学读了两年书。毕业了，分配了，成了公家人，落户城市，也买了房子，女朋友也同居了。她就是高敏。她的情况是，初中毕业考到卫生学校，毕业了干起了护士。我是前两年开阑尾才遇见她的。她给我换药打针的，把我伺候得胖了不少。所以，一出院，我就跟她好上了。

王奎说，真没想到啊真没想到，不知道高敏还认得我吗？我说，危险，你那时候是差生嘛。其实，我说的是假话，高敏跟我说过，她说她在初中时暗恋对象就是王奎。我觉得奇怪，其实并不奇怪，王奎身材魁梧、相貌阴狠，就是现在说的"酷"。高敏虽然品学兼优，但也情窦大开。当年，王奎一身武装、衣衫时髦地站在校门口吆五喝六，确实很吸引女生。高敏为此感到惭愧，说，那时候啊，人小，什么都不懂。我也就笑了笑，心想，你暗恋王奎，孙曼曾经还是我对象呢，一抵。不过，高敏并不知道当年我与孙曼的事。

王奎有点局促起来，好像害怕高敏突然从我家里某个越来越暗的角落跳出来，口喊当年英语教师的背诵命令。我太清楚了，像他这样的人其实最畏惧当年优秀的女生。他当年敢搞孙曼而从不打高敏的主意即已说明这一点。我觉得自己比他进步就在于，即便当年，我也一直想搞高敏。虽从未说起，深藏于心，志向毕竟大一点。

为了疏解他的紧张情绪，我说，高敏今晚并不在，她刚吃过饭去电大上课去了。王奎吃惊道，怎么还读书？其实不仅高敏，我也在继续读书，时代要求嘛。但我觉得为什么还读书的问题对初二就退学的王奎解释起来很麻烦，所以就岔开话题，同时也突然想起，说，你还没吃饭吧？

当然没吃饭，这还用问。

其实我一直讨厌喝酒，现在也不打算喝酒。自从和高敏谈恋爱以来，我已听从后者的劝告尽量不喝酒。所以，我犹豫了一下。然后我想，还是喝吧，难得遇见一个十年前的人，能遇见十年前的人的机会会越来越少的。就是偶尔喝次酒有什么关系呢。再说反正高敏今晚不会来了，她上完课要回单位宿舍去。在我打定主意准备喝酒之时，我抽空又看了看楼下。吃过晚饭的人们开始在小区内溜达，他们扶老携幼，穿着轻松。掠过他们的头顶，前方一大片有待开发的空地上升起一股紫色的烟雾。天色已晚，鬼蜮出世。大概如此吧，我想。

在去街上买酒菜和整个喝酒的过程中，王奎一直在叙述这些年的经历。

我们毕业后，王奎携孙曼在校门外又晃荡了两年多。后来，他们渐渐发现，和他们同岁的人几乎再也找不到了，而学校各届的痞子流氓不断风起云涌，他们的立足之地已深受威胁，感到失落了起来。另外，双方父母的唠叨也确实不能再置之不理。所以，两人这才走上社会，彻底摆脱了那个破烂学校。王奎去学了厨师，孙曼去学了理发。两人开始还经常走动，时间长了，就算是分手了。王奎说，孙曼后来到南方干过几年坐台的。之后他就不清楚了。经王奎一说，我也才明白，近些年，我回镇上，有一次遇见孙曼，她开了一家理发店，还收了些徒弟，生意做得很不错。我还一直奇怪，她怎么这么大的能耐呢，她家里本来就穷得凶，老子是瘸子，她妈身体也常年有病，弟弟妹妹也小来着，原来，大概是她坐台混了点钱。我告诉王奎，孙曼嫁的那个人是镇上土地所的所长，很有权势，那土地大人大概没想到自己老婆有那么多故事。王奎和我一起笑笑，又叹息，说，孙曼这辈子也算稳定了，就我一个屌人啦，唉！

王奎，他学厨师，学了个三级职称，却一个饭店也找不到活干。后来他老子托人好不容易找了个，工资又低得可怜。名义上包吃包住，一个月却只有一百来块钱。他是个大手脚的人，旧习不改，好一个广结天下兄弟，酒肉之快，岂可断之。所以，平时干活不行，那每月一百来块钱经常被扣个十块二十块的。干了三个多月，就跟老板干了起来。把老板打个半死。不仅没捞到一分钱工资，还倒贴了两千多块钱医药费营养费什么的。他老子也是脾气暴躁的人，对儿子彻底失望，说是家里已因为这个没出息的儿子，赔了个精光，以后是死是活自己担着。王奎就不再回家了，伙同几个兄弟给人家浴池看场子。在浴池里因贪图小姐，染了些丑病，偷偷摸摸地治了许久，花了不少钱，把几年劳动积蓄搞了个精光。治好了，老板不要他干了。他那些兄弟干得好好的，也不跟他了。他就一个人跑到北京去混。北京真大。在建筑工地上，找到个拎泥桶的小活干，勉强糊张嘴。一天晚上，他累得要死，想到自己在北京，人生地不熟的，难以混出头，还是觉得家乡好，就又杀了回来。在回乡火车上遇见一伙山东人，这伙人是贼，流窜各地作案多起，还有几条人命在案。他们就带着他在全国各地继续作案。干了半年，在徐州被抓住。好在这期间，没有杀人，而且王奎一直也只是个放哨的，所以判得轻，五年。在牢里，表现好，提前一年放了。出来后，也确实不知道干什么，此时他爸爸已经死了，他就回了家。种了一年的地，他就又出来了。现在还是瞎混，什么都干。

我说，为什么孙曼说你死了呢？他说，那时候他与家里没有任何联系，而且大概正和那伙山东人到处跑呢，是死是活自己也分不清楚。我问，你现在主要干什么？他说，偷。我说，你别偷我家噢。他笑了起来。这时候，我们酒已经多了。

我去打了个电话，叫小店又送了箱啤酒上来。

继续喝。王奎突然说，去年，我表弟当兵去了。

我说，是吗。

他说，是。

我说，他当兵与你有什么关系？

没关系。

没有话说了。

然后，他又说，去年我表弟真当兵去了，骗你是儿子。

我觉得烦，说，你讲过了，知道了。然后我又想，算了，就问，在哪儿当兵？

到内蒙古去了。

哦，你到那儿去过没？

没有。你呢？

我也没。

此时我觉得累了，应该睡觉了平时，但我懒得去看钟了，我偶尔抬起脑袋，看到面前一切都昏昏欲睡。

好吧，我说，你表弟多大？

他说，十七岁。

叫什么名字？

叫王国民。

名字不歪。哪个学校毕业的？

跟我们一个学校。他说。

成绩怎么样？我说。

比我还差。

有毕业证书没？

有。

你现在呢？

还是没有。

可以搞一个。我说。

没想过。

说完王奎就趴在了桌上。他的背部在动。过了一会儿，他突然抬起脑袋，提高声音，说，我也想当兵！

我被他这话搞得吃了一惊。看看他，他眼睛很红，脸上肌肉也开始在动。

我真想当兵，骗你是儿子。他站了起来。

我说，你坐下。他没坐。我就说，你为什么想当？

我就是想当兵。他开始大声叫了起来。

我过去拉他坐下，他不断地挥动手臂想把我推开，但这是徒劳的，我还是把他按在了椅子上，说，你已经超过年龄了，我们都不能当兵了。

听到这句话，他吐了一口，那些被嚼碎和被胃液润滑的食物光鲜地撒在我家的地板上。然后又吐了一口。我估计他会继续吐下去，那样，我就可以把他搞到一张床上，或就放地上。然后拿个拖把来拖地。但可惜的是，他就吐了两口，这是两口浓度很大的呕吐物。我看着它们，想不出用什么办法将它们搞走。我想，如果在乡下，用灶灰铺在上面，再用扫帚容易扫掉。但我现在没有灶灰，怎么办？我陷入了困境。然后我只得放弃在困境中绕圈子，看王奎，只见他抹抹嘴，端起碗又干起了酒。这之后，他的酒量迅速恢复，不断地喝，之间反复地说自己想当兵，因为，他说，当兵是条活路啊当兵真的是条活路。

然后，我们开始说女人。王奎说到无数个女人，大多数女人只是一些器官。他说，他一点也不喜欢孙曼。因为孙曼是他见过的阴毛最多的女人，所以不喜欢。我没有看过孙曼的阴毛，所以，他说了，我就可以看见他们那些纷乱的岁月。这令我感动。我想到，孙曼在一个下雨天和他往一个屋檐底下跑，在十年前那个中学附近的一些高大的桦树底下，他们是多么地轻盈。雨水打湿了他们，他们气喘吁吁。他们发现，自己所在屋檐下还垂挂着几张褪了色的红纸，一些诸如"风调雨顺""六畜兴旺"的句子残破不全地在风里飘动。放眼望去，春节远去，草木浓郁。

王奎说，你呢，有几个女人？

我说，我拿毕业证书那年以为自己会有无数个女人，和你一样多的女人，甚至比你还多的女人。但是，可惜，我至今只搞过一个女人，就是高敏。

他说，你们会结婚吗？

我说，对，估计今年不行就明年。

他说，高敏怎么样？

我说，没有比较，不清楚。

他说，应该比较。

这时候我们抬头互相看了一眼对方，坏笑了起来。这是多么陈旧而亲切的笑。十多年前，我们经常这样笑。我鼻子酸了一下，眼泪流了下来。

王奎说，兄弟，你哭了。

我说，放屁，我没哭，没，我就是酒干多了，激动。

我的眼泪无法控制地落在面前的碗里，酒被溅到滚烫的胳膊上。他看着我，然后说，兄弟，我要带你去见识更多的女人。现在就走。说着喝完碗里的剩酒站了起来。

我没来得及去擦满脸的泪，也跟着摇晃着站了起来。我想说，我们哪儿也别去了，就在我家睡吧，哪怕你不洗一洗你那臭脚也没关系。但并不是这样。我和他互相扶着跌跌撞撞地下了楼。在小区的甬道上，我们并没有遇见什么人，但道路动荡不安，我发现天空高远得不可思议，周围楼房里一两点灯光空虚得要命。这使我想到，大概已是深夜了。

我们拦了一辆的士。我听见王奎说，师傅，去个有小姐的地方。后来我被他推醒时，面对的正是一间灯光粉红的洗头房。我的精神略略为之一振。几个小姐盘着修长的腿正坐在沙发上看电视。进去才发现，她们看的是录像，那种很普通的枪战片。我看着一个男的拿着枪跟着另一个拿枪的男的追，心里布满了绵绵的睡意。我和王奎瘫倒在她们中间。一个小姐把她的胳膊从我的腰部绝情地拔了出去，于是我立即感到深陷的晕眩。

王奎在跟她们谈论。一个比我高大的小姐把我扶到了里间。那里只有一张床，被褥零乱，好像刚刚结束一场交媾。我伸手探了探，并无温度。我和小姐迅速地脱掉了所有的衣服，并没有发现自己有所羞耻。然后我们相对而坐，彼此抚摸。我想，我是在嫖！我被这个想法搞得有点清醒和激动，身体也有了点反应。

我可能还做了个梦。后来，我被她拉了起来。我同意这样，也许将来，可以弥补今晚对这个小姐的愧疚。我们又走到那个四面镜子的房间里，似乎我们来到了一个舞厅。王奎半躺半坐在那儿与一个小姐在高声说话。因为角度的问题，我才发现，我的兄弟王奎是多么委琐，他头发稀疏，穿着暗淡，摆放在沙发旁边的皮鞋一只朝内一只斜着朝外，上面布满了灰尘。和我一起的小姐把我丢在那里，跑到他们中间使劲坐下，开始对王奎发起牢骚，她反复对后者强调我没干成她。我不知道她为什么要这样。

王奎听后，果断地打断与那位小姐的交谈，掉过脑袋看看还傻站在那儿的我，我也是这时候突然发现，王奎相貌丑陋。他对我说，那好吧，既然没干成，我们走吧，换一家。

他的意思是不付钱。

小姐拽住了我们。

然后，一个男的迅速出现。他长得像个广东人。所以，王奎并不怕他，坚持不付钱。和对方僵持不下。我的意思是商量一下，钱能否少给点，还是走吧。但王奎一如当年那样有主见地甩掉我的劝阻固执己见。在这期间，我发现和我搞的那个小姐打了一个电话。我似乎听到她在向另外一群人述说嫖客耍赖的事情。

我觉得自己清醒多了。我对那个像广东人的男人说，多少钱？

一百。他说。

我摸了摸口袋，这才发现，我并没有带钱。

我把王奎拽到一边，说，你是不是也没钱？他再次甩开我的手臂，高声叫道：老子有的是钱，但今天就不付账，怎么啦！

好吧，我说，他们喊人了，我们赶紧走吧。

王奎还是高声喊叫，他说，喊人？他们要是今天动老子一根毛，明天就叫他们整歇！

我不知道如何是好，我感到头痛欲裂。好吧，我不管了。我跑到屋外蹲了下来。外面路灯很亮,我看着它们,想,如果我经过一盏路灯,我的影子先是在后,然后才会在前,而且越来越长,直到被下一盏路灯的光芒遮蔽,影子便又在身后,如此反复。我被这个想法弄得头更晕了。于是抱住了脑袋。只听见偶尔一些出租车飞驰而过的声音,那些被卷起的垃圾似乎也能被我的头顶看到。就是这样。那些打手终于出现。

他们下车时,并没在意蹲在屋外的我。我透过玻璃窗,看见站着好好的王奎被一个粗壮的男人一拳打在了脸上,然后就倒了。再也没爬起来。我打算跑,但不知是何缘故,也倒了下去。

等我醒来时,我发现鼻青脸肿的王奎压在我的身上。他伤得不轻,脸上的血已凝结成紫色血痂。我使劲推了推他,他也醒了。

他一醒来就说头疼。我扒开他的头发,发现他的脑袋上有一些裂口。看着这些伤口,我内心充满了疼痛,于是给他揉,揉啊揉,许久。

好点了。他回头看着我,惊讶地叫了起来,你怎么这样了?我们被人给打了吗?

看来,他昨晚的酒确实已喝多。几乎什么也不记得了。我就把我所记得的告诉了他。然后我们彼此数了各自身上的伤口,又爬起来走了几步,觉得没什么大事。这才放心地笑了起来。

我说,我真倒霉,难得见到你,竟然倒了这么大的霉。看来以后不能看见你了。

他说,确实怪我,酒喝多了。

我说,你倒是没事。如果被单位知道,我怕是饭碗不保了。

他说，没事，应该没人知道。他们还能怎样，打也被他们打了，难道还会举报我们不给钱吗，生意还做不做？！

我说，你说的也是，不过，我怎么跟高敏说我这一身伤呢？

是啊，怎么说呢？王奎也替我担忧起来。

我们不知道怎么去跟高敏解释浑身的伤口，只好抬起脑袋。这时我们才发现，我们正置身于一片草地。在草地的远处。似乎有一座小小的山丘。我们不知道这是什么地方。天是阴的，也不知道时间。我迅速地回忆了一下，猜想，大概是那些打手把我们打昏后用车扔了过来。王奎说，大概也只能是这样。不是这样又是怎样呢。

好吧，我们走吧。

往哪儿走？

往前走，也许能碰到个人家什么的，问问这里是什么地方。

我们走了起来。一路上都是齐踝的青草。这是我们从来没有想象到的，我是说，我们从来没有想象到有这么多青草可以摩擦我们的踝，从来没有想到有这么青的青草，也从来没有想到我们会一起伤痕累累地在青草上走。

在路上，我们还就昨晚的事情讨论了一番。我问王奎，你是不是真没有钱。王奎说是的。我说，那就难怪了，幸好我没搞成功。王奎就说，那你是不是阳痿呢？我说不是的。他说他不信，我就说，下次证明给你看。他说，下次什么时候？我说再说。他说那我更不信你了。我说好吧，那我就是阳痿。他说这还差不多。此外，我们又集体回忆了十年前的一些事，结果我们叹息，十年前，我们是多么幼小，什么也不懂。但是，十年前我们又是多么可爱，再也没有了。在谈到十年前的时候，我对王奎说，当年你要我把孙曼转让给你的时候，你还记得我有什么动作吗？他说不记得了。我说，当时我回了个头，看到孙曼走了过来。他说，对，是这样。我说，你知道吗，那是我见过的最好看的女人。

我们就这样边走边说，时而叹息，时而兴奋。也不知说了多少话，我只觉得，我们把迄今为止一辈子的话都说完了。

然后，我突然意识到，我们说了这么多的话，就说明我们走了这么长的路。但抬眼望开去，还是青草，没有人家，没有牛羊。远处的那个小山丘还在远处。我于是停了下来。

怎么？王奎问。

怎么还没看到一个人？

对，怎么搞的。

不知道啊。

我们赶紧跑吧，他提议，争取在天黑之前找到一户人家。

于是我们又跑了起来。我们跑啊跑啊，跑了很久。跑不动了，我们只好大汗淋漓地蹲在地上，脑袋对着脑袋。我看见王奎的口水因为大张着的嘴流到了青草上，然后又顺着青草流到了地上。我想，我也是。

王奎说，怎么搞的，人呢？

是啊，人呢，于是我站起身竭尽全力地叫了起来，人——呢——？

没有回音。

于是我们俩人一起喊，人——呢——？

喊了无数遍，嘴都喊干了，还是没人。

我们最终疲惫不堪地倒在了地上。我听见王奎哭了起来。他哭的样子还是当年的样子，眼睛闭着，嘴张着，泪水从两颊流下，部分落进嘴中。

别哭了。我安慰他。别哭了。

他说，我害怕走不出去啦。

别怕，我说，会走出去的。

这到底是哪儿啊？

我也不知道。说完，我突然悲伤起来，也哭了。

他说，你为什么也哭啊？

我说，王奎啊，我估计我们已经死了。

于是我和我十年前的兄弟王奎在草地上抱头痛哭。

未知死因

2004年春天,王奎失业了。这时候,发生了一件奇怪的事。一天晚上,他和朋友喝了点,回到家(当然是租来的房子)后倒头就睡,半夜照例爬起来找水喝。当他摸到厨房准备开灯拧水龙头的时候,突然发现面前站着一个人,一个身材高大却奇瘦无比的女人。事后他又否定那是个女人,根据回忆,那人没有胸部。没有胸部还叫女人吗?也有可能是平胸啊,朋友笑着说。王奎严肃地说,你为什么笑?很可怕的,尤其是我现在想起来更觉得可怕。当时你就一点不怕吗?朋友问。是啊,王奎有点沮丧地说,我也有点奇怪,真的,当时我真没觉得怕,一点也没有。也许当时你不觉得可怕就是因为你首先判断对方是个女人,对吗?王奎点了点头,又摇了摇头。

这件事情最终的解释是幻觉。不可能的,哪里有鬼呢?王奎被逼无奈,只得承认是幻觉。不如此,他的日子势必无法过下去。但紧跟着这件事没几天,就发生了另一件事。

那天王奎打算去找房东谈谈,希望后者能容他把房租拖下去。房东住五站路之外,公交车直达。他上公交时本来明明是有一把椅子等着他去坐的，但在他就要坐下的时候，突然被身后一个大胖子赶了上来。后者以硕大的屁股把整张椅子坐得严丝合缝，看不到挨一只老鼠屁股的地方。这让王奎十分丧气。他觉得给面前这个人坐并没有什么，但他为什么要这么胖呢？那么大的屁股真是一个令人费解的问题。他不禁抓着扶手皱起了眉头。后来有个年轻的姑娘经过他身边的时候不像有意地用乳房蹭了他的肘部，那种起伏感十分准确，也十分操蛋。朋友们都知道，王奎还是一个年近三十的处男。现在有位姑娘搞这样的小动作使他很不自在，于是回头，但没有落到实处，有三个年轻的姑娘站在他的身后，也就是说不知道是谁。天气热了，大家衣服都不多，脱光了堆地上也就那么一小抱。王奎只好站远点，想通过深呼吸缓和一下，虽然车厢内空气污浊，深呼吸是一个不符常识的错误，但好在这也转移了他的注意力。他只能看着车窗外。许多天没下雨了，地面上的灰尘被疯狂来往的车辆搅在空中，阳光于是呈现一种劣质饮料的颜色。在一个红灯下，他还透过车窗玻璃看到在路旁花坛边的一对中年夫妇。他们穿着过时而又显得异乎寻常干净整洁的衣裤。通过他们的装扮不难发现他们是乡下人，是乡下的本分人。他们对这座城市不会很熟悉，或者熟悉程度不会超过一张出火车站所买来的市区地图那么丰富。也许那个男人是乡村的会计或供销社的职员，他曾于多年前来过这座城市办事。当年他可能也正因此（乡村的地位和旅游经历）把那个应该不错的乡村少女（也就是现在眼前这个中年妇女）搞到了手。在此番来这里之前，他或许曾向妻子夸过口，如数家珍一样历陈过这座城市的名胜、街巷和小吃，但当他们真的来到，却令他不禁惭愧和惊讶，一切都和记忆完全不同，记忆变成了梦幻。现实是他带着妻子迷失在这座城市的一个角落，一个花草蒙满灰尘、未知生死的花坛边。他们在花坛边干什么呢？王奎趁着有限的红灯时间注意观察了一下，那个中年妇女在呕吐。秽物从她光洁的脸上那个最大的洞里源源不断、依依不舍地喷了出来。它们的成分应该是家乡的稀饭、酱豆的早餐和车上面包、矿泉水之类的午餐。看来他们刚刚从一辆车上下来，妻子晕车晕得厉害。丈夫十分心疼，他不断地用手掌拍打前者的背部，希望使妻子好过一点，但妻子在呕吐之余还腾出一只捏着绣花手帕的手撑那只不断拍打的手，面露反感的神情，看样子拍打并不能达到预想的效果。人们要记住这一点，不要一厢情愿地为他人做什么，即便他是你的枕边人。然后，红灯转为绿灯，车开动了，那对中年男女站在原处越来越远，以至在车尾的最后的窗框边消失。王奎猜他们是来看儿子的，也许他们的儿子在这座城市读大学，他们来探望一下吧。王奎记得自己的父亲也来过，当时他就拎着一个脏不拉几的蛇皮口袋站在校门外的一个绿色垃圾桶边等着儿子出现。可惜他的儿子迟迟不愿出现。王奎想到此处，心里不免一阵绞痛。父亲，你现在在做什么？难道还是在地里像狗那样刨或像猪那样拱？

也就是说，王奎去找房东一路上的所见所闻所感都大大地影响了他的情绪。他的情绪很糟糕，糟糕透了。糟糕透了之后也许会时来运转，可惜王奎的房东根本就不在家，他白跑了一趟。是的，之前完全应该电话联系一下，话可以在电话里说，或者约好时间，也不至于白跑一趟。难道自己是想以这样的方式（直接登门）来表达诚意？也就是表达自己目前的贫穷，从而获得房东的同情和宽宏大量？想到这个，他的情绪简直坏到了极点。于是他开始往回走。注意，是走，而不是乘车。为什么这样，谁也不知道。我们可以理解为他想遇见那对中年夫妇，然后上前分别叫一声爸妈，再朝他们吼一句，快滚回家去吧！

　　走了大概两站路的时候，他终于来到了那对中年夫妇刚才所站的地方。当然，他们现在已不知去向，呕吐物还在。王奎忍不住地靠近了那堆呕吐物。他只瞥了一眼，这一眼已足够让他痛苦。走过那段，王奎感觉自己走不动了。这时候，他看见路边有许多低矮的小房子。这些小房子都被改装成门面，有搞家庭装修的，有手机充值的，有几张黑桌子给路人吃盒饭的；当然，也有卖烟酒饮料和劣质食物的。通过报纸的报道，每年都有一些人死在这些来源不明的食物上，更多的人也靠这些食物喂养成钢铁巨人或疾病缠身。总而言之，问题似乎并不在于这些食物，不在于它们的来源，而只在于天，在于活该或不活该。王奎发现这家烟酒小店门外也有两把椅子，看起来比盒饭那儿的要干净些。所以，他走过去坐了下来。歇歇，他对坐在直角玻璃柜台内的店老板说。后者没说话，只把头抬高一点看了看王奎，然后又低了下去。在这一过程中，王奎看清了店老板的五官，没有任何特色的五官，记不住的五官，所以他不禁又站起来伸长脖子朝里望了望，想再看一眼，争取记住吧。

　　买什么？店老板也站了起来，问。

　　王奎赶紧坐下，他也许想通过赶紧坐下来说明自己不想买东西，也起暗示对方一样坐下的目的。可惜迟了。店老板继续问，你想买什么？

啊，王奎说，不好意思，不买东西。

不买东西？老板失望地说，然后慢慢地下蹲，果然坐了下去。王奎看见他坐了下去，不禁松了口气，对着老板微笑了一下。这一笑又使老板站了起来。

喂，老板声音明显提高了许多，你到底买不买东西？

不买啊，王奎真诚地说，然后还补充了一句，真的。

那你想干吗？老板问。

不干吗。

老板也许还想问，那你干吗老是看我？但这个话似乎不像一个正常人在这个非常正常的傍晚该说的，所以，他说，既然你不买东西，你还是走吧。

歇歇而已，王奎说，我走累了，坐这儿会影响你生意吗？如果影响，我马上就走。说着他甚至做了做起身的动作。

哦。老板没再说什么。也没再坐下去，他目光空洞地看着马路上的来往车辆，和他的烟酒店长期保持的动作及神情相仿佛，没有善意，亦无恶意。后来他像想起什么似的，转身朝更里处走了走，一只手还掀起了一面布帘子。没想到里面还有空间，也许是床，是煤气灶，还有躺在床上把大腿伸出被外的女人。不过，老板在进入帘子的时候迟疑了一下，回过头看了一眼王奎。王奎赶紧把目光避开。后者突然感到很难过，他觉得这一切隐隐有什么不对，为什么，为什么总是去关注这个老板的动作呢？

那老板进去很快就出来了。他警惕地查看了一下柜台上方可以顺手拿走的货物，然后又看了看王奎的身体上有没有凸起的一块。王奎明白他的意思，他站了起来，甚至还夸张地在原地蹦了两蹦,并没有东西掉下来。然后,他对老板说,谢谢,我走了。

没走几步,他听到老板在身后说,喂,你谢什么?

王奎停下来回头对他强装友好地说,没什么,谢谢你把椅子给我坐到现在。

哦。老板把头缩了回去。王奎也只好继续往前走。也许这么走下去,天黑之前完全可以到家。但不知为什么,走着走着,他感到某种越来越强烈的绝望情绪。为了不使这种情绪恶化,他转了回来,再次出现在那个烟酒店前。

又是你?店老板吃了一惊。

呵呵,王奎痛苦地笑了笑,他感觉空气里布满了拉扯笑容所产生的疼痛感,刚才忘了,我买包烟。

我说呢,店老板有点高兴地问,什么烟?

红南京,你卖多少钱?

十一块。

哦,对。

王奎付了钱,然后拿上烟离开。

再见。

再见。

王奎边走边拆那包烟,然后抽出一根来吸。傍晚有点风的样子,即便没风,快速来往的车辆也能制造风,所以,烟吸起来似乎有些不对。王奎想起一些分辨假烟的办法,比如烟身过于柔软,烟嘴会瘪下去,烟灰很黑很硬。试了试,情况似乎有点接近,起码烟灰看起来确实没有那么雪白、均匀。一股屈辱突然占据了他的心。

他第三次出现在那个烟酒店门口。

老板,你为什么卖给我假烟?王奎说着把那盒抽了一支的烟扔在柜台上。由于力度过大,差点滑过柜台落在里面。

别瞎说,老板明白来意脸色立即沉了下来,我从来不卖假烟。

你才瞎说呢,这包就是假的。

懒得理你。老板把那盒烟往外推了推,然后坐到了他那张椅子上,把头扭向一边,并抖动起了大腿。这一次王奎注意到那是一张帆布躺椅,棉垫子还没有撤掉。天气还没热到那个地步,在室内,坐这样的椅子大概正合适。

因为那条抖动的腿,王奎的声音也有点颤抖:给我换一包。

老板果然如自己所言,没理王奎。

我说的你听到没有?你卖假烟还有道理吗?

什么假烟,你凭什么说是假烟?老板忍无可忍地站了起来,你说假就假吗,啊?

我抽了那么多红南京,真假能分得出来。

哦,我看你根本就分不出来,还是那句话,我从来不卖假烟。另外,小伙子,嘴放干净点,嗯?

什么东西,明明是假的,本来就是假的,怎么了,嘴不干净碍你什么事!

滚。店老板朝他吼道。

日你妈。王奎大骂一声一拳就打了过去。隔了柜台,没打到,王奎就顺手拿起柜台上的货物砸了起来。

店老板立即从直角柜台内绕了出来,他的手里不知什么时候已操起了一根棍子。但他没有使用棍子打王奎,而只是做着要打的动作，他想吓走对方，但王奎不那样理解，他迅速地在地上操起了一块砖头。

小说写到这里，我感到有点劳累。也许我免不了虚构的习惯，但我可以告诉你，这绝对是真实的。这个故事是一个叫张亮的朋友亲口告诉我的。张亮就在南京，距离我的住处很近。王奎这个人是张亮的同学。张亮在向我说王奎这件事的时候，还说到他的另外一些事情。转述他人非我所长，所以，我打算下面以张亮的口吻来介绍王奎。

我记得我们读高中的时候，因为班里一个叫高敏的女生，所以我们都没考上大学。高敏考上了，去了北京，后来也留在北京，再后来听说嫁到国外去了。我们和高敏的最后一次见面就是高考最后那门考试的考场上。我和她不在一个考场，王奎和她在。王奎说，他看见高敏短袖里面的小背心，是白色的，很紧很紧很紧啊真紧。

也就是说，我和王奎又复读了一年，也就是我们现在所说的"高四"。不在学校上课。学校在外面租了一间农民的房子。那房子在田中央，是过去集体化时社员们打谷晒谷的地方。高三那几个教师每天轮流从学校骑着自行车赶来给我们上课。我们只有在有必要做物理实验时才去学校。无论教师来给我们上课，还是我们去做实验，都得经过一片麦田，然后经过一条河流。也就是说，我们必须经过那座桥。我记得那是一座建于1977年的水泥拱桥。每个桥柱顶端的四面都有一颗五角星。在桥栏的水泥板上还有一些毛主席语录。具体不记得了。除了这些，就是学生们用粉笔、石灰和红砖瞎写瞎画的字。比如，"我日×××妈妈"之类。桥面下，也就是桥洞里可以写字的面积更大，内容更丰富。我和王奎在那些水泥石壁上写过很多字。王奎写过"我想日高敏"，当然，我也写过。我们经常躲在桥洞下玩，逃课，在高中三年，尤其是高三后半学期，所谓高四就更不用说了。上什么课啊，我们真的感到未来一片黑暗。无休止的课堂和习题，而大学在哪儿呢？真的在这些习题里吗？真是荒唐的世道。我经常唉声叹气，就跟现在一样，但王奎不这样。我对他很了解了，方式不同而已，他还是唉声叹气，我能听到。就这样，我们躲在桥洞里熬过了一年。又是高考，分数，分数线。我考上了南京东大（东南大学），真出乎意料。王奎没考上，但一点不出乎意料。我考上后，他又去复读了，也就是"高五"了。我不知道他那年是怎么过的，虽然有通信。你知道，刚刚出来的学生都有这么一点小爱好，那就是通信。那时候没有网络，写信和收信是个非常好的东西。感觉好。太好了，令人怀念。但通信时间长了也没意思，何况跟王奎这样一个人通信。他不是个好玩的人，写信也很死板，而且都不长。后来我在东大交上女朋友，不久也把那姑娘睡了。我兴奋地把这件事情告诉王奎，结果你猜怎么着，从此再也没收到过他的回信。

他就是这么古怪，我也没办法。大一我考完放暑假回家，特意去看了他。他在埋头苦干，高考又临近了。我还记得到他家看到他伏在桌子上做高等数学时的样子，真是太可怕了，左右各熏一盘蚊香，头顶上一个小微风吊扇旋啊旋的，像只大蚊子在扇动翅膀。房间里全是一个即将高考的男生所能散发的那种刺鼻的气味。我感到可怕，真的。当时我就站在他的门槛上这么后怕：如果我没有考上，是不是也是这样？甚至我想到去年和前年，即准备高考的时候难道与眼前这样残酷的景象有什么区别？真的可怕。然后我躺在他床上，等他把题目做完。我没提信的事，他也没说。空气很压抑，很难交流，想走人，但怎么可能走呢。我想告诉他，我跟那个姑娘完蛋了，但因为这种压抑一直说不出来。后来，他倒是给我看了个东西吓了我一跳，是高敏的信。信的内容不记得了，大致意思是：她，高敏，在高中三年一直很喜欢王奎。我问王奎是怎么回的。他说了句话我不太信，他说：其实我也一直喜欢你，既然你喜欢我，如果是真的话，明天就回来给我睡一下。意思是这个，我不信，你信吗？但当时我是装着信的。我说，你这么说，高敏再也不会喜欢你了，你好好考吧，外面姑娘多的是，好姑娘也不少。他把脑袋低了下去。唉，太压抑了。后来，我试图找点好玩的谈，所以我就跟他说学校里的一些事情。我说东大的操场，这个操场每天晚饭后都有许多对男女绕着跑道走，走的圈数多了，他们就会停下来站在跑道边接吻，然后到操场中间的草地上坐下来拥抱。至于跑道，留给圈数还不够的男女继续绕吧。然后我告诉他，有些草地上的男女实在扛不住了，他们就在操场上干了起来。当然，属于天气暖和的情况下，女生裙子十分管用。说到这个的时候，王奎终于忍不住露出了笑容，他说：我也要考东大。真的，就是这么说的，一字不差。

不过他后来没考上东大，考到师大了。考上不久，他就来东大找我玩，我请他吃了饭，带他在东大转了转，后来就到了操场。他想看一看我所说的那种情况，很激动。可惜没看到。再后来我们也把这事淡忘了。

张亮是我新近认识的好朋友。我们是在一个酒吧遇见的。那天酒吧在搞什么摇滚演出，我被一拨朋友拉去欣赏，感觉不太强烈，耳朵就那样了，只是眼睛到处乱看。在我印象里，这样乌烟瘴气的酒吧说不定有些姑娘可以搞一把呢。当时张亮也在，跟我一样乱看。不过，他一个人，有点孤单的样子。他向我要了一支烟抽，我就给了他一支，并把打火机给了他，从此这个一块钱就可以买到却已被我使用了长达三个月的打火机在我的生活中消失了。后来和他一起出来找地方喝酒时，我又新买了个打火机。至于那个消失的打火机，至今我也没向张亮提起过。提它干吗？神经。写小说也不用提它。张亮就是在大排档跟我说起了王奎。他说，说了你别介意，我有个朋友我觉得很适合你，他叫王奎，我非常想把他介绍给你认识一下，可惜他去年这时候谁也不知道为什么就死了。

综述

王奎正传

武林中人王奎

我是发育很迟的那种人,就是在同龄人全面发育的时候,我还顽固地用童声说话。

我说,唐老师,王奎老说话。

正在讲台上专心看《参考消息》的唐老师被我一嗓子吓着了,但他和平时一样,只是缓缓抬起头,把眼珠子从镜框上方鼓出来,很不高兴地说,我没听到有人说话,就你在叫!给给给,给老子坐下!

委屈。直到现在我才明白过来,王奎和别人都已经发育,他们说话,声线很粗,以至词句太重,浮不起来,乃是坠落在课桌下面的嗡嗡之声。嗡声总是让人平静和困倦,唐老师不会在意这个。而我,没发育,嗓门儿尖,在嗡嗡之中陡然一亮,跟黑夜里陡然亮起的大灯泡似的,吓人、讨厌。

上面这个例子也说明,我那会儿成绩很好,做起作业来,非常专心,王奎转身和后面女生说话,膝盖无意识地捣到了我,我就会感到不高兴。后来有一次,王奎问我,你为什么成绩这么好？我先谦虚一下，引用父母告诫我的话说人外有人天外有天什么的，然后我又说自己不迟到不早退上课专心听讲回家做完作业才吃饭……王奎听后在我脑袋上摸一摸，笑着摇摇头，说，你真是个好孩子。

因此，没人会和我计较，我打不过他们，无须和他们去打架，他们也不会打我，因为我还没发育。这是事实。有次，一个高年级的男同学问我借两毛钱买个肉包子，我没给，他就竖起手掌从我后脑打了一个操头[1]，这正巧被王奎看到了，王奎冲上去说，我就看不惯你这种以大欺小欺软怕硬的人！然后和那个高年级的打了一架。那个人虽然高我们一年级，但打不过王奎。按我们那会儿的说法，王奎是混过的，是江湖人士，是武林高手。

强中自有强中手

其实终王奎一生，他也谈不上混过的，他的江湖几乎没有离开过红光镇，所谓武林高手更是扯淡。他被唐存厚一击即溃，心服口服，所以他承认自己一辈子都打不过他。唐存厚就是上述的唐老师，他是我们的语文老师，也是班主任。此人满脸横肉，声音洪亮，虽然不高大威猛，但在夏天，我们可以看到他结实无比的小腿肚。那上面也没什么毛，这还包括我们没见过唐存厚长过胡子。讲课之时，他不轻易走动，小腿肚跟桩似的定在那里。王奎以为所有老师都被他搞怕了，所以想跟唐存厚玩玩，结果后者迈动小腿肚走了过来，心平气和地问：王奎，你在搞什么？

---

[1] 南京方言，指打了一下头。

王奎不自觉地站了起来,这是习惯,他在这第一步上就错了。为了弥补这一过错,他不禁一条腿故意抖了起来。唐存厚以迅雷不及掩耳之势用一根手指顶在王奎的脑门上,王奎只得向后一仰,后排同学课桌上的书本和铅笔盒顺势掉下,但他们不敢惊叫。几乎所有的人都被唐存厚的那根手指顶过。这让我们一直对那会儿流传甚广的海灯法师的一指禅深信不疑。然后,在王奎打算站稳甚至还手之前,唐存厚的巴掌已呼啸而至,不偏不倚,直接扇在王奎的脸颊、耳朵和太阳穴一带。一般情况下,指印和眼花耳鸣会一直维持到放学,到了家才差不多消肿恢复。那年头家长和学生还没有这会儿这么矫情,不仅如此,大多数家长都因为忙活,希望老师多负点教育责任。打,狠狠打,往死里打,只要不打残废就行。有的家长还咬牙切齿地告诉唐存厚,打残了也是活该。王奎的爸爸似乎就这么说过。也就是说,王奎想挑衅唐存厚,结果后者只使用了毫无新意的日常招数就将他打倒在地。

他躺在地上好一会儿都爬不起来。

你给我站起来!唐存厚命令道。

王奎挣了几挣,未必是为了接受这个命令,因为他理应站起来,但没有成功。

赖地上有什么出息,唐存厚冷嘲热讽起来,然后亮起大嗓门咆哮道,起来!

这一声吼有多么响亮,我很难形容。据说,唐存厚上课,在校外就能听到,只是我从未迟到早退,无缘聆听。他的嗓门本已如此惊人,何况一吼。

然后我们听到王奎坐在地上哭了,他哭得很伤心,一边哭一边哀告：唐老师，我爬不起来了。很显然，这一哭，宣告挑衅的彻底失败，其错误将不可挽回。自此，他再也没敢和唐存厚顶撞和犯浑。可谓谨遵教导，绝不忤逆。多年以后，提及唐存厚，王奎仍敬畏不已。

唐存厚最后冷笑道，也行，不罚你站，你就这么趴地上，下课了再起来。

因为我和王奎是同桌，所以我知道他趴地上的细节。那季节已是深秋，水泥地面冰凉。王奎一边哭一边流鼻涕，他不像多数人那样用手背擦眼泪鼻涕，而是使用靠近手腕的掌心部位。然后就是用这样的手掌抓一下我们的桌腿，将眼泪鼻涕涂在了上面。所以，地面是干净的。唐存厚的班级卫生总是如此优秀，三角形的流动红旗总是在靠近门的墙壁上迎风不动。

一代高人唐存厚

必须承认，唐存厚这个人是个人物。他当过兵，退伍后国家分配他来学校教书。他热爱文学，多年来一直笔耕不辍，退稿信源源不断地从全国各地集中到传达室，然后再被他拆阅保存。这是红光镇妇孺皆知的事情。后来，退稿信越来越少，人们以为他放弃了文学创作，多年以后我才明白，投稿仍在继续，而退稿制度已经没有了。"限于人力财力，来稿不退，请自留底稿。"这是所有文学杂志都有的话。有一年冬天，我出差前往贵阳。闲来无事，在街上转。也没什么好转的，然后就蹩进一家不足五平方米的书店。和全国所有同类书店一样，书架上以武侠、言情和教辅读物居多。然后，在一本畅销书和另一本畅销书之间，我发现了一本著者与唐存厚完全重名的书。翻开一看，乃是一本谈论荷花史话的文化随笔集，每篇文章后都注明该文何时发表在何处，多为各地晚报副刊之类。作者简介说明，作者并非我的中学语文老师唐存厚先生。遥想当年，遥想远在千里之外的红光镇，我难免伤感不已。我觉得自己应该买下这本书，结果我只是将它插回书架。

这是他的个人爱好，其实也没什么。我记得我小时候喜欢唱歌，到哪儿都哼哼唧唧。而事实呢，我根本不会唱歌，这已经被最近一些年无数个KTV包间及其小姐所一再证明。我高音上不去，低音下不来，嗓音也难听得要命。这么说，是说我最终还是发育了，变声了，变成了现在这个鬼样子。这是没有办法的事儿。我也想借此说明，唐存厚热爱文学本质上或许与我发育之前热爱唱歌，是一回事。

当然，唐存厚作为人物，还有另外一些事迹。比如他教我们那会儿，一家人都住在公厕里。事情是这样的，那会儿正式的教师还有分房福利，但竞争相当激励。一个同职称但教龄没有唐存厚长的老师拿到了房子，而后者因为没有大学文凭没拿到房子，所以他非常愤怒，觉得这是不公平的。正巧学校的一间公厕因为年久失修一夜之间倒塌了，学校重新盖了一间。那是九十年代刚刚开始，那年头许多东西也才刚刚开始。校方领导认为应该盖一间红光镇模范厕所，所以花了重金，以金色琉璃瓦做顶，内外墙壁都贴上了白色的瓷砖，更重要的是里面有了间歇性咆哮的自动水箱，再也不用同学们在大扫除之日用脸盆端水去冲厕所啦。盖好之日，尚未交付使用，第二天，人们发现因为分房未成的唐存厚已率领全家入住了公厕。他是怎么完成这个计划的，没人知道，那么多家具、衣物，怎么一夜之间就堆满厕所了呢？还有，他又是如何说服家人和他一起搬进来的呢？唐存厚的女儿唐晓玲可真漂亮，她比我们低两届，这么漂亮的姑娘住在厕所里（即便还没交付使用），怎么说都让人感到别扭。王奎因此给唐晓玲起了个绰号，叫"厕所西施"。时至今日，厕所西施当然已不住在厕所里了，唐存厚那个举动最终给他争取来一套房子。在这套房子里，厕所西施长大了，考上了省城的大学，在那里交上了男朋友，然后工作结婚，只逢年过节才回到红光镇看望自己的父母。在这个过程中，我们的唐存厚老了，退休了，然后胃里不失时机地长了瘤子，紧接着就死了。

王奎说，不知道为什么，他总觉得唐存厚一家还住在我们母校那个现已斑驳丑陋、臭气熏天的公厕里。那么，在这种情况下，唐存厚患癌症死去，留下孤儿寡母，厕所西施的哭声在厕所瓷砖墙壁上来回撞击，真是凄凉无比，让人难受极了。也就是说，王奎多么想进入那个厕所，担负起照顾这对孤儿寡母的重担啊。

公厕前的美好晚餐

在那会儿，也就是王奎被唐存厚打过之后，前者确实经常进入厕所帮助师母干点家务活。王奎精力充沛，一会儿一手两只热水瓶跑到食堂那儿打开水，一会儿蹲在厕所外面帮助师母从板车上卸蜂窝煤。为了将蜂窝煤码整齐，王奎就像个古代的木匠那样闭上一只眼左瞄右瞄。有时上课上得好好的，师母会突然出现在教室门口。刚开始，她还会跟正在上课的老师嘀咕几句，然后由后者将王奎叫出去。后来，她觉得这已经没必要了，直接喊：工奎,帮我把这罐汤送到医院给你们唐老师。话音未落,王奎已跑了出去。

唐存厚最终死于胃癌,多年以前就有了征兆。他胃不好,据说这是喝酒喝坏的。当兵的时候,为了抵御寒冷,"玩得跟兄弟一样"的连长经常叫他手下的弟兄喝点酒。溃疡,然后穿孔,最后癌变,这和宝贝女儿唐晓玲一样,也是个成长过程,虽则让人惊叹,但也委实没什么了不起的。

作为一个所谓的双差生,王奎的优点是擅长下象棋,除了唐存厚,班级之内,他找不到对手。可巧唐晓玲也会下棋。这在唐存厚看来,属于智力开发,总比像别的女孩子那样看言情小说搞早恋强。放学之后,如果没什么架要打,闲来无事,王奎就会滞留在女厕外面,和唐晓玲下棋。唐晓玲是个爱干净的姑娘,一般都会趁下午还有阳光,用王奎从食堂打来的热水洗头。她总是头发湿漉漉地和王奎下棋。等到日落西沉,头发也干了,她才把棋盘上的棋子打乱,说不下了。师母曾多次邀请王奎和他们一家共进晚餐,这都遭到了后者的害羞拒绝。直到我们快毕业的时候,唐存厚也开口了。

就别回去吃了吧,他说。

没什么特别好吃的东西,一碗鱼头豆腐,一碟雪菜肉丝,还有就是韭菜炒辣椒,都很辣,连汤都是。唐存厚一家是湖南人,他们爱吃辣。王奎是土生土长的红光镇少年,红光镇食物只讲咸淡,秋冬腌点大白菜和猪肉,其余就是吃时蔬,仅此而已。他没吃过那么辣的东西。但他见唐存厚一家三口吃得如此平常,既不咳嗽,也不吸气,连"辣"这个字都不说,只听见筷子在碗沿触碰的脆声，王奎也只好埋头吃饭。他说，辣和紧张使每一坨饭菜都像小老鼠一样在他的胃里蹦来蹦去，他直吃得脸红耳热、满头大汗。

饭间，只有师母说过几句话。她说，王奎你马上就毕业了，以后我们家里一些事情想找你也找不到了，想想还真有点舍不得你呢。唐晓玲用筷子压着小嘴唇先笑了，然后唐存厚也皮笑肉不笑地笑了笑。总而言之，饭桌上是沉默的，在多年以后的王奎看来，确实像一家四口在黄昏光线下吃晚饭。

战斗和复仇

毕业后王奎并没有立即离开校园。他和许多像他一样的坏孩子在学校大门附近又逗留了两年。这是一个传统问题，而并非王奎舍不得唐存厚一家。传统就是，王奎这样的孩子毕业后年龄还太小，做工大概还不行，当学徒呢，他们又懒，所以，既然没书可读，没老师负责教育，家长也没什么办法，随他去吧。所以，他们毕业了只能在学校一带混。三两个聚在校门外的小铺子里打打牌，见谁不顺眼就上去揍他一下，谁在学校被人欺负了也可以找他们帮忙。不过，很快他们就觉得这也没什么意思，主要是没好处。所以他们开始问学生要钱，要不到才动手。如果有哪位兄弟消失了，几天之后，他肯定也会从什么地方搞来一辆摩托车骑到校门口来显摆。王奎他们就争相骑一下过过瘾。

这中间他们学会了抽烟喝酒，有的也在风骚女生的身上学会了性交。王奎说他就是那会儿知道女人的阴部不是长在肚皮上的。之前课堂上他在书本上涂鸦，总是把那玩意儿画在女人肚皮上，与肚脐眼相距不远。而这点常识，我本人是直到多年以后才知道的。

这两年里，最大的障碍是王奎怕叫唐存厚一家人看到。一旦发现他们经过，他总要找个地方躲起来。这被跟他一起的兄弟发现了，后来，他们见唐存厚迎面走来，就指着墙角喊：唐存厚，王奎在那儿呢王奎在那儿呢，快叫他给你老婆打水快叫他给你老婆打水。

一般的教师听到曾经的学生如此侮辱自己，大多脸一红下巴一扬不予搭理，然后很潇洒地扬长而去。唐存厚不，他走过来，问，你是跟我说话吗你是跟我说话吗，然后不由分说就是用老招数跟这些半大小子干了起来。前文已述，唐存厚的老招数总是屡试不爽，这会儿仍然经常奏效，但也有不奏效的时候，被对方躲过，然后反被攻击。唐存厚不愧深得王奎敬畏，面对几个小子围攻的时候，他的招数也有所改进，那就是盯住其中之一打，别的人打到他，他不管。这反而比多面迎击要有效得多。其他孩子见某个孩子被唐存厚打得哭爹喊娘，也便吓坏了，然后逃走，回头骂，你有种等着你有种等着。这也是成年壮汉和半大小子的区别吧，前者给后者踢几脚捶几拳，没什么大碍，但后者叫前者打了就招架不住了。

王奎见此场面总是难过地别过脸去，然后一个人沿着校园围墙的外围默默离去。一个是他敬畏的唐老师，另一方是他天天在一起鬼混的兄弟，他只能保持中立。他跟兄弟们解释自己之所以保持中立的原因：对于兄弟们被打，他感到痛惜；对于唐老师占了上风，他也不敢说自己很欣慰。大家觉得他说的有他的道理，也不怪他。但大家还是背着王奎聚在一起吸取了教训，商量了对策，总之要报复唐存厚。而所谓对策，无非是用武器，铁棍和砍刀。

不过这次报复流产了。当他们手执武器冲进校园后，一个公安就制服了他们。公安是这个学校的名誉上的法制副校长，以前开校会才会在操场上的台子上训话。他突然出现，确实事出意外，让人害怕。法制副校长制服他们的办法也很简单，他就那么穿着公安制服，站在水泥台阶上喊一声站住，大家就都站住了。然后他说，把家伙都放下抱着脑袋蹲地上，大家也照办了。在派出所，大家被铐在窗户上站了一夜，落了一头的霜，第二天一五一十地老实交代了大伙儿的计划。然后家长们纷纷赶到，敬烟不已，和自己的孩子一起发誓：如果再找唐老师报复就随便拉去枪毙。

公判大会

两年后，王奎不得不离开校门。他爸爸请客送礼，给他在镇上铸铁加工厂找了份差事。他在收购部负责给废铜烂铁称重量，开个单子，根据单子上所说的重量，卖废铜烂铁的人才能到会计室去拿钱。后来厂里的人发现，买来买去，那些废铜烂铁都长得一模一样。原来是王奎伙同自己那些兄弟，让他们来偷这些废铜烂铁，第二天再来卖。王奎他们于是就因为盗窃团伙的罪名被判了三年刑。

是公判。而在红光镇，能容纳看客最多的地方就是我们学校。其实当天来看公判大会的人并不多。不过，作为一场生动的法制教育课，红光中学的师生还是全部参加了。宣判完，校长还被邀请上台说话。他特意强调了王奎他们就是这所中学的毕业生，是这个学校的耻辱，是在座数百名同学的前车之鉴。这些话被悬挂在校园树杈上的几个乳蓝色的铁皮大喇叭公布于众，自此王奎臭名昭著。他不好意思抬头，但他还是看到了唐存厚，他又作为一个班级的班主任站在了黑压压的人群之后。看上去就好像他并没有意识到台上那个罪犯是他的学生那样，而正和另一个教师热火朝天地抽烟聊天。越过人头攒动的操场，在那排教室一侧的公厕也能看到。这时候，那个公厕已经实至名归，为屎尿所占据，唐存厚一家已经搬走。也就是说，唐存厚的老婆，那个喜欢喊王奎干活的师母也许没有看到这一切。当然，这也未必，师母或许正在人群中嗑着瓜子，只是无法辨别而已。那么，剩下的就是唐晓玲没看到自己了。这是唯一值得欣慰的地方。

唐晓玲此时已经考入省城，她离开红光镇的时候，唐存厚曾上门来找过王奎。他说自己当日有事，不能送女儿去学校报到，而他老婆又晕车晕得厉害。在红光镇，他们一家是外地人，没有熟人，只有王奎曾多次帮过他们家，所以他希望王奎能代替自己将女儿送到省城。也就是说，那些被褥和包裹，由王奎扛着是再合适不过的了。

王奎其实有点犹豫，因为他也没去过省城。但唐老师说到他信任王奎，觉得王奎起码能在路上保护好他的女儿后，王奎答应了。

此时的唐晓玲已是一个大姑娘，美貌依旧，只是性格大变。她已经跟王奎无话可说，而王奎也没什么话觉得值得向她汇报的。他们乘坐长途汽车一路无话地来到省城，然后在长途汽车站打了一辆车，报上校名，他们就到了目的地。路途并没有他们预料的那样繁复和惊险。

在新生宿舍里，其他同学大多由家长送到。那些永远对别人家的事充满好奇心地中年家长不禁问唐晓玲，王奎是她什么人？王奎注意到她脸红了一红，没有回答。回来的路上，王奎感慨万千。半路上司机撵他们下车到路边玉米地里撒尿的时候，王奎记得自己看到一个老玉米从包衣中露出玉米芯，上面仅有寥寥几颗玉米，与此同时，一些蠕动的虫子爬了出来。

公判大会上，王奎不禁想到了这一切。他说，当时他就意识到，世界发生了变化，意思就是，一个时代至此落下了帷幕。

我们的大学

有一种说法，发育迟的话，这人个子将来会长很高。但这话在我身上落空了。所以当我成人，我觉得自己被骗了，起码被自己骗了。想当年，我作为一个儿童生活在王奎他们中间的时候，我还挺骄傲，我爱唱歌，我成绩好，我告诉自己，过些年，我将成为一个大高个，成为一个巨人伟人。我记得唐存厚生前总是在红光镇如此赞美我。好在他没有活着看到一切，他的死对我来说是一件值得庆幸的事。

度过四年的大学，我和所有人一样又涌出了校门，托了关系，才好不容易被我父亲安插在红光镇土地所当一名干事。老实说，这份工作不错，属于国家公务人员，工作稳定，待遇优厚，享受各种保障。在红光镇，我可以算作有身份有地位的人。随着大开发时代的到来，我的职位更是炙手可热。具体而言，我的职责就是去每一条街道每一个村子去丈量土地，丈量他们已有的建筑面积，防止拆迁之日他们漫天要价。如此一来，我的工作就牵涉到许多人的利益，就难免有点腐败的地方。如果有人找到我，请客吃饭，送上钱物，提出给他批一块地建造房子，或者要求将他搭建的违规建筑也算作私房建筑面积，我均可以帮他们完成。当然，这需要我们的领导同意才行。他一再警告我们不要干这种事，但他本人的大量亲友已经让他这么干了。所以我们不得不告知那些找我们办事的人，好处光给我们还不行，不能忘了我们的领导，而且好处还要向领导倾斜。总而言之，这样的事在我的有生之年司空见惯，一点想象力都不需要就可以知道它的真相。对于这种台面上并不光彩的事，我是这么想的，那就是，这一切只是我们的日常生活，这才是我们有效的生活方式，此外无他。

但夜晚到来，当我从各式各样的酒桌上返回家中，看着窗外的万家灯火，我还是感到失落。回家路上，经过唐存厚家的时候，因为他已死，师母也已随女儿迁居省城，他家的窗户黑洞洞的，在万家灯火之中就像被打落的一颗门牙。想当年，他把王奎安排和我在第一排同座，一方面是便于控制前者在课堂上难免的不轨言行，另一方面是希望我这样一位好孩子能够以"一帮一"的方式将王奎带到正轨上来。他曾不止一次地提到那些古代的先贤，他们之所以成为有出息的人，与"树挪死，人挪活""好男儿志在四方""埋骨何须桑梓地，人生无处不青山"这些名人名言是息息相关的。而这些名人名言不应该仅仅是我们写议论文时必须引用的论据，也应该付诸实践。就当时唐存厚的观点看来，考上大学是我们有出息的第一步。

老实说，我不承认自己在大学学到了多少有用的东西，我也不承认学到有用的东西就真的管用。我对大学并无深刻的记忆。如果有，也仅仅集中在一些男女关系上。我记得某个研究生将导师的老婆搞大了肚子，孩子生下后，导师居然视如己出，这是喜剧。还有一出悲剧曾让我们久久不能忘怀，说是某个家伙的女朋友被自己的好友抢去了，他先将那个女的砍死，分尸丢在校园各个角落，然后他又不动声色地将情敌约到饭馆，他们在推杯换盏之间进行了一番推心置腹的交谈，此人向朋友表明，他尊重女友的选择，认为他们二位才更为般配，而所谓般配就必须在一起。话音刚落，即掏出匕首将朋友捅死，从而成全这对般配的男女。之后，他还割下了对方的头颅，置于酒桌之上，像对方刚才还活着那样，与之对饮了一杯。在警察到来之前，他爬到了楼顶，但也迟迟未曾跳楼。人们很不耐烦地在等待。而上课铃已经响起，某些从不翘课的同学就此错失了看到他纵身一跃继而摔得支离破碎的壮观场面。

第一，上述均非我的亲眼所见，因为我那会儿正和一个女孩在校外同居，长期不到校上课。第二，上述故事所涉及的人员均非我的老师和同学，可谓素昧平生。也就是说，离奇之事总是与我毫无关系，这不能不说是一个遗憾。

张亮的书单

与我的大学生活相对应的，正是王奎的牢狱生涯。在红光镇，作为地痞无赖，没有坐过牢，相当于没有大学文凭的青年，很难找到一份体面的工作，有时维持生计都困难。所以，王奎坐牢对于像他这样的人来说并不羞耻。问题只在于，王奎是因盗窃而坐牢，这与那些因砍人而坐牢的凶猛之士不可同日而语。换言之，他们虽然同坐一个牢，同念一所大学，但王奎的文凭不硬，就像拿的是肄业而非正规的毕业文凭，起码也像一位英语没过四级而未获得学士学位的毕业生。他们的身份和待遇也将不同。因此，出狱之后，王奎仅仅是个小角色，是一个叫张亮的恶棍的手下，负责干点杂活，有时充当打手。

就是这样，张亮当年因为砍人，出狱后获得了红光镇大小流氓的热烈欢迎和忠诚爱戴，他组织了工程队，给急需基础建设的红光镇架桥铺路，成了我们这个小地方的明星企业家和纳税大户。此人早年也是唐存厚的学生，只是比我和王奎高几届。就我所知，他是唯一一位继承了恩师旨趣的人。也就是说，他也爱好文学。区别在于，他不搞创作，无须投稿，而专事阅读。为了提高阅读质量，他不住镇上，而是在镇外的一块农田里盖了一座深宅大院，其中就有一间四面墙壁都是书的书房。这间书房并不像知识分子那样铺设地板或地毯，也没有那种做工考究的摇摆藤椅，至于字画、花草、古玩和笔墨纸砚更是无从谈起。有一台电脑，但只是为了打游戏而用，诸如拖拉机、斗地主、锄大地、拱猪之类。张亮曾经问我，为什么这些游戏都跟农业生产有关？我只得如实回答，我也不知道。书房中间的地面上有一个坑池，冬天，他在其中烧炭取暖。只在夏天，他才使用空调。为什么我们这里冬天不供暖？这也是他问我的问题，我还是照自己的真实想法回答了他，我说我还是不知道。总而言之，只要有空，他就会躺在地上那种和学校上体育课才用的一样的大垫子上看书，看

《罪与罚》《卡拉马佐夫兄弟》《三个火枪手》《悲惨世界》《约翰·克利斯朵夫》《复活》《安娜·卡列尼娜》《简·爱》《傲慢与偏见》《呼啸山庄》《汤姆叔叔的小屋》《飘》等等。

这些书名耳熟能详，但真正读过的人并不多。在红光镇的郊外，有一个庄户人家，绰号为"张亮"的主人正孜孜不倦地阅读着这些书。夜幕降临之后，所有的外人都离开了，院里只有张亮的母亲和妻儿，此外还有一条藏獒，吠声洪亮，明月高远。

再论厕所西施

我是因为工作关系和张亮成了朋友，然后与王奎重逢。此时此刻，我才发现，王奎身材中等，相貌庸常，神情委琐。他总是跟我说"那时候"，而所谓"那时候"就是上述的那些人物，而所有人物都集中在唐存厚一家即红光镇中学那间公厕周围。有时，我因工作要去红光中学，一度光顾过这间公厕。因年深日久，瓷砖纷纷剥落，原先金碧辉煌的屋顶也有枯草飘摇。除了分割男女的墙壁还有个曾经被打通后又被堵上的门洞的痕迹之外，内部已丝毫看不出曾经住过人。自动水箱已经坏掉，粪便到处都是，臭气熏天。而在当年，被唐存厚一家占据之时究竟是什么样子，是很难想象的。那时候，我们都没有进去过，王奎也没有。他只是站在门口接受师母布置的任务，只是在女厕门前和美丽的唐晓玲下了两盘象棋。按照王奎的理解，当年唐存厚夫妇住在男厕，他们的女儿唐晓玲住女厕，中间有一道门，便于父母和女儿进行沟通。也就是说，无论是作为居家，还是作为厕所，王奎和大多数人一样，充其量只了解一半的构造，唐晓玲的房间或女厕，究竟是什么样,我们一无所知。是的,那时候的王奎已经发育,或是正在发育,女厕对他有天然的吸引力。话到最后,我觉得他应该死在当年的女厕内。

老实说,我对王奎这种陈旧腐朽的话题充满厌恶。刚开始,我只能敷衍,以微笑和点头表示他所说的一切都是存在的,"有那么回事"。后来,我只得王顾左右而言他,或沉默不语。最后,当他再次提到我当年是唐存厚最器重的学生的时候,我已忍无可忍,不得不告诉他,唐存厚在我看来,就一个曾经教过我的老师而已,我不认为他是我的恩师,也不认为他有多了不起,他写的玩意儿恶俗低级,他说过的大道理空洞无物,他对一拨少年儿童使用的一指禅非常可笑。他的女儿也并不漂亮,如果说她有吸引力,也仅仅是因为她是教师的女儿,比我们红光镇这些工农子弟看起来干净一些,说好听点,也仅是一个长期穿白色连衣裙却住在女厕里的少女罢了。

为了强调这一点,我虚构了我和唐晓玲在省城曾经相遇。我说,我虽然跟她不是一所大学,但那会儿我经常去她所在的学校踢球,那时的她已不再纤细苗条,而且因为发育停止而成了个腿又粗又短的大屁股姑娘;因为跟男同学恋爱和性交,腿缝无法愈合,大屁股还下垂得厉害;至于她的脸蛋,也继承了其父,只是因是女孩,谈不上横肉,但线条粗犷,泛着油光。因为认识,我们曾打过招呼,也无非是她冲我笑笑,暴露牙龈和几条皱纹罢了。当然,我从未遇见过唐晓玲,之所以这么虚构,是因为我觉得这是必然规律,一个人,无论是谁,不可能逃脱这一点,所以它又不是虚构,而就是真实情况。

王奎说，那你是认错人了！

性生活

当然，对唐晓玲无穷无尽地美化和想象并非王奎始终未婚的原因。他找不到老婆的原因也很简单，就是穷。如果他像其他人那样，毕业了学门手艺，好好上班，攒点钱，最终也能娶上媳妇。如果他能够像张亮那样通过行凶和坐牢获得江湖地位，找老婆也没问题。他的问题是，他仅是个没干过什么大坏事而坐过牢、出来后叫人歧视的不起眼的小混混。我和张亮等人打麻将，后来烟抽完了，张亮抽出几张大钞，招呼坐在一侧观看的王奎说，王奎，去给我们买条烟，他就去买烟。就这样。

刚开始那会儿，我也没娶媳妇。这让王奎认为他和我是同病相怜。基于此，他经常跟我神情下流地谈论马路上的女人，也曾问我借过 AV 光盘，希望我给他提供成人网站的地址。他的这些要求在我看来很容易解决，也许他觉得我对他不薄，然后提议我跟他一起去嫖娼。

所以那段时间，我们经常出入于红光镇的一些洗头房、桑拿洗浴中心和 KTV 包间。然后我就发现了一个问题，王奎总是和那些小姐推心置腹、谈天说地。他问她们家住哪儿，年纪多大，为什么不念书，以后有什么打算……这样一来，那些姑娘也会反过来问他一些问题，然后他如实回答。他告诉她们自己就是红光镇人，坐过牢，目前帮大名鼎鼎的张亮做事。顺带着，他也告诉她们，隔壁的那个戴眼镜和他同来的家伙，是他的同学，而他这位同学很了不起，打小就学习好，还考上了大学，现在是红光镇的机关干部。

如你所知,这让我觉得危险。我看着眼前昏暗的粉红灯光,内心涌起了一股无以言表的悲愤。一方面我为王奎这个老同学感到无可奈何,另一方面我为自己沦落至此感到虚无。我再次想到了唐存厚的名人名言,想到了他的女儿、他的厕所,以及他后来的家的黑暗的窗户。如果这就是人生的话,那么人活在这个世上究竟所为何来?我还想到我在大学时代的女友,除了那个和我长期同居的女同学之外,还有一个是房东的女儿,我是被她在夏天洗澡的肥皂气味所吸引。那是一种廉价的香皂,洗澡水从管道里流淌而出,一只黑乎乎的老鼠自下水道攀爬而出,即便如此,她的洗澡水却是那么香,诱使我接近她,讨好她,然后和她上床。她比我大,明确地告诉我,只愿意和我保持这种关系,而这种关系不可能公开。她希望自己将来嫁给一个列车员,她觉得列车员都很性感很可爱很安全。据说火车是最安全的交通工具,也是最古老浪漫的承载了艳遇和奇遇的交通工具。火车将人类运输到未曾涉足的异域,却将我们的粪便一路播撒在铁轨上。

这位房东女儿的梦想让我躺在红光镇的一张肮脏的专事于性交的床上感到羞愧。然后我决定要改变这种生活,虽然我不知道如何改变,也不知道人是不是真的能改变生活,但我知道,不能再这样玩了,要和王奎这种人保持距离。

小 红

我们不是伟人!

张亮总是跟我们强调他阅读中外名著所得出的结论。伟人所考虑的不是自己,他们只考虑别人,要么造福他人,要么凌驾人群。所以,从某种意义上来说,伟人都是白痴。而我们,必须考虑自己而罔顾他人,不如此,我们难以活下去。而人为什么要活下去,或者说为什么殚精竭虑地想活下去?张亮的理解是,这并非爱惜,并非自私,而来源于某种神秘力量,说成上帝也行。上帝要求我们见证一切。

这些话我并不理解,王奎也不理解。我们只能负责活,而不负责考虑活。我们在红光镇开疆辟土,架桥铺路,红光镇日新月异。此外,就是还未及开发的郊外,那是田亩、荒野和坟地。唐存厚就埋在那里。唐晓玲带着我们的师母抛弃了红光镇迁往了省城,此前有述。王奎曾不止一次地邀请我和他一起去唐存厚的坟头看看,这让我觉得极其恶心,就像他跟某位洗头房的小姐日久生情一样。在我看来,那位小姐只是想找一个稳定的客源,然后有一份稳定的收入;若干年后,她怀揣这些积攒下来的收入衣锦还乡,然后嫁人,继续过某种数千年来沿袭未变的男耕女织的美好生活;留下被掏空的王奎继续浪荡在这个因为永无休止地开发而千疮百孔的小镇上。也就是说,那个叫小红的小姐势必和唐晓玲母女一样,她也将抛弃红光镇,抛弃王奎。

后来王奎死了,所以我们无从知道这位小红会不会打破我们的定见,既然王奎死了,她当然要遵从我们的定见,最终返回家园结婚生子去了。王奎怎么死的?暂且按下不表,单说王奎和小红。小红后来确实不再卖淫,搬过去和王奎住在一起,俨然是一对夫妻。王奎家人对此极力反对,镇上人也无不津津乐道。张亮告诉王奎,他的问题不在于找了个卖淫女小红一起过活,而只在于这个小红是红光镇的卖淫女,也就是说,如果这位小红是来自于其他地方的卖淫女没有被这个镇上的其他男人买过就行。换言之,王奎弄了小红这么个姑娘,是连张亮这种见多识广的人都不看好的事情。

  有必要承认,早在小红卖淫的日子里,我曾经买过。当然,这也不是你承认不承认的事,它就是事实。事实还包括,小红确实很漂亮很温顺。床上功夫一般般,但正因此,嫖过之后,确实有多年夫妻的感觉。她不像别的卖淫女那样言语粗俗,也没有蓄意弄成风尘无比的模样。她保持了一个外乡姑娘进城打工的本色,这和张亮工地上那些泥瓦工差不多,他们仍然还穿着自己在家乡的衣服,一个山东的工人仍然还叼着大烟袋。这其实也只是生活习惯,与美德无关(据张亮说,香港至今还部分保留着清朝人的生活方式),只是这一顽固的生活习惯又总是让我们产生好感。

  王奎还曾邀请过我去他和小红的小家做过客,小红姑娘将家里收拾得干干净净,烧的饭菜虽非美味,但也很正常。即便他们的恩爱是能看到的景象,但我一直不太愿意相信它是事实。王奎死后,尸体被其父母拖回家中,拒绝小红进门。小红哀哭不已,表示想看最后一眼也没得到应允。然后她回到她和王奎生前居住的小家,收拾了行李,锁上房门默默地走了。

陈　香

  在王奎和小红过日子那会儿,我和陈香也搞起了对象。但这事王奎到死也不知道。

说起陈香,又得回到唐存厚的公厕年代。陈香也是我们的同班同学,她那会儿是个驼背女生,扎了一条又粗又黑的大辫,辫子上布满了头皮屑,因为个高,坐在最后一排。她还近视,怕被人笑话,从来不戴藏在书包里的眼镜,因此,她的成绩也很坏。此外,不知道是不是驼背的关系,她在体育课上奇丑无比,跑起路来像一只鹅,那么长的腿,像一种叫鹭鸶的大鸟,可跳高跳远都不行。总之,至今我也没想出她有什么优点。这么说也不准确,她的优点就是一言不发,默默无闻,没人注意过她,所以我早就把她忘了。当我被人介绍和她相亲的时候,可谓大吃一惊。也就是说,这么多年过去,我从来没有想到过自己在这个世界上还有一个叫陈香的女同学,至于上面提到的那些印象,也是被唤起的。这也说明,我们的记忆还有很大的潜力,我有时甚至会想,总有一天,我还会记起自己曾受到唐晓玲的邀请去她那间女厕闺房一起趴在粪坑上写数学作业的事——这到底有没有发生过呢?

陈香同学毕业后读了技校,技校里有个主任是她二姑爷,所以她又被保送去念了职业大学。大学毕业后,她爸爸将她弄到镇上计生委工作,至今。也就是说,陈香最终和我喜结良缘与这条成长道路关系巨大。我的父母反复告诫我,必须要找个有正式工作的女朋友,即所谓双职工,刚开始我还挺反感,后来张亮开导我,说,贫贱夫妻百事哀,我觉得不无道理。既然我不再想和王奎去嫖娼,那么我又有什么理由拒绝相亲呢?然后我就遇到了陈香。

此时的陈香仍然驼背,但得到了她较为成功的包装和克服,驼峰看起来不那么显眼。政府机关的工作经历和审美情趣已使她出脱为一名青年妇女干部的标准形象。我们谈不上一见如故，但我们确实是故人。我认为她性格随和，人品还行，长相有进步，她认为我是当年的好学生，而自己只是个命好的差学生而已，还挺自卑挺崇拜的，那么，为什么不试试看呢？我妈还告诫我，像我这种发育迟个子矮的小伙儿，娶个陈香这样因为发育早个子高的闺女，有利于改进家族基因。

只是我不愿意把这件事告诉王奎，因为我想到在公厕年代的音乐课上，王奎曾经将一块从食堂找来的煤块放在陈香的驼峰上而后者一无所知，直到下课，那块煤才掉了下来。

陈香恼羞成怒地回头看着我和王奎，谁干的？

王奎说，你猜。

陈香说，就是你！

王奎说，答对了，真聪明。

陈香就哭了。

酒桌风云

张亮在一张饭桌上陪一拨人吃饭，大都熟人，所以张亮不禁应他们的要求谈起了自己的阅读。这是经常发生的事，张亮无论是武力还是学识，均已在红光镇获得了广泛的尊重，虽然他中学没毕业，虽然他已多年不砍人。他说自己最近在看《包法利夫人》，这不仅是说那个叫爱玛的女人的悲剧命运的书，而是一本谈人生的书。不仅女人，几乎所有的人都希望过上更好更体面的生活，希望自己的日子有戏而不是没戏，希望尝试新鲜刺激的东西，总而言之，没人甘于平庸，而不平庸，除了奋斗这种积极的理解，还有就是折腾、搞事、作孽这种不太好听的说法。安于本分或所谓的安贫乐道都是有悖于不平庸的。而平庸终归是个贬义词，这并非词性的问题，而是事实，就是说，平庸不是好东西。所以说，人类存在着一个悖论，一个无法改变的悲剧：一方面唯有平庸才能和平，另一方面唯有不平庸才能进步。落实到《包法利夫人》来说，如果爱玛甘于平庸，爱玛不会美丽，仅是一个村姑；正是爱玛的不甘平庸，才导致了这么个家破人亡的悲剧。这也正是我们为什么总要盛赞只有猪才是幸福的。张亮进而提到，这不代表他的观点，他承认自己是平庸的，并且希望能平庸下去。以猪为例，自己半生所为，无非就是"近猪者，吃"而已。而吃，也就饭量大小，就是人的欲望不同罢了。欲望大，占据的名利大，与欲望小，占据的名利小，本质上都是猪，没什么可羡慕或看不起的。相比之下，张亮说，我的一个兄弟倒并非平庸之辈。然后他说到了王奎，盛赞此人重情重义，对旧人念念不忘，对新人情意绵绵，活得挺像一个人，而不是猪。别的不说，请问在座，这年头，众目睽睽之下，谁有勇气跟一个婊子过日子呢？

可惜当天王奎不在，不知他听了这番高论有什么反应，只知他事后听人转述，一副感激的样子。

不过当天在座一年轻人跳了起来，声称自己早就听说张亮的大名，但还是没想到尽叨咕这些不着边际的屁话。张亮虽然不快，但也没发作，劝这位小兄弟不要跳，大家只是扯淡，说得在理，就听听，不在理，确实可以当放屁。

大概也是喝多了，那小年轻站起来喊道，我是来喝酒的，不想听这些，你也没权力要求我们听你放屁，说完举杯冲张亮拱了拱,兀自一饮而尽。然后将空杯倒悬给张亮看。

张亮说,你这是叫我也干?

小年轻仍将空杯子倒悬在那儿,说,随便。

张亮说,那我就怠你个面子[1],不喝了。

小年轻一听,气呼呼地掼掉杯子,拂袖而去。

此后,在座当然忽略了这么个小插曲,继续客套喝完了酒才散。但这事有蹊跷的地方,这小年轻谁带来的,如此放肆或者没头脑,为何带他来的人不阻止?为何在座其他人也不阻止?是不是表明,在座各位,老早就有这个意思,小年轻替他们张目了?或者是大伙儿早就嫌张亮碍事了,有必要让张亮出出丑了?确实,大家只是混子,是来挣钱的,不是来听课的。另外,你张亮算个屁,你就一个拿刀砍人的货色,装什么不好,非要装有学问。

张亮意识到了这一点,也很生气。但他明确地告诉我,他不想针对这事做什么。这不说明自己现在老了,而是觉得不必。

菜场行凶

显然,这事只是个开始。事后第三天,那个在酒桌上发飙的小年轻被王奎捅成重伤。按照判词,是张亮指使王奎去做了这件事。但大多数人还是相信传闻,就是张亮并没有这么示意,而只是王奎主动愿意替张亮出这个头。我因为不想再涉入,所以没有去看守所看望张亮,没有打听这到底是怎么回事。问题是,这用得着打听吗?换言之,我用得着去看望张亮吗?

---

[1] 南京方言,指不给面子。

凶案发生在红光镇菜市场。那个小年轻是在那儿混的，靠收保护费谋生。王奎伪装成买菜之徒，然后向卖菜的打听那个小年轻，菜贩子告诉了他。王奎就找个地方蹲下来，后来见那小年轻去菜场旁边的公共厕所，他这才从肉案上拽了把刀跟了进去。据当时厕所里的人说，小年轻刚解开裤带，还没尿完，看到王奎抓着刀进来，飞起一脚就踢在了王奎的脸上。王奎用手捂脸，结果手中的刀戳到了鼻子，血流如注。这时候小年轻已经跑出去了，王奎管不了鼻子，也跟着跑了出去。然后发现，小年轻已经拿着把靠在厕所外面的大扫帚在那儿等着他。王奎的脸上被竹条扫帚划了无数条印子，无法靠近对方。后来小年轻嫌扫帚没什么力度，开始掉转过来用扫帚柄打王奎，打得很实，人们只听到一棍棍闷响。王奎后来完全没有招架之力，被打得缩在厕所门前的地面上，从厕所内部流淌出来的水或者粪便沾了一身。最后就是小年轻打累了，王奎也一动不动了。关键之处在于王奎手中的刀始终没松，所以当小年轻停下来歇会儿的时候，王奎一个鲤鱼打挺式的动作爬了起来，趁其不备把刀插在了后者的肚子上。

所有人都一致认为，如果日常斗殴，王奎绝对打不过那个小年轻。身高体魄完全不成比例，再说人家年轻，动作也快，关键王奎的成名之作也无非是盗窃。第一印象太重要了。所以大家还是认为王奎先放赖装死，然后就这么冷不丁地把刀捅人家肚子上是一件很不光彩的事。另外，是王奎先拿刀攻击人，这也是王奎的不对。虽然自己打不过人家，而人家毕竟是最终的受害者，所以王奎有罪是没有任何问题的。

不过，从另一个角度来看，如果王奎没死，而只是再次坐牢的话,这回他从牢里出来要比上次光彩多了。可惜他死了。

唐存厚,你的儿子王奎已追随你而去。

行凶后,王奎先回了趟他和小红的家,换了身衣服,告诉小红,自己杀了人,要躲几天,希望小红等他回来。小红吓坏了,但还是含着眼泪点了点头。然后王奎就直奔张亮远在郊区的庄院。这也被后来警察认定为张亮指使王奎行凶的原因之一。

从红光镇到张亮的庄院,我说过除了田亩和荒野,还有坟地。作为老同学,我愿意这么虚构一下:王奎在坟地停下了逃亡的脚步,然后在千万坟冢之间找到了唐存厚的坟包。他流泪了,因为唐老师的坟包长年没人照料,水土流失很厉害,变得无比娇小,看起来就像个夭折儿童的坟头。另外,坟头上疯长的荒草也迫使王奎弯下腰来拔了拔。当然,如果他多上几年学,比如像我这样,就不会这么做,因为我知道只有植物才能相对有效地阻止水土流失。但王奎不是我,在逃亡路上,他失去了理智,变得顽固起来,就像我们敬爱的唐老师并不存在的孝子一样。

警察紧跟着也到了张亮家的门前。他们只是上前敲门,告诉前来开门的张亮母亲,叫王奎和张亮一起跟他们"走一趟"。

张亮就对王奎说,无论那个小年轻死没死,如果你不想再进号子,就赶紧跑。

王奎说,一人做事一人当。

张亮说,去你的。

王奎就说,那你呢大哥?

张亮说,跟我没关系呀。

王奎就爬上了张亮家的高墙。所有人都看到他两腿哆嗦地站在墙头上的样子,包括警察也看到了。警察还喊,王奎,别跑。这时候,意外发生了。

不知道谁干的,张亮那条藏獒被从笼子里放了出来。这还是大白天,一般只在晚上才放出来看家护院。有可能是张亮家人害怕,觉得放出来安全吧,但张亮的母亲和老婆都说不是自己放的。总之,王奎站在墙头的样子也被藏獒看到了。这只凶猛的畜生见状就扑了过去,大有纵身跃起,一口叼走王奎的架势。后者见状,吓得啊呀一声掉到了墙外。

大伙儿赶到墙外,王奎已经脑浆迸裂。他没有跌好,一头栽了下来,正好栽在张亮家高墙外的水泥滴水坡上。张亮见状,没扛住,喊了声"兄弟啊",一下子就哭了。警察也没有带张亮走,而是打电话叫救护车忙了好一会儿。就是这会儿,张亮反身进了家门,徒手和自家那只藏獒搏斗了起来。这只藏獒认识自己的主人,刚开始,还摇头摆尾想套近乎,看情况不对,与张亮龇牙咧嘴起来,然后见张亮以死相逼,只好兽性大发。

藏獒算不算猛兽?一个人到底能不能斗过一头猛兽?人们听说过武松打虎这样的故事,但这种人兽相争怕是从没有见过。所有在场的人都被眼前的景象震住了:张亮不愧是红光镇智勇双全的一代流氓,他活活掐死了自家的藏獒,而自己被拼死挣扎的利爪撕得条条杠杠、血肉模糊。

毕业照

王奎已死,再说什么也许多余。

火化当天，我还是去了趟火葬场以示送别。不过，我受不了火葬场里那股说不清道不明的味儿，中途出来抽烟。按理说，我该和王奎的亲属一道离开才对。但站在火葬场外，看着烟囱浓烟滚滚，我还是一声招呼没打自己先走了。

到家之后，陈香正在和我们家那只小猫争夺毛线球，见我回来，她任小猫带着毛线球滚动，问我干吗去了？我如实以告。她叹了口气，想了想，提醒我说，你以后不能跟这种人玩了。我点点头。然后她看了看地上千头万绪的毛线，说，我都怀孕了，我俩还结不结婚？我说结啊，明天就结，我说不结了吗？似乎这个答案让她很满意似的，她低下头开始整理毛线，这让我再次目睹了她的驼峰。

然后我就开始翻箱倒柜。陈香问我找什么，我说我想看看我们的毕业照，但找不到了。她说她的还在呢。我说那你下次带来我看看，我都忘了。她说她以前经常看，什么都记得。我说，那你说说王奎吧。她说他没什么变化啊，还那样。我就说，也是，他发育得早，确实就那样了，然后我补充道，其实我想看看唐存厚。她说，他坐在第一排左边第二个，左边第一个是他女儿唐晓玲。我吓了一跳，我说唐晓玲也是我们班的？她说不是，但也一起拍照了。我说这不可能，我怎么一点儿印象都没有？她说，看来你真是忘了，一共照了两张，所以五十个同学拿的是两个版本，我拿的是与你那张不同的另外一个版本。

她这么一说，我确实想起来了，我说，当时因为前排座位都是学校领导和老师的专座，所以空出的那个位子没有同学愿意坐，对不对？拍照的说空个位子没人坐难看，所以拍第二次的时候唐存厚把正好经过的唐晓玲叫了过来，对不对？我还记得唐晓玲有点儿不乐意，但唐存厚是她爸爸，她也没办法，对不对？

对对对，陈香很高兴地问道，还有呢？

所谓记忆闸门，真是一发而不可收地打开了。我继续说道，女生是第二排和第三排对不对？最后两排才是男同学对不对？我因为个子最矮，唐存厚叫我和第三排女生站在一起对不对？然后我居然站在你旁边对不对？

说到这里，我浑身颤抖。因为那个拍照的要求所有人挺胸微笑的时候，我看到身边的陈香犹犹豫豫地挺起了胸脯——这是一个慢镜头——我以为她能像我一样挺起胸膛，结果她缓缓地、害羞无比地挺起了一对硕大的乳房。

我终于知道自己是什么时候发育的啦。

张亮正传

一

郊区青年张亮大学毕业后遵从国家定向分配的政策又回到了鸭镇，成了镇政府土地所的一名干事，于是被所长老高亲切地称为小张。老高在小张报到那天就告诉后者，鸭镇土地所不必对镇政府负责，他们的直管上级是区土地局。因此，虽然看起来小张与计生委的小童或水利办的小李量级相当，但人们普遍认为，小张要高级一点。这倒也是事实，后文有说。另外，老高退休在即，土地所所长这个肥厚的缺口，其一张一翕只能是冲着小张。也就是说，小张前途无量。

但是，人们并不知道，小张对自己具备的优秀条件一无所知。在大学时代，张亮同学就一直不被同学们所接受，在他们看来，这人呀，啊哈，天气不错。

有必要说的是，鸭镇早年有个很土的名字，叫赵塘乡。撤乡建镇也只是小张来之前两年发生的事。按照规划，鸭镇将放弃粮食种植，所有农户一律响应政府号召种蔬菜，而且是大棚蔬菜，也就是反季节蔬菜。也就是说，现在春天是吧，老子就不种春天的菜,我种秋天的菜给你看。张亮父母就是这些战天斗地进出于大棚之间的菜农。他们收获的蔬菜将通过二道贩子之手运输进城,供城市人口品尝新鲜蔬菜的滋味。从某种意义上来说,鸭镇的规划是城市规划这张蓝图的一部分,属于菜篮子工程。当然,此种说法有待商榷,并不为世代为农的鸭镇人所认可,他们希望借小城镇建设的东风过过某种瘾,起码要实打实的换个身份,而并不是满足于户口本上家庭住址那一栏描有"鸭镇"两个大字的虚名。所以,在种菜之末,也就是业余时间,他们想着法子干点别的。有钱的,到镇街道开个门面;没什么资本的,就把门前的河道捞干净,养些鱼来钓城里的垂钓爱好者,或者捆扎几面竹筏,让城里人自己动手在水上像鸭子一样划来划去。总之,他们希望这些业余爱好有机会转正为主业,并且他们也坚持不渝地相信,这只是迟早的事。

　　鸭镇确实发生了许多变化,这是有目共睹的。在村庄之间,那些由开发商自选土地圈建而成的形形色色的度假村就是实例。虽然它们千篇一律,但又各有其拿手绝活。有的菜烧得好,有的是小姐长得漂亮,不一而足。每到夜晚,灯火辉煌,达官贵人,络绎不绝。此外,张亮毕业那年,一路直达城里的公交车把鸭镇与城市连为一体。这辆公交车非常粗暴地把那些慕名而来且不明真相的游客载到鸭镇。游客们两脚刚一落地,那些像昆虫一样的交通工具就蜂拥而至,于是,昏头昏脑的游客就被这些交通工具拖到司机家吃了一顿霉干菜烧肉之类的农家饭。吃饱后也不用跑远,就势在门前的河道里划划竹筏。然后留下人民币若干,便由来路被送滚蛋。游客们要么没反应过来,不知道自己怎么跑这儿来了；要么确实有感而发，啧啧称奇，大声赞叹蔬菜和空气之新鲜。

张亮回乡那天就曾被误认为什么游客，一群三轮马自达将他围在中间无路可逃。直到他对着一个黑脸汉子叫一声"刘大伯"，众汉子才感到自己受了骗似的一哄而散。那个被叫为刘大伯的汉子来不及躲，只好一脸倒霉相把这个世侄免费送到了家，连个饭都没兴致留下来吃。

关于鸭镇的这种小型交通工具，也许我该补充说明一下：它俗称"马自达"，三个轮子，使用的是摩托车发动机，买来的时候不是现在这样，车厢棚顶是之后焊接上去的，但并不能有效地阻止灰尘和风雨。据说这种交通工具是为残疾人设计的，是一种基于人道和怜悯的发明创造。因此，政府也只准残疾人开，好使这些瘸子能够自食其力，免得白吃白喝。但后来非瘸子发现瘸子们通过这个载客利润不小，甚至比自己过得还滋润，低头看看自己一双好腿，夫复何用？徒生惭愧。于是他们也假装行走不便或堂而皇之开起了马自达。于是马自达无处不在，泛滥成灾，严重影响日趋紧张的城市交通；而且噪声巨大，市容市貌几乎毁于一旦。政府只好取缔了该交通工具在市内奔跑的权利，而且看来决心很大，即便你真把腿搞瘸了也不许。城里待不下去了，它们只好纷纷逃亡到城郊接合部和乡镇。

张亮的刘大伯倒确实是个瘸子，他早年在村服装厂上班，和张亮妈妈是一个车间的同事。后来服装厂倒闭，张亮妈妈只好响应号召和丈夫一道种起了蔬菜。刘大伯种菜当然不行，好在他技高一等，居然自立门户，像大多数瘸子一样当起了裁缝和修鞋匠。在古代，裁缝或修鞋匠确实是瘸子们的最佳职业。但时代进步，大家不爱做衣服和修鞋子，商场里新衣新鞋物美价廉，所以刘大伯又遇到了难题。正所谓天无绝人之路，他便顺应潮流开起了马自达。但我们的刘大伯因为瘸已养成了自己的一套生存法则，具体到当下就是开马自达是不能吃亏的，免费送客，这叫什么事呢这？他是个瘸子，请同情同情他吧。

就是这样，后来他找到张亮，希望后者允许他建几间平房。其时各村房产测绘已毕，政策精神是，土地要爱惜着用，测绘过，把各家各户房产证发放下去，以后就不能随便办证了，否则将来征收土地时拆迁赔偿怕不了位，所以比较难办。张亮就问："你老家伙还盖房干吗啊？"张亮确实不懂，刘大伯身残志坚，早就盖了一栋小洋楼，院子也挺大的，漂漂亮亮，其儿子娶两老婆都没问题。

老家伙就套了套近，因为"不是外人"，说了实话，是想盖几间租出去。张亮知道这几年虽着小城镇建设的步伐越来越快，确实已逐渐有一些外地人口进入鸭镇，但他们往往还是集中在镇街道附近租房子住。那里设施齐全，交通也便利，上了公交就进了城。而刘大伯家相对而言就比较偏了，和张亮家一样偏。这居然也有人来租？张亮还是有点吃惊。当然，问清情况后，张亮就征询了父母意见，然后请求老高取出他的印把子盖了一戳。

刘大伯不是吃亏人。

二

在镇机关大院，张亮的同龄人相当有限，仅局限于计生委的小童或水利办的小李。小童与其工作相匹配，是个女的；小李呢，男。他们均是高中毕业后因为种种关系被人搞到机关里干的，并没有像张亮这样念过大学，也不在编制之内。大院里人口众多，鱼龙混杂，但编制有限，张亮算一个。所以，二人在张亮面前虽然算是老同志了，但对后者颇为客气。问题还不仅这么简单，小童和小李是一对。打饭、洗碗均由小李负责，小童只负责吃饭，上下班往小李摩托车后一坐，小李作为车夫，风雨无阻，一干就干了三年。至于小李有没有使坏，即某日直接把载有小童的摩托骑到自己家，然后把后者按众人所理解的那样干了，张亮没听人说过。

说这个情况的目的在于，张亮来后，该情况就渐渐发生了变化。首先，小童变得勤快了，虽然食堂打饭的差事一如既往由小李负责，但洗碗的任务被小童发扬早已失传的贤妻良母的传统美德义无反顾地给包揽了下来。她不仅洗了自己和小李的碗，也把张亮的碗洗得干净无比。另外，小童开始骑自行车上下班。她的说法是减肥。小李和张亮看着她确实有点肥的身材，觉得有其道理。不过，因为张亮也骑自行车，二人便有点同上同下的意思。小李不禁对自己摩托车的速度感到苦恼。他只好踩最低挡，把油门降到最低，与两个骑自行车的人并驾齐驱。但他还是难过地发现，和自己好了三年的小童只跟张亮说话，而把自己晾在一边，最后他不得不说一句"先走了"，就一加油门真走了。

是个人的话都能感觉到这点变化，但人们还是和不分好歹的畜生一样什么也不说。这也是传统美德。这三个年轻人，两男一女，挺有意思的，他们只能这么想。但小李和张亮都不自在了，两个年轻小伙觉得有必要谈谈。

张亮声称，自己并无意于抢小李的女朋友小童，"虽然她挺漂亮的，人也不错，"张亮违心地说，"但，兄弟，我怎么能做那种事呢？"说着他拍了拍小李悲伤的肩膀。小李对于张亮的兄弟情谊十分满意，但他还是难以释怀，想了想，问："谁都看得出来，小童喜欢你了，不喜欢我了，你是不是也喜欢她？"张亮肯定地说："没有，她是你的。"小李对这个说法不太满意，继续那个问题："我是说，你喜欢不喜欢她，喜欢，还是，不喜欢？"张亮只好说："不喜欢。"

也就是前次小李一加油门"先走了"之后，张亮对小童的说法与此相反，不相反也有别。当时到了小童家的时候，她邀请张亮去她家帮她安装一个电脑程序。张亮知道她自己会装，小李更会安装（小李挂在水利办，其工作实质就是整个机关的电脑维护）。但张亮盛情难却，还是到了她家帮她装了，并在她的闺房内吃了一个由她削皮的苹果。之后，小童又邀请他到她家门前河道里划一划竹筏玩。张亮想到自己确实没划过，就和她去划了。在竹筏上，他们像一对老年人那样彼此说了一些各自的陈年往事。张亮不太主动，因为岸上人来人往，都是小童他们村里的人。他们一定把我当作小李了，张亮想。所以，他只能勉强回答小童的问题，满足她那点可疑的好奇心。眼看天不早了，张亮就提出上岸回家，小童根本没理他，继续无比好奇心地提问。张亮只好说："你们村的人肯定当我是小李呢，以为我们俩在搞对象。"小童说："管他们怎么想呢，对了，你还没说你以前有没有谈过恋爱呢？"张亮就长话短说了自己大学期间唯一一次浅尝辄止的恋爱。被逼无奈之下，张亮说到了自己当年的一个恋爱细节。众所周知，恋爱总会使男孩有傻头傻脑的共性，所以小童听后就笑了起来，然后含羞说道："你还真挺可爱的。"张亮也便顺势回敬："你也挺可爱的。"虽然当时他和小童没有说喜欢不喜欢之类的话，但互称可爱是很不对的。什么叫可爱？张亮不禁在心里咬文嚼字起来，所谓可爱就是值得一爱，都"爱"了，岂"喜欢"二字了得。这他妈真是荒唐啊。

事后不久，小童果然就找上门来了。很显然，小李已经把张亮"不喜欢"她的意见转达给了她，希望借此阻止她胡思乱想、自作多情，回到与自己老老实实搞对象的正轨上去。但她此番来找也并没有因此质问张亮，把"可爱"和"喜欢"拿出来说事，而是趁老高不在，坐在他的旋转大皮椅上正对着张亮严肃认真地说："你别以为我跟小李有什么，我跟他什么也没有。"说完她就自作主张地走了。

小童的话不难理解为是对张亮的鼓励。张亮明白，她是想告诉自己，她虽然吃了小李三年的饭，并由他洗了三年的碗，也坐了他三年的摩托车，但这并不说明她就喜欢他，把他当男朋友，嫁给小李更是不可能。那么，现在，张亮你来了，我小童对你好着呢，说明什么呢，说明我喜欢你，即便你没有摩托车驮着我跑来跑去，也不帮我打饭洗碗，我还是下定决心要跟你搞对象，以至将来嫁给你。问题只在于，你不要有心理障碍。

确实如此。

三

张亮不能确定自己是不是有心理障碍,他觉得自己没有很大的必要一定要跟小童交往,也没有理由把她拒绝个干干净净。他初涉人事,对许多问题不太有理解力。

三个人因此不再在一起吃饭。小童自己动手,丰衣足食,减肥路上,来去自由,看起来倒也很是惬意。小李及时地认识到他和小童之间再无可能之后,请张亮吃了顿饭就离开了镇机关。他待不下去了,虽然这个老实巴交的乡镇青年可以忍耐小童,但也是很要面子的。这一点张亮也是。

"这叫我以后在机关里还怎么混呢?"小李不胜酒力,在同样不胜酒力、满面通红的张亮对面满面通红地说。

张亮不知道该怎么安慰他,想说什么,被小李制止了,他说:"我不怪你,其实与你无关,要怪只能怪她,她是个什么东西啊,啊?简直是个婊子,啊!"

"其实还是怪我。"张亮不能附和小李对小童的婊子论,但把无关紧要的责任揽给自己往往也是一种比较得体的做法,算得上是传统美德,起码也是《青少年处世必读》之类书籍上所提倡的。

"唉,怎么说呢,怪你也不至于,只是,"小李说,"如果没有你,确实也不至于像现在。"

"对不起你了,我不是故意的。"张亮由衷地感到羞愧。

"别,没你的事,"小李拍了拍他的肩膀,举起酒杯,说,"干。"

这么干来干去(具体是两个不能喝酒的青年分别喝了一瓶啤酒而已),张亮不知不觉也喝多了。他记得小李后来哭了,说到自己从高中毕业至今一直在机关里混的这些年，而现在却不得不伤心地离开，大好青春和与小童维系多年的感情就此不复再来。更重要的是，这段青春和感情将和他以后的生活毫无关系，就跟梦似的。太令人伤感了。除了记得这个，张亮还记得自己曾摇摇晃晃向小李保证，小李走后，他张亮也绝不会和小童有任何关系。

"如果有关系，我把鸡巴拔掉扔给狗吃！"他深受感染，几乎是搂着摇摇欲坠的小李说。

小李突然像酒醒了那样站直了，直勾勾地看着张亮，最后爆发了一句赞叹："兄弟！"

这个决心下的是有必要的，本来含混不清的东西一下子明确了。张亮难得地把自己弄清楚了一回。豁然开朗。他所喜欢的姑娘绝不是小童，他所希望的生活也绝不在小童这种姑娘的理解范围内。当然，对于女人，对于生活，不可操之过急，尚且有待时日。所以，当父母等亲朋好友唠叨的时候，张亮就像个已娶了五房姨太太的人那样安慰这些还没见过女人的人们。

在小小的鸭镇，很显然，发生在机关大院三个年轻人之间的这点小小的感情纠葛很快就众人皆知了。张亮的父母也听说了，他们一方面盲目地觉得儿子做了坏事，破坏了好好的一对；另一方面在背地里暗暗高兴，试探着问是否可以把那个小童带来一见。该试探被儿子恼羞成怒地顶回之后，他们仍然高兴，为儿子有这么大的竞争力感到兴奋。所以，也就不把小童放在心上了，也便同仇敌忾地与儿子一起对那个势利得有点缺德的姑娘小童讨伐起来。儿子有志气、识大体的优秀品德令他们十分满意。总之，这事让他们高兴了很长时间。

也就是说，为儿子将来的婚事做应有的准备看来迫在眉睫，而这第一条就是房子。

前面已经说过，鸭镇的城镇化建设正如火如荼，在镇上那条街上，左右盖满了商品房。这些房子面积宽敞、价格低廉。购买这些房子虽然仍然没有脱离鸭镇这块小地方，但也是张亮之类婚龄青年的最佳选择。进城买房一方面价格太高，为菜农父母们所不敢想象；另一方面工作在鸭镇，蓄意把家和工作地点拉得那么遥远（即便有公交车）太吃力，显得有点超现实。购买镇上商品房的除了张亮他们机关大院的人，其他就是镇上中小学教师、医院医护人员、供销社和银行职工等在鸭镇为数不多的端公家饭碗的人物。小童的理想也就是嫁个这样的人，住进那些单元楼房里去。她选择张亮乃务实之举。张亮因此对自己在鸭镇买房的举动开始有所质疑，所谓在小童理解力之外的生活又究竟在哪儿呢？可惜这一问题他一不小心就跳过去了，没来得及深究，便在父母的张罗下买下了鸭镇那套三室两厅。

张亮是个想法很模糊的人。

四

三室两厅价格上的低廉只是比较而言，张亮父母苦苦培养儿子这么多年，攒得有限，当然缺点，向亲朋好友借钱是必需的。残疾人刘大伯就慷慨解囊了一万块钱。张亮确实有点迷惑，一个残疾人，家里盖了那么多房子，他哪儿来这么多钱呢？没办法，张亮的结论是，这个世界上就是有许多神奇的东西不为人知。因为神奇，所以其中道理便懒得去想了。

刘大伯家的那排平房也已全部出租出去了。张亮是在经过这排房子时遇到白小云的。

白小云不是鸭镇人，她大学毕业后被分配到鸭镇中学担任语文教师。是和张亮同年分配而来的。这是张亮后来才知道的。当时他不知道这些情况，他只是看到有这么个姑娘在刘大伯家院子里的那个井台上搓洗衣服。晴空万里，万里无云，这是一个周末，院子里晾满了房客们的床单和衣服。白小云穿着高领的粉红薄毛衣，高高地捋起袖子，两条纤细的胳膊在阳光和水光的双重夹迫下近乎透明。因为弯腰洗衣，雪白的牛仔裤所紧密包裹下的小屁股紧张地翘向张亮所经过的道路，这使张亮感到道路和一切都呈上升态势。可以这么说，张亮第一眼就被她的背影吸引了，然后他绕了过去，看到了她那张漂亮而矜持的脸。如果不看她的脸，他可能会多磨蹭一会儿，但看过脸，一个眼神交接之后，张亮就自惭形秽地赶紧逃出了刘大伯家。

第二次遇到白小云从某种意义上来说是蓄意的。张亮午饭后跑到机关不远处的中学门口转了转。他知道自己转一转是希望能遇到白小云，这只是可能发生而已，能不能遇到他不敢断定。所以说，也不能说是蓄意的，也算是巧遇。他在校门口和那群习惯于对中学生施行敲诈勒索的小流氓一样晃荡了很久，当他正绝望地准备离开的时候，白小云出来了。校园大门朝南开，阳光直射在她明净的额头上和她敞开的胸怀之间，她敞开的衣襟也因此在走动中飘扬。这使她看起来不是反射阳光的年轻身体，而是这个年轻的身体本身就是发光体。张亮只是来看看而已，他蹩在路边只看了她一眼就羞愧地低下了头，但他不甘心，又抬头看了她一眼。此时，她已走到了自己的面前，这时候，他居然发现她的嘴角向上一扬，分明是朝自己笑。张亮紧张不已，不知道如何应对。怎么应对白小云的笑的，我们现在可以想象，张亮应该慌张地回报了一个笑，只是跟哭没多大区别。

　　第三次相遇仍然是在刘大伯家的院子里，刘大伯家堂屋里正有一桌麻雀牌（不是麻将，是一种与麻将游戏规则相似的长条状纸牌）。他坐在一位娇小的老太边佯装学习这种即将绝迹的古代游戏。他知道，当面前这个老太在不久的将来死掉，那么牌局就是三缺一，并永远缺一，直到另外三个人也全部死掉。之后，这种古老的赌博方式只能在同样古老的阴曹地府开展了。这么说，是说张亮无法在面前这位老太死后补缺，不能胜任传承古老文明的重担。不仅如此，他对所有的牌局都感到莫名其妙，毫无兴趣，怎么学也不可能学会。他是那种毫无情趣，生活铁板一块的青年。

　　也就是说，他吃过午饭就去了，但整整花了一个下午的时间在老年人的身体气味里酝酿着与白小云的搭讪方式，直到黄昏才鼓足勇气和她说上了话。因为黄昏时，她正在锁门，看样子要出去。张亮制造了自己没有学会那种牌扫兴回家的场面和白小云一起到达刘大伯家的院门。

　　"嗨，你好。"张亮笑着打招呼，黄昏的阳光可以适当掩饰他的脸色。

　　"你好。"她也笑。

　　就是这样。张亮和她自此开始认识。

　　她是到镇上超市里买日用品，并顺便在镇上吃晚饭。她没有灶，吃晚饭的地点就在张亮那二室两厅的楼下的"陈记小吃店"

里，并且为时已达半年，张亮居然从未发现。当然，张亮没发现的原因也很简单，因为他不必在外吃饭，也很少独自一人住在新家里。仍然来来往往和小童一道到各自村子里去。获知白小云这一情况后，张亮告别了村子生活，开始过起了镇上的日子。这样他每天就可以准时在小吃店里遇到她。

后来情况不外乎张亮请她吃饭，并且约她周末一起玩。鸭镇确实没什么可玩的，划竹筏划了一次，二人就再无兴趣。当然，张亮没有把白小云带到小童家去划竹筏。更多的是张亮和她约定好一起乘公交进城，默默地陪她买东西，吃饭看电影由他买个单而已。他们的谈话正是那些无穷无尽的自我介绍，家庭、经历、朋友、恋情、生日、星座等等等等，而且，大部分情况下以张亮倾诉为主。他看起来简直像把自己有限的一生全部交付给她，至于将来，懒得去想，等于不存在。说明这一点很重要。

张亮曾含蓄地提议，白小云可以住到他的三室两厅里去，至于租金，可以不要。但白小云对此未置可否，只是轻描淡写地略过。

很显然，张亮不属于那种能花样翻新的人，后来他苦于无法使白小云对约会提高兴趣。还是她想了一个玩法，那就是他们提前买了食物，然后二人驱车到了江边，在草地上野餐。等他们到了江边，张亮才发现，正有一个家伙提前到达，在等着他们。那家伙是个男的。

五

那家伙也是鸭镇中学的教师，叫王奎。张亮一眼就辨出他也是白小云的追求者,这是没有道理可讲的本能。那一天野餐,这两位白小云的追求者都事先没有接到通知,突然遇见十分尴尬。好在他们有某种一致性,彼此谦逊,互相礼让,对许多问题心照不宣,十分默契。这促使张亮和王奎后来成了一定程度上的好朋友。

白小云的做法不失高明,她这么做旨在告诉张亮和王奎,他们是平等的。而他们之所以平等,就是因为她毫无兴趣在他们之中挑选一位。比如,王奎在镇上也有与张亮相仿佛的一套房子,他也曾邀请过白小云入住其中,但也被后者忽略而过。可惜张亮对此毫无理解力。

但王奎和张亮区别很大,前者盘腿坐在草地上直接向白小云表达了爱意,这是张亮永远也说不出口的,他还没有对白小云直接表白过,"喜欢"没说过,"可爱"亦未言。当然,王奎说话方式很得体,他属于能说会道的家伙。当时他们正说到鸭镇刚刚结婚的一对新人,王奎不失时机地建议道:"白老师,我俩什么时候结婚啊?"通过这种恰到好处的借幽默来表情达意的方式让张亮大开眼界。之后,王奎的妙语连珠简直令他目不暇接。

回到王奎的问题,这也是张亮的问题,"白老师,我俩什么时候结婚啊?"白老师笑了笑,指着张亮说:"你问他。"

张亮一下子脸红脖子粗,嗫嚅半响,一个字也吐不出来。王奎就说:"这我俩的事,我这方面已经没问题了,问题是你那方面,你难道需要张亮给你做主?"

"是啊,是啊。张亮,你替我做主吧。"她顺势说。

这话让张亮产生了错觉,他以为这是白小云向着自己,是一种考验。所以他搞了句干巴巴的幽默,说:"好吧,那你嫁给王奎吧。"

王奎和白小云听完他的幽默,给面子地勉强笑了一笑。

野餐之后,王奎就识时务地放弃了对白小云的追求。他以某种"过来人"的身份告诉张亮:白小云自从来到鸭镇之后就在积极寻求调离此地的机会,她不可能嫁给他们之中随便谁;在此谈婚论嫁,也意味着要主动放弃机会,就是主动接受鸭镇;她是不安于鸭镇现状的姑娘,离开是迟早的事;决心那么大,她这么个小姑娘,孤身一人远离家乡亲人在外混,有那么简单吗?

要成全白老师的远大理想,这是我们应该做的。所以说,知难而退不失为一种美德。这正是张亮所缺失的。

就是这种情况,张亮不能理解这一切,他深陷于一厢情愿之中。王奎的话不仅对他毫无惊醒作用,反而使他执迷不悟,越陷越深。可以说,正是因为白老师另有旨趣,反而让他更喜欢了,至于为什么,他没搞明白。对她近在咫尺的朝思暮想演变为鸭镇一个公开的场景:每天中午,土地所的干事张亮都会准时出现在中学校园;下班时分,该青年都会前来迎接白老师;逢周末,人们也可以看到这对年轻人成双结对的身影。人们并没有把这事往其他方面去想,在他们看来,婚姻正在这对年轻人的不远处等着他们,届时鞭炮齐鸣,早生贵子。

我们不得不承认,现象取代不了本质,但人们对于本质就是视而不见,这就是我们的陈规陋习。所以当结果到来,他们往往都要做出一副目瞪口呆的无辜表情,比如大家看看小童和小李吧。但人们还是不爱接受教训,爱在原地犯同样的错误,一如既往、乐此不疲地通过现象来描绘蓝图。这与其说是一种偷懒，不如说是，是什么呢，用个时髦的词吧，是一种善良的愿景。嗯，愿景。

　　白小云显然对于张亮的热情感到过意不去，她多次推辞赴约，也拒绝接受后者赠送的小礼物，但都被张亮以一种不容反驳的态度给制止了。她说："张亮，这样下去，会使我觉得欠你的情的。"被爱情冲昏头脑的张亮于是乎说了句符合爱情也就是让人作呕的话："我觉得我来这世上就是来对你干这些事的。"迫于无奈，白老师对这一切只有笑纳了。碰上张亮这种人，你叫她一个小姑娘能怎么办呢？

六

　　现在，有必要说说小童。小李走后，张亮蓄意避开她使她难过了那么一阵子。她既难过张亮不喜欢她，更难过把忠诚于自己整整三年的小李给逼走了。在张亮恋上中学语文教师白小云后，她还照了照镜子，也上秤称了回，然后自卑地流了点泪，就果断地买了一辆女士摩托提高了自己上下班的速度。女士摩托的意义在此非同小可，它既恢复了小李当年所给予的速度，也毅然甩掉了踽踽独行的张亮。她是一个头脑清醒的姑娘，甩掉小李追求小张不是头脑发昏，现在甩掉张亮也一样，都是清醒的证明。她会另寻高明，也是证明。势所必然。

　　张亮的父母当然也听说了儿子和白老师的"关系"，但是他们始终不理解儿子有什么理由不把白老师带回来让这对老人表达一下公婆之心。张亮当然也希望能够如此，但他比父母了解内情，也不好向白老师提一提这个要求。不过,后来机会来了。

是这样,张亮的一拨在城里混得很妖娆的大学同学想来鸭镇吃吃农家饭,顺便考察一番鸭镇度假村里的灯红酒绿情况。借此机会,张亮希望白小云能够作陪。鉴于张亮没向她提过要求,后者考虑了考虑,爽快地答应了。不过她有个条件,就是希望把王奎也带上。张亮想了想,有点不快,但他还是点头答应了。也正因此,出于某种说不上来的心理,他也邀请了小童,小童当然没有道理不参加这群年轻人的活动。

大学同学们如约而至。一群人浩浩荡荡赶到张亮家,满满一桌。张亮的父母相当殷勤,他们已事先知道那个久仰的白老师会来,这是殷勤的一个重要原因。但来了两个姑娘,他们不知道哪一位是。把儿子拽到灶下问,张亮也不说。所以他们只能凭借传统观念来考察了。一个姑娘呢,瘦瘦的,挺能避重就轻,也就是花言巧语,这样的姑娘搞回来不是好媳妇。另一个倒是不错,脸盘子不小,福相,屁股也大大的,是生儿子的好身材,龙凤胎也未可知。张亮妈妈对小童可谓一见钟情,拉着后者的手说了不少贴己话。白老师就站在一旁鬼笑。张亮看不下去,就赶紧把人带走了。

在小童的盛情邀请下,一群人在她家门前的那条河道里划了几划。

在竹筏上,张亮的大学同学们因为酒精的作用情绪高涨,向两位姑娘说了张亮大学时期的一些荒唐可笑之处。因为他们也搞不清楚哪位姑娘跟这位荒唐可笑至今的老同学有一腿,所以就这个讲了那一个也讲,这也正好,体现了他们对姑娘不论美丑、一视同仁的公正之心，也算是发扬了传统美德。张亮情绪很坏，他为父母及同学对他毫无了解而难过，也为身边的白小云像看笑话那样的心态而绝望。这时候，他突然发现一个异常现象：王奎和小童初次相见即已打得火热。二人在他们前方的那条竹筏上谈笑风生，相见恨晚。

总之这次本来构想中很正确的玩乐，结果却令张亮很伤心。他始终不太说话，强作笑颜。看着王奎和小童打情骂俏，听凭自己那拨发福长胖的同学对着白小云夸夸其谈。如果不是他是名义上的主人，后来度假村他简直就不想去了。任他们搞去，自己应该回去躺床上好好想一想（当然不要回村里的家中接受父母的盘问）。事实证明，这是多么必要。可惜他拗不过自尊心形状的东西，还是去了。度假村里开销很大，他们一顿饭吃掉一千多块钱。这当然由混得妖娆的同学们谁谁买单回去报销。

席间，张亮仍然无话可说，情绪很阴沉。也仅仅喝了两杯之后，他发现侍酒小姐就站在自己身后。小姐穿着旗袍，身材高挑，十分漂亮。张亮看着她，突然由她想到，这世上比白小云好的姑娘多的是，自己何苦一厢情愿地像条狗似的跟着她呢？于是他突然"发挥"了起来，大声对侍酒小姐喊道："小姐，你真漂亮，能问问你名字吗？"

桌面上立即安静了下来，好像都想听一听小姐的芳名。可惜小姐笑而不答。

张亮继续喊道："小姐，我可以跟你搞对象吗？"

这个问题不仅把小姐吓着了，在座所有人都被吓到了。问题不在丁小姐能否跟张亮搞对象，即便跟张亮睡上一觉大概也没什么多大问题。问题在于这种事情不是张亮借题发挥大声疾呼所能解决的。它往往是一个秘而不宣的问题,也就是没问题。而大声疾呼就问题大了。

喝多了喝多了。大学同学像很了解张亮似的替后者向白小云、小童和王奎解释。

事后。

王奎说:"张亮,像你昨晚那态度,怎么会跟白小云磨来蹭去的呢?"他的意思是说,张亮这样挺好,就应该这样,平时也应这样,而不要局限于喝了点酒。

张亮就说:"是啊,好姑娘多的是。"

小童的感受是:"张亮,真没想到你是这样的人!"然后扭身就走。

但白小云未做评价。清醒过来的张亮希望听到她会说点什么,但始终没有,一直没有,将来也不会有。她对他的表现之类懒得去想,也不敢想,如果她做点什么评价,很可能又让张亮产生什么误解,那么就更难缠了。但张亮还是为想象中她的质问拟定了答词,那就是:"小云,难道你没看出来吗,我是说给你听的,我是多么喜欢你。"

他的痛苦促使他终于做了个痛苦的决定:白老师如果不找他不联系他,那么他也永远不会这么做。必须要有个了断了,他咬牙切齿地告诫自己。

到这里,张亮和白小云之间其实已经完蛋了。这顿在度假村吃的饭可谓是"大团圆"。

七

因此，现在可以按下上述人等不表，容本人来自我介绍一番。本人乃鸭镇人氏，也一郊区青年，与张亮的人生轨迹基本重合。首先我们是师兄弟，也就是毕业于同一所大学、同一个系，只是我低他三届。其次，我也遵从国家定向分配的政策（因为我处分在身）回到了鸭镇，成了镇政府土地所的又一名干事，于是被所长老高和前辈老张亲切地称为小曹。

在大学期间，我和张亮就已经认识。我记得自己当年初来乍到，在山高水深的大学校园里举目无亲，经常迷路，是乡音亲切的张亮给我指点了迷津。应该负责任地说，张亮是一个相当忠厚、朴实的人。当时他行将毕业，但仍然像我这样保留着乡村少年的本分，比如不爱洗头，头皮屑直接落进我们的粗茶淡饭。裤带是那种红褐色人造革金属滚珠的。叫我怎么形容那种皮带呢，我经常由它想到明代官服上的一种装饰腰带，而皮带头像极了他们帽子中间那块闪闪发光的白徽章。该形象似乎迄今还残留在道观里的道冠上。总之我对那种皮带说不好，虽然古朴，但不合时宜，所以进入大学也仅一个月，我就在养成洗头习惯的同时换了一条像模像样的皮带，和现在束缚你啤酒肚的那一条应该区别不大。这时候，我再次遇见了张亮，地点是在校外的一个小饭馆里。当时我正纠集着一拨新认识的同学勾肩搭背在那家饭馆喝酒，突然发现，我的老乡张亮就在旁边的一张竹筒里插满一次性筷子的长桌上和一群红领巾儿童一起呼啦啦吃面呢。那些儿童是大学附属小学的，跟张亮没什么关系。见此情景，我鼻子一酸，就喊他，邀请他加入我们的酒席。他推二阻四、扭扭捏捏，死活不过来。

我只好把他拉了过来，然后向同学们隆重介绍了我的这位心地善良的老乡。大家一面对他头上那些垃圾抱怀疑态度，一面看我的面子尊其为师兄。事实证明我邀请他喝酒是一件多么愚蠢的事啊。他才按规矩和天地分别赔了个不是，喝了两杯，就不行了，一点不给大家敬他的机会，旁若无人地趴我们旁边就吐。那顿饭吃得我很没面子，同学们因此一度小瞧了我。为了挽回脸面，我花了父母给的血汗钱买了单。后来，也只好由我把老乡扛到他的寝室。到了他们寝室，也没有人接应，好像他们寝室是一群互不相识的人住在一起，也就是说随便谁住都可以。我扛着张亮进去就如同一个扛着一袋山芋的农民钻进路旁不知谁家的草堆，而里面已有先我而到的七个人（后来张亮说到这拨同学去他家吃什么农家饭真让我很吃惊）。这种情况提醒我帮张亮擦了擦满是污秽的嘴，也帮他把衣服扒了下来。注意，就是这时候我才发现他那条皮带的。他系着这条皮带去追求一个姑娘，在大学校园里，不为人知，闻所未闻。我怀疑他对小童所说的唯一一次恋爱的真实性。我更倾向于认为，他喜欢过一位女同学，仅此而已。

  我说这么多只是想告诉各位，后来我遇见张亮之后就少有言语了，我甚至有点怕他，怕他突然从大学校园什么角落冒出来跟我两眼汪汪、称兄道弟。好在他很快就毕业了。我便放开胆子度过了风风火火的大学生涯。虽然毕业后乃是戴罪（处分）之身，但国家还是给了我重新做人的机会，对此我表示相当感激，我发誓好好工作，力争上游。这也是我前往土地所报到见到老高和久违的老张之后的第一想法。第二想法就是看一看老张的腰部，我的老天，他一如既往地系着那条明朝的皮带，这是我在回到日新月异的鸭镇之后，第一遭着着实实地感受到它本质上的乡土气息。

我参加工作时，正是老张那场"大团圆"之后不久。因为同事，我也很快认识了小童。她的屁股很大，这在前面已经说过了。但我和老张一个想法，不喜欢大屁股，即便她乐意给我生对龙凤胎，我也提不起兴趣。但我认识王奎并不是因为老张，而是小童的关系。此时此刻，王奎和小童关系相当紧密，据王奎私下里跟我所说，他已经把小童干了。其实，我坚信，即便没有老张，没有小童，我也会很快认识王奎。我们一见如故。否则他不会把自己干了小童的事告诉我。后来我把王奎干了小童的事告诉老张，后者的神情告诉我，他对此一无所知。

这是暑期，王奎作为教师无所事事，他便以小童男朋友的身份几乎每天都到镇机关大院来玩。我知道，他其实并没有到离不了小童的地步，要说只能说是已经过了这地步。相反，是小童离不了他，生怕这个干了她的人突然丢下她不管了。所以，王奎名义上到机关大院看女朋友，其实质是跑我们办公室跟我们玩来着。所以，小童一闲也来凑热闹。土地所一时成了年轻人的天下，集中了鸭镇的精英分子。

挺快乐的。瞧，和蔼的老高、善良的老张、即将当副校长的王奎、将来想生二胎也可以帮忙的小童，真是到处都是我们的人啊，看来我被学校发配原籍回到鸭镇没什么不好，将来没什么可愁的，应该说大有作为才是。老高也很高兴，行将退休的他受到年轻人的感染，梅开二度，又来了青春期，经常把我们大伙拉到镇上饭馆里大吃大喝。他签个字的小事，本不足提。只是老张同志和多年前一样，两杯就倒，颇扫人兴。后来，他有了自知之明，就不参加我们的活动了。我们就放开了量吃喝。吃了喝了，老高还心血来潮，又把我们带到新开张的KTV包间来一首《大海航行靠舵手》或《送战友》什么的。我说这两首歌名的意思是，别看我年纪轻就以为我只会流行歌曲，革命歌曲我也会。我拿腔捏调和老高合唱了一首《敖包相会》后，显得有点筋疲力尽的老高搂着我肩膀感叹："兄弟，不行喽，老喽。"我也就一把搂住他那猪肚子一样的短脖子，盯着他的裤裆看，说："高老，未必吧。"王奎和小童就在一旁使劲笑。

八

白小云的大名，我当然也通过他们的交谈如雷贯耳，心里有其大致轮廓。但遗憾的是，时在假期，她回老家避暑去了。到了秋天，我才看到她。

我是特意跑到鸭镇中学找王奎的，可没站在门外候着。因为我知道自己不是敲诈勒索的小流氓，我就应该堂堂正正地到我的母校去给我的恩师们散包烟。一包烟值不了几个钱。

找到王奎，我问："白小云在哪儿呢？"他还没来得及回答，坐他身后一清秀姑娘就红着脸抬起了头。不用问了，她就是白小云。我就是这么和白小云认识的。

后来吃饭，玩，我们都会把白小云带着。老张因为"咬牙切齿"过，所以他尽量避开白小云，这样也好，否则大家都不尴不尬。白小云确实如王奎所介绍，眼光很高，态度相当矜持。

我说："白老师，调动工作的事有眉目了吗？"

她苦笑，有点疲惫之色。

我就说："会有的，我保证。"

她鼻子一哼，说："切，你保证什么呀？"

我说："我是说，如果我有那能力，我会帮你的，一定。"然后我就说了一些同学和朋友的名字，这些名字都在教育部门。有一个名字白小云也认识，她很兴奋地与我一起谈了好一阵这个名字。

然后我好奇地问："老张其实也可以帮你的，他怎么不帮你呢？"

她说："是吗，张亮没说呀，不知道。"

我说："也是，他这人一贯低调，人也正直善良。"

"哦，"白小云把嘴圆了圆，然后笑道，"是啊，人是挺好的。"

当晚是由我把白小云送回去的。我很认路，走一遍就认识。我记得到白小云的住处，需要从镇上往左边那条路走，然后过一座桥，再走十分钟，右拐，进巷子，大概三家狗叫之后，是一扇铁门，门不高，门后就是张亮那位刘大伯刘瘸子的院子，白小云这样的房客都有钥匙，开铁门进去，白小云住的那间是那排平房的第三个门。我没有进她的门，在门口和她道了别。我说："白老师，你挺漂亮的，晚安。"就回了。

也许需要补充一点，老张的刘大伯刘瘸子看到我以为是他那位世侄，说："小亮，好久没见你来了啊哈。"见我不是，表情便有点诡异了，似乎还有点敌意。给他递了根烟才缓和点。和白小云道别后，他仍然站在那里，我又给他递了根烟，并把自己和张亮的同事关系告知了他。大概因此，我走的时候，他把院门上方那盏门灯打开了,使我顺利地走出了巷子,然后身后才一片黑暗。

得说实话,我和老张一样,第一眼就喜欢上了白小云。我把这个对老张说了,他没有表示什么意见,而是冷不丁地说:"王奎也喜欢过,你知道吗?"这我当然知道,我跟王奎多好的朋友,他早告诉我了。但我对老张说:"是吗,喜欢她的人还真挺多的。"老张说:"是的,但她不喜欢喜欢她的人,这个王奎也知道。"我只好继续说:"是吗?"

事实当然与老张同志的说法不尽相同,我们都知道。白小云没有道理不喜欢喜欢她的人,难道她非要学习老张喜欢不喜欢她的人?白小云很正常,她需要喜欢她的人,跟所有女人一样。

那么后面的事情就很简单了,既然我喜欢她,那么我就使劲带着她到处玩,喝酒也让她喝几口,抽烟也让她呛两下。我们相处得相当愉快。看电影时捉她只手,她躲了躲,就没再躲了。

九

轮到我的父母批评我了,他们认为我不该把张亮的女朋友抢过来。张亮当年对白小云的好整个鸭镇人所共知。我只能安慰父母,白小云并不喜欢张亮,但她愿意和我在一起玩。我妈妈白了我一眼,忙她的事去了,我知道她心里替儿子得意着呢。后来,他们也学习张亮父母的做法,要替我在镇街道上买套三室两厅。我从小就继承了传统美德,体谅父母,所以觉得就家中境况而言,买房不太现实,因此不太必要。都这么个鸭镇,镇上和村里,能有多少区别呢,上班又能远到哪儿去呢。在我的坚持下,买房的计划暂且搁置了。

对此，我是这么跟白小云说的，我说："我家里要在镇上买房给我娶老婆用。"

白小云说："是吗？"

我知道她会这么说。这种小把戏，她见多了。

我就说："我才不买呢，我家房子挺好的，买房干吗呢。"

她说："嗯，有道理。"

这也在我意料之中。

我又说："当然了，如果有必要，为什么不买呢，我只是觉得没必要。到了有必要的时候，比如跟谁结婚了，夫妻两个拧成一股绳，使使劲，买好的，甚至到城里买，到上海买，到北京买，还他妈到纽约买。你说是不是白老师？"

白小云眼睛一亮。

说到这里，你可能会认为俗，故事以及人物，都老套得很。说实话，我自己也这么觉得。但这是没有办法的事。后来我跟白小云说：这世界无论怎么变化，无论是乡村变成城市还是城市沦落为乡村，即便沧海桑田了，一切都仍然是这么回事或那么回事，而不可能是其他什么回事。大意如此。当然，这么牛×的话不是一般情况下能说出来的。我告诉你，这是我在白小云的床上说的。也就是说，最终，我像王奎把小童干了一样也把白小云干了。

那是在寒假到来之前，我和白小云的关系当然还没确定。没干怎么确定呢，这是一个当代国情。所以我要在寒假到来之前把她干了。否则夜长梦多，难说不会半路又冒出个谁谁。当然，这还是需要点勇气，而我勇气的来源同样俗不可耐，正是酒精。

那晚，我在镇上和老高喝了酒。他说，他已经把明年退休后继任人的推荐材料上报到区土地所了。这个被推荐的人，当然只能在老张和我之间挑选，所以，当然只能是我了，否则老高特意把我喊来私下喝酒干吗呢。他脑子和我脑子一样正常，并无代沟。

我当然挺高兴的。所以出了饭馆和老高道别之后不想回家，有了整体上升的冲动。于是我决定立即去看我亲爱的白老师。这里要申明一下，我对白小云的喜爱并不逊色于老张，请你们不要把我想象成酒色之徒，不要以为我毫无内涵，不要只同情老张而不信任我，行吗？

喝得是多了点，但路我认得清：从镇上往左边那条路走对吧，然后过一座桥对吧，再走十分钟对吧，右拐对吧，进巷子对吧，大概三家狗叫之后对吧，就是那扇铁门对吧，门不高对吧，门后就是张亮那位刘大伯刘瘸子的院子对吧，我没有钥匙对吧。好，门不高对吧，我翻过去总可以吧。没人发现。第三扇门对吧。我敲敲总可以吧。

"谁？"她说。

"我。"我说。

"干吗？"她说。

"想你了。"我说。

门开了。

我一把将她搂在怀里。

门开着呢。

那就关上吧。

我流泪了。我有点忧伤。不知道为什么，我突然莫名其妙地想到了早已消失的小李。

她也哭了。还不停地打我。我说:"你打我干吗?"她不说。后来,她不哭了,突然像刚发现那样,说:"我比你大三岁呢,是你姐姐啊。"

"那又怎样,姐弟恋,时尚着呢!"然后我想到鸭镇的一句老话,又补充道,"女大三,抱金砖。"

什么意思?意思就是我会和白小云过上幸福的生活。

日常生活

看看手机时间,有点紧。张亮只是想走快点,结果把脚给崴了。

这不是一般的崴脚,因为巨大的疼痛使张亮立即蜷缩在地。与行人车辆、高楼大厦、花草树木、垃圾桶喷水车比起来,小得可怜。他当时想打电话给李芫,但因为疼痛,完全找不到手机(就在他的兜里)。事后想一想,即便能够"找到",也肯定握不住,更别说拨号了。好在他刚出小区大门,有人认识,帮他拦了车,送到了医院。X光显示,关节错位,还有轻微的骨裂。

李芫赶来医院,手术已经完成(毕竟是小手术),石膏业已绑上。她吃惊的样子看上去不是丈夫崴了脚,而就好像后者出了车祸死在那些白色的床单上并被同样的床单盖住了一样(一般都会将两只脚露出来),只好目瞪口呆。

路那么平,没什么坑坑洼洼啊,怎么走得好好的就崴脚了呢?

我也不知道,张亮确实也因崴脚和不知道是如何崴脚而感到羞愧,但它既然已成事实,而又不便欺骗妻子,不得不加强语气补充道,真的!

总之,纠缠在怎么会崴脚这个问题上比这个问题本身显得更加滑稽。所以,李芫也不再说什么,她来到医院无非是把丈夫弄回家,然后打电话给双方父母。

这是经过考虑和商量的结果,因为他们知道,告知双方父母,只会让四老惊慌失措纷纷赶来大惊小怪,这使情况过于夸张,仿佛灾难发生,实属无聊。但不通知他们又不行。李芫不可能因为张亮养伤也去请假,她还是需要上班,去幼儿园接儿子小瑞这个本来归张亮的任务(送归李芫)需要找人代劳,此外,张亮最多能单腿跳行往返于床和马桶之间,需要人照顾。

分工如下:李芫父母将小瑞带到他们家去,不仅包办张亮接儿子的差事,也一并负责送外孙(李芫因祸得福,反而减了一项日常负担)。张亮母亲暂且搬过来住,照料儿子。张亮父亲没什么能帮忙的,但老太婆不能给他做饭,所以还望他也能搬来继续吃老太婆烧的饭菜(或许还能顺便跟因为分居,疏远多年的儿子张亮重新亲热起来),但这遭到了老头子的严词拒绝,他表示自己认床,只能在自己的床上睡觉,而且路途不近,仅为两顿饭每天往返奔波,对他这把老骨头是不利的。"切,有钱还怕没饭吃吗?"老头子对于老太婆及张亮李芫的担忧简直不屑一顾。他说的确实也没错,他有一份不算丢人的退休金,至于存款,那更是李芫一直没有打探到的,别说吃饭了,就是天天吃人民币估计也饿不着(起码李芫是这么看的)。

其实张亮母亲希望老头子也能跟自己一起搬过来,还有另外一层意思,那就是她跟李芫这对婆媳长期以来关系僵硬。自己一个人面对儿媳，觉着有点儿势单。当初李芫嫁过来时，父子婆媳还住在一起，仅仅半年，婆媳就发生司空见惯的争执，这也导致父子之间的隔阂。老头子认为儿子压不住自己的老婆，真是毫无出息。迫于无奈，张亮先是租房子，后来才在父母的一笔现金支援下按揭买了现在这套房子。此后，婆媳争执没有了，但这种婆媳关系长达数千年历史的僵硬，是没法改变的。也就是说，老头子不愿意来，很难说不是对婆媳争执以及张亮当初的懦弱耿耿于怀。

单位工会领导率先登门看望。这在张亮的预料之中，这只是工会的工作内容之一罢了。职工家里一旦有婚丧嫁娶生老病死等情况，工会的身影就会出现。一般是两个人，副主席（相对年轻）负责拎果篮，并从皮包里或怀中掏出有几百块钱抚慰金的信封，主席则负责握手寒暄，要求病床上的同志安心养病。"把病养好就是工作任务嘛。"此类陈词滥调说完，稍事停留，就会离开。不过，让张亮略感吃惊的是，登门看望的不仅在人数上超过预期，三位，在级别上也出人意料，高书记居然也来了。这种待遇的不寻常处在于，只有职工患有重大疾病以至濒死，高书记才会出现。比如前几年患食道癌死掉的老李。

当然，与其说张亮略感吃惊，不如说略感高兴。事实也正如此，高书记对张亮的寡言少语和不俗酒量颇为欣赏，曾暗示提拔之意。高书记表示，根据新的规定，张亮上班路上崴了脚完全够得上工伤。养伤不在病假范围内，其间，不仅工资一分不少、医疗费用全报，而且在通例的慰问金之外，也给予一定的营养费，所以信封颇厚。张亮明白，这自然是高书记的照顾，只得称谢不已,并挽留再三,表示自己可以下床陪高书记喝两杯小酒。张亮母亲也一副感恩戴德的样子,但出于母爱,补充表示,为了不让伤口发炎,张亮少喝一点大概确实没事。一行众人自然不会当真,被老太婆欢送到门外,直至消失在楼道拐弯处,才轻轻合上门。

之后当然是单位里的所谓"普通老百姓"的看望,而且属于和张亮关系不错的,或者有份子来往的。他们或站或坐在张亮的床铺周围,如张亮所料那样,先是关切一下张亮的伤情,然后就开始谈天说地,内容包括单位里的近况,包括刚刚过去的几场牌局和球赛,海内外政治和军事动态也在其中。这和张亮上班在办公室时没有太大区别。仿佛大家的办公地点挪移到了张亮家,区别仅仅是张亮躺在床上而非办公室午休时期的折叠躺椅上。

就躺椅问题,大家确实当着王奎的面向张亮进行了检举揭发。最近,后者的躺椅一直被前者据为己用。如果被趴在办公桌上有午睡习惯的人使用,大家确实没有意见,正所谓物尽其用。但所有的人都知道,多年以来,王奎从来就不午睡。他每天躺在张亮的躺椅上睁着眼睛看着天花板的样子让眼皮沉重的人深感愤怒。这与占着茅坑不拉屎何异?但大家没有办法,王奎的办公桌紧临张亮的,而且在大家拎着饭盒前往食堂午餐之际,多年来只吃泡面的王奎已顺利果腹,如果他也是个午睡爱好者的话,在大家吃完洗饭盒的时候,他就应该鼾声响起了。总之,在躺椅归属和争议上,王奎具有别人无法企及和难以撼动的实力。以至于李瑞强一气之下曾要将王奎从躺椅上拉起来。可惜王奎身高一米八三,体重一百公斤(难道这是拜泡面所赐?),拉他起来仅仅是个动作,而达不成效果。

别闹。王奎对李瑞强就说了这么一句，后者就不便继续"开玩笑"了。

所有人都知道王奎，他一直被大家誉为"怪人"。归纳起来，可以说三条原因：一、王奎虽然所有活动都参加（比如探望张亮），但性格内向，比张亮还寡言少语，让人捉摸不透。二、他和张亮同龄，却至今未婚，也从未听说他有过女朋友，以至于有人背后议论他是不是这年头十分时髦的同性恋。当然，这一议论极其私下，须十分小心，一俟臆测不实叫王奎听见，后果不堪设想。这也就是三，王奎会干出谁也预料不到的事。两年前吧，在每周职工例会上，高书记曾因王奎在上级检查中没有做好应付检查的材料一事而当众点了后者的大名。话音未落，王奎就站起身大骂书记："我×你妈！"所有人都傻了，等大家稍稍缓过神来，又不由得露出静观事态恶化的表情。只见高书记满脸通红地反问："你怎么骂人？"这一反驳之滑稽和无力立即被王奎扔过去的一把椅子砸得狼狈不堪。事已至此，如果不是一拥而上死死抱住，王奎当场打死高书记也未可知。当初抱王奎的就有李瑞强，他事后多次表示，如果就他一个人，想阻止王奎是完全不可能的。所以在躺椅问题上，他想以"开玩笑"为借口将王奎拉起来更不可能，后者的一句"别闹"只能让他自打圆场，适可而止。王奎可不跟你们开玩笑。

王奎，借着张亮卧病在床以及众人俱在的机会，李瑞强略有不甘，继续"开玩笑"，你说说，你不睡觉干吗要占着张亮的躺椅？

这是可以理解的，就算王奎再古怪再暴力，这会儿众多人力资源足够阻拦他，况且是在张亮家，而且张亮正卧病在床，一个人再极端乖戾，也不至于在病人的家里发作吧？大家这才分开，让一直坐在墙角椅子上、被床前的人挡住的王奎暴露在张亮眼中，一如法庭上的被告，法官张亮及在场众人都看着他。

确实如此，在众目睽睽之下，王奎不仅没有发作，反而讪笑着面露羞容，吞吞吐吐，嗫嚅半天，才说他最近晚上睡眠不好。闻听此言，大家愣了片刻，然后又纷纷笑了，不如此还能怎样？连原告李瑞强也发出了干笑，不仅如此，他仿佛真口干舌燥似的找到属于自己的纸杯（为了免于弄错，各自写了自己名字），咕咚一声，狠狠喝了一口水。

最初几天就是在床上接待来客。很快，就没什么人上门了。因为李芫上班，平时白天就张亮和母亲在家。

刚开始，长期上班的生物钟使他还能像平时一样准时醒来，所以还可以像平时那样催促一向比自己赖床的李芫起床上班。然后就是满眼李芫上厕所、刷牙、洗脸、化妆和挑选当日穿着的纷乱场景。因为平时自己也要忙这些，还有儿子小瑞，不可能将注意力集中在李芫身上。现在，看着她慌慌张张在房间进进出出的样子，张亮觉得妻子甚是可爱。同时也觉得自己的老婆长得还真不错，不辜负自己当初耗时三年死乞白赖的艰苦追求。她的忙活使清晨的室内空气一片芬芳（具体是她洗头洗脸使用洗发精洗面奶护肤品护手霜乃至于香水的气味），在她经过床头的时候，张亮还曾从被窝里伸出一只手在她奔向中年妇女的浑圆的屁股上摸了一把。这一举动因为过于遥远过于陌生，李芫像被电车痴汉性骚扰了一般反应迅捷地躲避开来。但这也仅是瞬间,她很快就意识到是自己的丈夫在性骚扰她,除了瞪一眼鼻腔里哼一下,就继续忙活自己的出门准备而任其摸了。像受到鼓励那样,张亮甚至将胳膊伸得更长,将胳膊伸进她的两腿之间,挽住了一条大腿。这其中的求欢意识既是明确的也是模糊的。首先,因为他们是夫妻,性生活是敞开来的,不急于一时;其次,总不能为了点晨起的小意识就耽误妻子上班吧,难道过日子真应该那么浪漫?所以李芫甩手一挥,张亮只能故作下流地嘿嘿一笑。然后就是听到李芫在门口穿鞋,高跟鞋匆匆下楼的声音。张亮略感怅然。

　　李芫从来不吃张亮妈妈做的早饭,这不能理解为她嫌弃婆婆做的早饭。事实上,多年以来,他们一家三口平时是在外面吃早饭的。老实说,张亮也不爱吃他妈妈做的饭。他只是别无选择而已,总不能叫妈妈或李芫去替自己买早饭吧。局面也便成为,自己的亲生儿子是吃自己做的早饭的,媳妇坚决不吃。这在天不亮就起床做早饭的老太太看来,儿媳不仅是辜负她的一片好意,完全也可以理解为是一种蓄意对峙,而不仅仅浪费半锅稀饭以及花几块钱在早点摊上买东西吃这一双重浪费那么简单的问题。"我们吃我们的。"老太太免不了在将早饭端到床头时气鼓鼓地向儿子抱怨,仿佛那锅烂糟糟的稀饭是这对母子的秘密似的。

　　在午饭到来之前,母亲大多在客厅一边择菜一边看电视,张亮则背加一个枕头开始用笔记本(李芫临走前已帮他放置好并开启了路由器)漫无目的地上网。这也和上班相似。上班也无非是打开电脑看看新闻斗斗地主,而公务什么的,无非是暂停这些、花小部分时间解决的一些文件罢了。对于张亮他们这种单位来说,所谓上班，比之早年，网络代替了翻阅无穷无尽的报纸和在办公室之间串门的习俗。值得庆幸的是，打水泡茶倒像活化石那样保留至今。病卧在家，也无非如此。不过，略有不同的是，因为在床，加之操作不便，开展这些颇为疲惫。不一会儿，张亮就觉得眼皮沉重，腰酸背痛。推开笔记本，闭目养神之际，就提前暴露上了整整一天班的劳累神态。所以，相比在客厅看电视的母亲，张亮不由得情绪开始恶化。因为前者不仅偶尔被电视逗乐，而且在张亮蹦着脚上卫生间以及她进来问张亮有什么需要时，会提起电视上某个好玩的内容。到了烧午饭的时节，来自厨房和客厅的声响也说明（比如锅盖盖上时，就能听到她挪移脚步到客厅，继而是慌张跑向厨房揭开锅盖的声音），电视确实是精彩的。也可以说，母亲在看电视（娱乐）和烧饭（工作）之间不仅忙得不亦乐乎，而且两不耽误。这算是提醒了张亮，他现在确实是个临时性残疾人。而与母亲的活力相比，自己简直是个临时性老年人，起码比后者要老上二十岁。这不由得让张亮悔恨自己当初的决定，就是没有在卧室也放一台电视。而且当初他对李芫说的也正是"客厅有电视够了""看电视有什么意思""又没老，老年人才看电视呢"之类义正词严的话。李芫比他还小几岁，对于这番话不可能不认同，而眼下可好，对年龄的自负和对趣味的高估终于遭受了报应。所有人都有老的时候，总有一天我们都会依赖电视，我们应该提前准备……这些念头在张亮脑海里鱼跃不已，粼光闪闪。

更别提上下班时听到楼下那些来往的脚步声了，虽然上班并不值得羡慕，但既然大家都上班，有一个人不上班还是别扭和危险的。起码他们可以自由来往吧。尤其是孩子们的声音（楼下就有一所小学），这些儿童每天面临的升国旗仪式、晨会、体育课口令、铃声、普通话发言和训斥、课后粗俗不堪的对谈和咒骂、放学的喧闹……都被张亮细致入微地听到了。

你妈是鸡。一个像肥胖儿童的声音说。

你家全家是鸡。另一个声音听起来矮一点瘦一点。

日你妈。

日你妈。

别跑。

就跑，然后像宣告全世界似的，他呼啸而去——日你全家。

老实说，这些小学生是张亮觉得最有意思的。他们在本质上和自己小时候并无区别，包括喇叭里教师的辞令也可谓数十年如一日。这不禁使张亮浮想联翩。如果自己是一位教师的话，是不是也像他们的教师那样说话？如果自己还是他们中的一员的话，我是否还是现在这样？那么，我现在这样，是不是我小时候所希望的那样？我小时候到底想过将来要怎样？

我当初考大学是打算过要报考这所学校的。

在再次去卫生间的时候，张亮故意在客厅滞留了片刻，并坐进沙发，将那条受伤的腿搁在茶几上，做出一副打算看看电视的样子。趁此之机，他像自言自语那样说，但事实他是在说给他妈妈听。而所谓"这所学校"正是电视新闻里提到了的河北某知名大学，这对于填写过高考志愿的人来说，都很清楚。电视新闻里说，前不久，这所大学的一个女生跳楼自杀了。其原因在于她不堪重负。她来自穷乡僻壤，是村里几十年来唯一的大学生，父母为了供养她读大学，欠了很多钱，可她却连一份工作也找不到，她在遗书中说自己愧对父母愧对乡亲，没有办法，只好一死了之。当然，连线专家没有过多谈论现在的就业难问题，而是大谈特谈心理素质和心理疏导问题。

张亮妈妈听后自然免不了做一个埋怨的表情，并且狠狠白了儿子一眼。那意思仿佛是，自己的儿子当初如果也报考这所大学并被录取了，自己的儿子就是这个可怜姑娘的下场：将自己砸碎在自己的血液和脑浆之中。在某个瞬间，这让张亮觉得自己早就死了，和电视新闻中那个姑娘一样大的年纪就死了，而不是以一个崴了脚因病休假的上有父母下有妻儿的中年男子的形象坐在家里和择菜的母亲一起看电视。

这是刚开始那几天，之后，张亮的作息就彻底变了。他不再一大早就醒来，而是可以持续睡到中午。有一天当他醒来发现身边躺着李芫时，居然吓了一跳，赶紧推醒妻子催其上班，结果被告知已是周末。这说明，一个人如果不上班的话，就可以从年月日中超脱。

中午起床，两餐并一顿后，即便他已经习惯了在床上使用电脑，也禁不住困意连绵，一场昏天黑地的午睡于是直抵傍晚。晚饭后，李芫忙活半晌，上床。自崴脚之后张亮还是首次提出例行夫妻之事，李芫像平常一样用表情示意自己的丈夫是个淫棍（妻子们总是这样），继而又盯着后者那根被石膏凝固的硬邦邦的腿表示疑惑：这也能干？这怎么干？

你在上面。张亮鼓足勇气地说。之所以要鼓足勇气，是张亮从未这么要求过自己的妻子。虽然女上男下这种性交体位遍布于毛片，遍布于色情场所（张亮有过几次李芫不知道的婚外嫖娼经验），但对于像他们这样中规中矩的夫妻来说，是从未发生过的。仿佛一发生，就暴露了张亮的嫖娼史，也基于世俗道德在人格上侮辱了自己的妻子（她可既非女优又非小姐）。

果然，李芫臊红了脸将被子一裹，背对着张亮。张亮一时手足无措。但性欲既至，且老夫老妻，也没什么可羞耻的。免不了一番骚扰、亲吻和抚摸。面对这些，李芫像处女一般严守贞操，死死用被子裹住自己。费了好大的劲，张亮才自一个小口突破，逐一剥开她茧一般的自我保护，然后惊奇地发现，自己的妻子也早已情欲高涨，浑身战栗。

这算是他们夫妻之间多年以来难得一见的性生活。因为半推半就，因为体位变迁，因为隔墙有耳（张亮母亲），二人都很酣畅。当然，对比于女优和小姐，李芫完全业余，但在张亮看来，恰恰是这种业余使之愉悦。而且这种愉悦带有某种罪恶感，仿佛自己并非和一具早已轻车熟路的肉体在性交，而是和另一个女人，即别人的妻子在通奸。此外，就是他们夫妻尤其是李芫，不得不面对一个发现，那就是他们虽为老夫老妻，但在性爱道路上还有潜力可挖。这既让人震惊，也让人羞愤。"难道我们都是骚货？"事实也正如此，一旦张亮试图对刚才的酣畅评头论足之时，李芫都会通过掐肉、接吻和拼死抱住对方等方式打断他。如此恩爱，让张亮感动异常。我要告诉大家，他们当晚像发情期的牲口那样干了好几次，这还导致了次日李芫上班迟到。

不过，话说回来，此类夫妻激情并非常态。虽则有益，但还有限，且长期如此就不再堪称激情了。日常生活更重要。白天充足的睡眠使张亮陷于夜晚的高度兴奋,这有碍妻子李芫的正常作息。

你怎么还上网?李芫半夜醒来发现丈夫一脸荧光(反射电脑显示屏),厌烦至极。

我失眠。张亮不假思索地回答。

狗屁,你只是生物钟乱了。

也是。我俩有时差。

搞得我每天上班都没精神,老迟到。

嘿嘿。

还笑。

过了好一会儿,只听李芫长叹一声。

怎么了?

带着哭腔,李芫承认,想儿子了。

事情因此得到了一个解决方案。李芫暂且也住她父母那儿,一方面免受丈夫时差的陷害,另一方面可以照顾他们的儿子,不至于被外公外婆惯坏。同时,也免于和婆婆共处的尴尬。周末,李芫带儿子回来,一家三口团聚。确实是个好方案,首先李芫觉得不错。其次,张亮、张亮妈妈也都觉得不错。后者认为这等于周末给自己放假,可以回自己家探望一下脾气恶劣的老头子。

事实上,父亲对张亮也没有什么不满。世俗标准下,儿子平平稳稳,成家立业,虽非大富大贵,倒也安居乐业。做父亲的,并不指望什么。至于家庭矛盾,儿子大了,有自己的家庭,有自己的生活,婆媳争执,都是正常的。老头子每日在公园里打牌溜达,听到的都是这些,自家岂能例外?之所以不愿和老太婆一起跑到儿子家待着，完全算是给自己放假。从老太婆的絮叨里解脱，哪怕晚饭没着落，也算是从一日三餐这种一辈子没变化的饮食结构中暂且获得了解脱，挺好。老太婆趁着周末或儿子午睡期间陡然跑回家里，简直让他很不高兴。

别管我，你不在，我乐得快活。吃？你还怕老子没吃的吗，天天跟老王他们抬石头下馆子。脏点怕什么，老子又不要去相亲。再说，你不是没死吗？想洗想擦，你就弄弄吧。有洗衣机我也不想用，我懒得晾。

总之，张亮母亲隔三岔五回去一趟，都被老头子气得泪眼婆娑，并表示以后不回去了。"死了才好呢。"她说着自己的丈夫，咬牙切齿的样子让张亮不禁想到，李芫将来会不会也像这样？但母亲就算咬牙切齿了，还是又隔三岔五回去探望父亲，帮洗帮烧。这是否预示着，李芫将来也仍然如此？

除了吃饭、睡觉和去卫生间，张亮就是上网。客厅里电视上每天连播两集的连续剧，在网上，一天就可以跳跃着看完。那些打打杀杀的电影，看多了也腻味。而天下大事，没有一样是新鲜的，即便它们貌似刚刚发生。至于斗地主，倒是可以日以继夜永永远远，但一个中年男人应有的自制力让张亮觉得确实也没必要。最后，张亮选择了网络聊天。

在网络刚兴起那会儿，也就是婚前，张亮确实曾经一度迷恋网络聊天，并和若干女网友也搞过网友见面。不过，虽不至于不欢而散，但大多见了一次再也没有联系。追求李芫，然后结婚置家，抚育儿子小瑞，占据了他这些年来的主要精力。网络聊天，或勾三搭四，确实早已不合时宜。即便他现在躺在家中，也对此毫无兴趣。他现在所聊的并非陌生姑娘，而是高中同学王桂兰。

他们是在崴脚前不久高中同学聚会时再次见面的。时隔十六个春秋，他的女同学王桂兰不仅没有像其他女同学那样不可救药地肥胖或衰老下去，反而一改当年灰头土脸的形象，成为聚会上最妖艳动人的女性。聚会后，当年的班长建立了一个聊天群，王桂兰闪烁其中。事实上不仅张亮加了她为好友，据了解，几乎所有男同学都加了她。通过私下交流，那次同学聚会，最让大家念念不忘和疑惑不解的正是王桂兰为什么变得如此扎眼？想当初，她的形象正如她这个名字一样土不拉几。在沉渣泛起的记忆中，王桂兰仅仅是那个又瘦又黑、戴着与面孔比例严重失调的大玳瑁眼镜的数学课代表。大家所能记得的就是她每天早上站在讲台上叫嚷"还有谁没交作业还有谁没交作业"。反感和讨厌根深蒂固，但所谓根深蒂固却又那么不值一提，十六年后，一俟面貌一新的王桂兰重新亮相，她就再也不是之前的女同学了，而仿佛是一位刚刚认识的美女。一如当初那位刚刚分配来的女教师，她青春貌美，热衷于奇装异服，走过操场，她的香味诱使所有的人向她看齐。

我想睡王桂兰！大虎是男同学中言辞最暴露的男同学，十六年后，在网络聊天中，他仍不改风格，然后还一如既往地提出让别人难堪的问题，你想不想？

张亮显然没有回答大虎的问题，但这不能说不想。难道加她为好友确实仅仅是为了好奇？不可能，通过打听，大家都知道王桂兰大学落榜后去了南方，然后就莫名其妙地带着一笔钱回来开了一家广告公司，然后结婚离婚，眼下无孩单身。

张亮躺在病榻上能和王桂兰投入地聊天，当然与后者的态度有关。她直言不讳，表示自己高中时期的暗恋对象正是张亮。

为什么？张亮问。

呵呵，我也不知道。王桂兰答。

隔了好一会儿，张亮觉得自己是觍着脸在问："现在呢？"王桂兰没有回答这个带有不良动机的问题，而是发来一个可爱表情，说有空请张亮吃饭。"要不，下周？"这个近在咫尺的邀请让张亮心跳明显快了不少，不过他不得不实话实说，告诉她自己脚崴了，正每天躺在家里休养。

呃，那我抽空去你家看你吧？

好啊。张亮认为她仅一客套。

你老婆不会介意吧？

不会。但张亮没有说老婆只有周末才回家的情况。

好的，你手机？

张亮仍然认为这只是客套，留给了她。没想到她立即打了过来，手机像惊叫一般响起。他明明知道是她，但并没有接，而是手指哆嗦着掐断。

你为什么不接？她问。

啊，真是你啊，陌生号码，我以为是骚扰电话。

嗯，好吧，你存一下。

然后他们的聊天不再局限于网络、短信，以至微信、飞信，你来我往。当然，他们并无什么实质交谈内容。多为一些闲言碎语，比如她说"唉，不知道晚上吃什么"，张亮就故作幽默邀请对方来自己家吃。见很长一段时间她未来短信，张亮也会憋出一些无关痛痒的话发过去，诸如"躺床上躺够了，还真想上班啊"之类。两个星期以后，她终于说："明天下午来你家看你。"

老实说，张亮不确定她会不会来。首先他不确定自己希望不希望对方来。但他还是打电话给了李芫，问对方明天晚上回不回来吃饭。李芫一顿训斥，表示还没到周末，而且最近单位忙得要命，没空跟他耗一夜。很显然，李芫是认为丈夫急于求欢了。这让张亮一下子深感愧疚，然后改变主意，告诉李芫，明天下午有个高中女同学来看自己，然后故作调侃道："出了事别怪我哦。"说完他对自己深感恶心。"尽管去，喊，就你？"说完李芫就挂了电话。

李芫的态度让张亮忐忑不安，他所担心的是，万一"出事"，他以为妻子不会突然造访但她恰恰推门而入怎么办？另外就是妈妈也跟他说，明天要回去一趟。假如李芫不回，这是否等于母亲和妻子蓄意给他创造了一个条件？而这个条件是为高中同学大虎那句话而设的："你想不想？"

奇怪之处在于，自王桂兰说过"明天下午来你家看你"之后，她就在网络和短信中消失了。兴奋、惶恐和期待，让时差颠倒的张亮踏踏实实失眠了一次。他彻夜辗转，焦躁不已，想给王桂兰发短信确认，又没胆量（何必自作多情），是真如何，大家早已成年，仅是礼节拜访；是假如何，还是大家早已成年，忙生忙死，陡然没空改变主意也属正常。想给李芫交代始末，觉得又无必要，因为就目前为止，确实什么事也没发生。

他第一次目睹了天亮的全过程。从黑暗开始到窗帘缝隙间微微泄入一点白光，然后光线越来越饱满，及至充盈于窗帘笼罩的整个房间。送牛奶的在楼道中的脚步声、奶瓶碰撞声、鸟鸣和早起之人的咳嗽声、洗漱声，一直到无所不在的喧哗。此时，兴奋、惶恐和期待已彻底转化为灰暗和绝望，他觉得世间如此残酷，难怪那个找不到工作的女同学会跳楼自杀。

直到晨起上班高峰的喧哗过去，他才蒙蒙眬眬睡去。但睡眠浅薄，他清晰地听到了母亲将午饭端至床头（为了不干扰儿子睡觉筷子轻轻落在碗上的声响都是那么夸张），然后是她换鞋、出门再带上门的声音。但他并不想睁开眼睛，也不再纠结于王桂兰过几个小时后（！）可能性的敲门声。他不想吃饭，他已疲惫不堪，连眼睛都懒得睁一下。但最终还是一个念头让他惊起了一身冷汗：王桂兰真来了，我不能就这样半死不活地躺着吧？

他赶紧将床头的饭扒下，然后蹦跳着打开窗帘，去洗碗，去刷牙洗脸。镜中，没睡好的蜡黄脸色是显而易见的，不过好在两眼之中并无血丝。然后他这才发现，头发已经很长很乱很脏，掀开衣领，他还闻到了浓厚的不洁体味。当然，他没法洗澡，但他洗洗头，擦一把身体，换一件干净衣服是可以的。考虑到王桂兰的随时登门，他在做这些事时显得混乱。混乱感又促使他整理一下同样混乱的床铺和房间。等一切想象中的准备工作全部就绪，他这才来到客厅的沙发上颓然坐下。与此同时，另一个发现让他惊恐万状：他居然在忙活上述活动时并非全然单脚独立，那只受伤的脚，那只在石膏中奇痒无比却又安之若素的脚，它居然不再有任何疼痛感。

根据医嘱，张亮也已到了拆除石膏的时候了。一个多月过去了，他离痊愈仅一步之遥。它让张亮感到惊恐万状无非是当我们适应了某种生活后再面临该种生活被打断和颠覆时的恐慌。这还让张亮想到有限的半生以来所遭遇的类似场景：离开无忧无虑的孩童生活必须去上学时，离开父母必须去学校住宿时，离开学校开始上班时，结婚时，生子时……

王桂兰当天下午确实来了。但她仅仅在张亮家坐了不到一个小时，重复了一番他们在网络上和手机上所聊的话题。对于她曾经暗恋过张亮一事，她从容不迫地和后者一起回忆了陈年往事。她尤其提到张亮在十六年前某个春天的下午专注于出黑板报的背影。那天，她是值日生，没有洒水，光用秃得不成样子的扫帚在裸露出石子和黄沙的水泥地面上挥舞，搅起了漫天灰尘。她当时是多么希望张亮能回过身来像大虎或别的男生那样狠狠骂自己一番，可他太专注了，在给一篇学雷锋的文章用彩色粉笔描绘花边，对身后的一切居然无动于衷、毫无知觉。这让她伤心不已，泪水涟涟。"当然，这也可能是被灰尘呛的。"她补充道。

王桂兰也带来了看望病人所必需的果篮。几乎所有来探望张亮的人都带来了水果，换言之，几乎所有探望病人的人都带来了水果。他和家人根本来不及吃它们，也因为暴食水果而丧失了对水果的食欲，所以许多水果在角落里散发出了甜腻、糟朽的腐烂气息。当王桂兰走后，这股腐烂气息更加强烈，挥之不去。

拆除石膏一个月后，张亮恢复了上班，回到了过去的生活中。如果说有什么变化，天阴下雨，受伤处确实会隐隐作痛。此外，还有二件不值一提的小事：

1. 在崴脚后第一次接儿子小瑞时，他差点没认出自己的儿子。像小猪一样，他长得真快。而当小瑞告诉爸爸自己考试考了第二名时，后者并没有流露出赞许和夸奖的神色。这让小瑞大扫其兴，嘟噜着嘴表示自己下次争取考第一。

2. 父亲因为母亲不在身边，和邻里老王等人学坏了，毫无节制地喝酒，导致胃出血。医生表示，如果他还想多活几年的话，以后必须滴酒不沾。父亲则耷着脑袋，从此一蹶不振。

3. 同事王奎辞职了。李瑞强终于可以占用张亮的躺椅了，只是好景不长，还没享受够，张亮就回来上班了。李瑞强一怒之下，终于花钱在网上给自己买了一张人人赞颂人人都要试躺两分钟的华丽躺椅。

关于王奎。他除了和同事们一起来探望过张亮，事后也曾额外来过一次。

张亮谈不上和王奎关系亲密，因为他和所有人关系都差不多，如果有什么不同，就是他和王奎确实是同时进的这个单位。即便如此，张亮也不觉得这就能使二人关系与众不同，所以他不知道单独面对王奎该说些什么。想起上次后者谈到失眠的事，张亮只好也说自己最近失眠了（李芫已诊断为生物钟颠倒或时差问题）。

王奎未置可否地笑了笑，说，没意思。

呃，都一样都一样。张亮赶紧顺话。

张亮，王奎直视着他说，你不觉得我们单位这些人没意思吗？哦，也不是，你不觉得人活着没意思吗？

呵呵，总不能死吧。

不是这个意思，王奎想了想，但很费劲的样子，然后挥了挥手,表示这个话题不说了。

没有办法,王奎只能环顾张亮家的布置和摆设,甚至还顺手操起窗台上一个破损的变形金刚,然后故作赞美道,张亮啊,你这小日子不错啊。

一般,都差不多吧,张亮谦虚着,然后顺机提醒对方,你也不是不可以。

确实,王奎不否认张亮的看法,确实可以,为什么不呢?

就是就是,你早该成个家了。

嗯。

要不再叫李芫给你介绍个?李芫曾介绍过一个姑娘给王奎,但后者和那个姑娘彼此看不上对方。

行吧,再说再说。

当晚,在张亮和母亲的一片热情挽留下,王奎还留下和这对母子吃了顿饭。多年来的单位聚餐和私下抬石头证明,张亮和王奎酒量相当,不过张亮因为有伤在身,加之母亲在旁不断警告,自己喝得很少。这样一来,王奎就喝得相对多一些。后者也没有推辞,直到把一瓶白酒喝完,才起身告辞。

王奎明显有些摇晃。不过,这也不奇怪,王奎每次都会喝得摇晃,然后准确无误地回到自己家。从来没有人送过他,他也拒绝任何同事去他家。

送至门前,王奎连连摆手,表示莫送。已经出了门,张亮正欲关门,王奎居然返回。他站在门外,对站在门内的张亮又说了一句在读者看来实属冒犯但在张亮看来司空见惯的话。

王奎说:张亮,其实,其实我一点也不羡慕你的生活。

灰烬犹存

像我这样的未婚人士，除了上班，最主要的工作大概就是求偶（某种意义上已成为我的"主业"）。和大家一样，我的求偶历史悠久，堪称"传统"。相信大家的方式也差不多，除了早年追求过女同学、女同事，这些年就是在业余期间经人介绍不断相亲，到了晚上像一条疯狗那样在网上找女人胡扯。追求遭拒和相亲失败都是应有之义，网上更不靠谱，否则我也不会在这里说了。换言之，至今我们仍然孜孜不倦于求偶的康庄大道或羊肠小径上。结论可能正如亲友所说，"你太挑了"；或如我的好朋友王奎所说："你热衷于求偶和求偶状态，就像有的人喝酒呕吐不是为了醉也不是为了浇愁，而是享受食指伸进喉咙的快感。"说到此处，他开始描摹求偶状态的经典形象：一个成年男子，面对这个世界数不清的丰乳肥臀，无不以一个阴茎勃起的尾随者的形象出现在这个时代所有的大街小巷。

关于王奎这个人，如你判断，确实下流。很多时候我都不愿意承认此人是我的好友，因为我怕被人们误认为我也是那样的货色。我坚信你就是这么想的。别，千万别，有请了。不过，事实上，除了王奎，确实没有任何一位朋友能让我放松下来，给我带来一些不值一提的快乐。这虽然没什么值得称道的，有时也是必须的，你必须有一个和你一起打发日子的同龄人，无论男女。要知道那些号称你朋友的家伙，在你这年龄，大多数已经纷纷结婚生子，而且在此之前从来没有和你打过招呼，有的在婚前育前一点迹象都没让你看出来，比如张亮。所以说每次有人告诉你"我国庆结婚，一定要来"，不仅没有任何友情含量，只能让你觉得他是在敲诈你，敲诈你作为其好友所必须掏的高于普通亲友的份子钱。这些人一旦结婚生子，叫出来吃饭或爬山就比较困难了，偶尔现身，也是成双成对。从买单传统来看，这就意味着你要吃亏。我们的买单法则没有与国际接轨搞 AA 制，而是有中国特色的禅让制，即这次你来下次我买，轮流执政。在大家单身期间，这可谓再公平不过。现在呢，吃饭的人多了，但夫妻只能算一股，对于单身的人就负担沉重了不少。

相比之下，王奎虽也已婚，但从来不带老婆高敏。大家除了早年在婚礼上有幸目睹其尊容，之后从未见过。不久前，也就是张亮携妻出现那次，当着自己老婆和王奎的面，他说了个段子。他说自己有天在公交车上抢到了个座位，乘客总是那么多那么挤就不用说了，恰巧当天张亮很累，靠在椅背上迷迷糊糊都快睡着了。后来一个女人挤到他的身边，这是一个干瘦枯黄的年轻女人，抓在张亮脑袋边椅背上的爪子让后者深刻体会到了这种枯瘦。因为颠簸，张亮的肉颅会不时碰到那个爪子，"硌得真疼，比塑料椅子还硬"。关键是，这个女人迟迟不愿松手另攀高枝，一副要和张亮死磕到底的架势。甚至在张亮用不满眼光看她的时候，她还冲前者微笑。"是不是她想用微笑打动我叫我让座？"多年以来极其擅长向女人献殷勤的张亮不可能不这么闪过一念。但大概正是这一念让张亮下定决心不让座。"当然了，如果她长得跟范冰冰一样，我可以考虑。"张亮补充道。本来也没多少站路，下班高峰期，红灯和拥堵严重，使得这种类似于对峙的时间极其漫长，起码在张亮看来如此。奇异在于，每次张亮看那女人的时候，她都会报以微笑，以至于最后还笑出了一声"扑哧"。

对不起对不起，真的对不起，张亮转向王奎道歉，我真的不知道她就是高敏，谁叫你平时不带她出来玩的呢。况且，根本不像啊……

张亮假装愧疚，他老婆抿嘴笑，王奎生气起身就走，不提。张亮的这个段子或许提醒大家，如果将来你结婚了，如果一定要办婚礼，一定不要把老婆化妆化得让人认不出来。另外就是婚后一定要经常带老婆参加亲友聚会，让她的真实面貌以及衰老过程有目共睹，以便让大家在茫茫人海中一眼认出。

从另外一个角度来看，别说对女人几乎过目不忘的张亮了，我也有可能在大街上认不出高敏。这倒不是高敏婚妆艳丽，卸妆之后无从相认，恰恰相反，我和高敏王奎夫妇是高中同学，她当年还是团支书，岂能不是本人在前文所述的求偶史上的早期追求对象呢？不过，按当年的话说，其时这对狗男女即已勾搭成奸，我那追求之心只好沦为痛苦不已的暗恋。"就算她被烧成灰我也认得出来。"我不记得自己有没有在当年的日记中写下这句话，就算没写过，此类意思是免不了的，就算没写过，现在补上难道不行？只是读了大学没多久，我就忘了高敏这个人。我说我也有可能在大街上认不出高敏，倒不是遗忘，而是张亮的描述与本人对老同学的记忆完全不符。他在描述另外一个人。"不可能的，你认错了！或者就是你瞎编的！"张亮刚揭开段子的包袱，我就打断了他。只是我们未及辩论，注意力就被王奎的拂袖而去转移了。张亮老婆斥责丈夫，替丈夫向王奎道歉，张亮本人也电话致歉再三，加之我从中斡旋，风波总算平息，众人和好如初，亦不在话下。

王奎不带高敏出来，有众多原因。高敏是护士，需要各种倒班，经常上夜班，和王奎的作息不一样，这是最主要的。当然，也可以理解为高敏性格如此。据王奎说，她本来就是这样的人，"不爱出门不爱说话，你又不是不知道"（公交车巧遇张亮她就没跟王奎提起过）。再说了，我们是老同学，没事就聚在一起有什么意思，一点儿不新鲜，言行放不开，还互相碍事。至于能碍什么"事"，只是一种说法，我和王奎也没干什么不能让她知道的事，相信她也不会跟别人干不能让王奎和我知道的事（难不成她还背着我们和张亮通奸？）。还有一点，就是他们迄今还没生孩子。既然没有孩子，我们乡下的父母就没有理由进城，所以王奎下班到家面对冷锅冰灶，自然也待不住。和我一样，王奎也没什么其他爱好，找我这位单身的老同学喝喝酒是再适合不过了。

正如你所想的那样，我和王奎也没那么多话说。从高中至今，已经十几年过去了，彼此的了解程度达到了对方睾丸上有没有长痣都了然于胸的程度。多亏了若干年前的一次约定使我们顺利度过了彼此的厌倦情绪。当然，互相厌倦有时也是友谊地久天长的一个方式,比如在那个约定之前。这不是我要说的,我要说的是,若干年前,我们有一天相对无言,表情愤恨,杯酒难咽。世界在高速前进,我们为双方在无穷无尽的酒局上总是追忆所谓逝水年华感到羞愧不已。乡亲啦,老师啦,同学啦,你最近怎么样啦,我最近还那样啦……废话说尽,两人只能如药渣一般面面相觑。这时候,卖啤酒的姑娘穿着和啤酒瓶颜色图案甚至质地也一样的衣服走了过来,批评我们喝酒不力,自毁形象:"两位大哥在我心目中的崇高形象可不是今天这样哦。"闻听此言,我和王奎不禁互相看了对方一眼,立即调整状态,邀请啤酒姑娘陪我们喝一瓶。后者莞尔一笑,抱瓶就吹。在此期间,她仿佛有意如此,蓄意向我们展露了她啤酒瓶一样的脖子、因为酒液滚动的喉部,以及胸部的大起大伏波涛汹涌。没错,这个画面让我们产生了晕船的感觉。那天我俩确实喝晕了,这当然不是啤酒姑娘一直陪我们喝,她就喝了那一瓶,而是我们的约定。

我们约定,从今往后,如果谁再说那些陈芝麻烂谷子的破事儿,谁就负责买单,谁就是狗日的。早在高中时代,我们就频繁串门,互相尊称对方的父亲为大伯,他们显然不是狗,而就是大伯,就是父亲,此其一。第二,亲兄弟明算账,仅仅因为说了句废话就随随便便买单,这事可不是开玩笑的。

我觉得这丫头就不错,你为什么就不能试试呢?啤酒姑娘扭动肥臀离开我们桌子时,王奎如是说。

自此以后,向我推荐各色店员、老板娘、女性食客、过路姑娘成了他最热衷的话题。而为了证明他的推荐是多么英明,他免不了要唾沫四溅地陈述对方的优点,以至于最后还手舞足蹈比比画画。

美女，绝对，绝对不比章子怡丑，仅次于陈冲。

这个一看就是好老婆，会烧菜，会洗衣，看她拎的东西多沉，我要是你就帮她拎了。

看，快看，这奶子，你能抓得过来吗？

操，瞧这屁股翘的，腰一把抓得住吧你。这样的能生儿子，说不定还双胞胎呢。真的。

…………

说到激烈处，王奎就忘了场合和音量。这自然招来路人的侧目和当事人的警惕、反感和恐惧。除了白眼和骂一声"流氓"，还曾经有两个姑娘加快脚步匆匆逃离，这使她们的形体更加优美。可惜其中一个因为慌张，崴了穿高跟鞋的脚，一瘸一拐让人真恨不得上前道歉，然后搀扶而行。当然，背上也可以。王奎拍拍我的背，表示我空有这样一张雄浑的背，真是暴殄天物啊。此外，还有一回，王奎的忘我谈论和下流比画不仅没有吓跑对方，她竟然还款款走了过来。难道是鸡？在她走到面前之前，王奎还这么疑惑了一会儿。没想到对方一俟接近，破口大骂，扬手就打。她当然没能得逞，但就在我们试图跟她据理力争的当口，还没停稳当的一辆宝马车上蹿出一条汉子，脖子上粗大的金链在傍晚光线下熠熠生辉，他直奔我们而来，而且穿的还是一双崭新的耐克鞋。我们不知道是怎么逃脱的。总之当我停下逃命的步伐蹲在地上咳嗽不已的时候，身边已无王奎。手机打过去，此人已经逃到家中，呼吸仍然粗重。我们笑了一通，互相勉励下次注意下次注意，仅此而已。其实当时我还想在电话中与他一起追忆一番中学运动会上的三千米长跑比赛，以及高敏在看台上的"加油"之声，想到约定，只好作罢。

作为一名求偶之士，我当然也并不会清高地听凭王奎的推荐。二人在一起时，我自会物色对象，主动谈论，征询后者的意见。可惜后者的意见总是十分寡淡，"不怎么样"。难得王奎也觉得怎么样的，无非叫我"上"。教训在先，不可冒昧。怎么上？怎么搭讪？如何不让对方觉得自己是流氓？这些都是问题。支支吾吾，全是电影电视里的台词，管用吗？王奎答不上来。

我说，你都过来人了，就不能给点有意义的指导？

王奎戛然而止。

真聪明，你又猜到了。王奎也不懂如何和陌生女人搭讪。虽为"过来人"，王奎娶的却是高中同学高敏。高考我们都没考好。王奎是电大，高敏是中专，我则是一所技术专科学校毕业。可以负责任地说，我除了学过几次雷锋，什么也没学到。不仅如此，高敏差点没能毕业，因为在校期间，她就被当时隔三岔五倒三次车找她约会的王奎搞大了肚子，那会儿大中专学校不仅严禁这些到了婚育年龄的人婚育，而且谈个恋爱还要被斥为忘却为国为民重担耽于淫欲的早恋，经常在树林里围墙拐角被一只装满三节1号大电池的电筒照出奸情。我们并不知道手持电筒的人是谁，也不知道他们手臂上有一个红色的袖章，这都是后来才知道的。当时我们只知道捂住自己的脸，似乎唯有如此才能继续做人。高敏未婚先孕已足够丢脸，还没自食其力就要当妈妈更是恬不知耻。好在高敏的一个舅舅和卫校的校长曾是战友，打胎之后总算顺利毕业，也顺利找到了一份护士工作，几乎与毕业工作同步，就和王奎结婚了。张亮曾问王奎，后者夫妇算同龄人中最早的了，迄今没有孩子，是否是当年堕胎所致？王奎这次没有生气，而是极其严肃地说，查过，不是。那是什么？我也不知道，王奎说。喜欢揭人老底的张亮自然不会放过王奎，他就曾私下跟我说过，王奎和高敏在学生时代的那次堕胎经历，很可能是二人商量好的骗局，以此昭示二人迄今未孕并非他们没有生殖能力，而是另有原因。真相就是，这对少年夫妇从最初就不行，起码其中一个不行，所以他们到死也不行。怎么说呢，张亮这人虽然有这样那样的优点，但我不得不说，他嘴太恶毒了。我们很少邀请他加入饭局，一方面是他已婚已育，也不能排除我和王奎都认为他是个坏人。

有必要在此申明的是，我无意质疑王奎高敏夫妇任何一方的生育能力，尤其是高敏的。就算我读了大学就有了"新欢"（仍然是暗恋），早就对她毫无感觉，也不会品质低劣地用王奎和我嫖娼的事儿来证明她不行。如果你们坚持这么认为，我会哭的，而且打算趴在那些发黄的日记本上哭，哭泣，啜泣，泣不成声。

我提到我和王奎的嫖娼经历只是强调我的求偶史后来发生了质变，成为了求欢史。这一质变的根源与王奎与我二人对女性的评头论足当然有关。王奎没有表示过他要求欢，但他使用的下流言辞对我确实起到了催情作用。我不否认在酒后我喊过"我要女人"的豪言壮语，而且我也记得王奎用一种因为有女人的讥讽的神色对此一笑而过。但最终还是经不住我的热望，主动提出："既然兄弟这么猴急，那我就陪你一次吧。"

发廊、浴室、KTV和各种娱乐中心娱乐城什么的，都有过我们的身影。在我的印象中，王奎凶猛异常，如果我们的包房挨着，就能听到他弄出的巨大的撞击声（小姐的浪叫是职业表演，可以忽略不计）。说来龌龊，我甚至还回头不经意间瞥见过他勃起的状态，在通往包房的走廊里，他手把小姐的腰身，自己的下身则像中学时代那样顶起了一个不可小觑的帐篷。我再说一遍，我说这些不是质疑高敏的生育能力。王奎的勃起不代表高敏没有排卵期，不代表那些卵子是无效的。王奎的勃起也不代表那些最终射出的精液里有一两颗有效的精子。打住，我不是教师，更不是教生理卫生的。

还是说我的求欢史。我要说，嫖娼史和求欢史是两个概念。也可以说，求欢大于嫖娼，并包含后者。我的嫖娼史当然并非起源于王奎首次提出"陪"我那次，这其实无须多说。王奎是否曾在之前嫖过，也无须深究。"三铁定律"中，除了没有一起扛过枪，我和王奎已经有了两铁（同窗和嫖娼）。这可能才真正使我们成为朋友，而不仅仅是同窗。它让我们向对方敞开了局部心扉，共享了一些不曾知道的隐私。王奎坦诚他有过两个情人，一个已婚，一个未婚。此言一出，我不禁也把一位相好多年偶有奸情的已婚的单位大姐（稍有姿色）带进了我们的饭局……我坚信照此趋势发展下去，王奎也会找到第三位情人带入饭局，然后四个互不干涉内政的男女举杯痛饮共进晚餐同床共眠。可惜，命运无常，高敏病倒，然后死了。

很难想象，我和王奎关系如此之铁，和高敏重逢却是他们结婚多年以后。此次重逢方觉张亮的描述不仅正确而且欠缺笔力或文采。但见高敏躺在雪白的被窝里，除了一头乌发，就像一床空被子平铺在那儿。她脸膛尖瘦，基本露出了头骨的形状，所以已没有皮肉可以绽开笑容，也因为没有皮肉足以有力量合上的眼睛或可表示她还认识我们。除了张亮夫妇和我，其他那些因为婚育消失多年的朋友一时齐聚病房，这当然是张亮事先牵头逐个电话邀请而至。除了安慰高敏夫妇及其家人，大家更多的是站在走廊尽头的窗前抽烟寒暄。有的发福，有的谢顶，有的依旧光彩照人，有的升官发财，有的依旧一贫如洗……与病房中那个垂死的人有关，大家对各自的变化和没变化都做到了顺应一切的风度，绝无攀比、炫耀、嫉妒种种。感谢疾病感谢死亡，亲爱的高敏，你可以瞑目了。

高敏死后，过了大约半年，王奎才再次来找我喝酒。看得出来，为了掩饰丧妻对自己的影响，王奎很快进入状态，故态复萌，对一位女食客指手画脚。这个女人发现情况不对后，向旁边一个看样子是她丈夫的瘦小男人说了说，那个男人又对桌上另外几个男人说了说，于是他们站了起来。王奎也站了起来，我以为他要跑，所以我也站了起来。估计失误，王奎面无惧色，我只得自叹倒霉。所有的食客立即停止喧哗和咀嚼看着我们这些站着的人，老板见状，赶紧跑了出来，但因为群殴尚未开始，他也不便拉扯，只得站在两拨人的中间。我听到有人在笑，而且像女声，很可能是个时髦漂亮的姑娘呢。

没有打起来，这是因为我后来跑过去和饭馆老板并列站在一起，向那桌正在积蓄勇气和力量的男人解释道：

对不起对不起，我的朋友心情不好，他老婆刚刚去世。

我不太想详细地复述整个过程了。大致是，王奎从后面踹了我一脚，然后就径直走出了饭馆。然后我匆匆买了单，赶上王奎，和他走了一段。可能是我买单的缘故，我还是打破了约定，主动开始追忆起所谓的逝水年华。

我的开场白是这样的：王奎，你还记得那个草堆吗？这个开场白不是我事先想好，而就是突然冒出来的。所以说完我就汗毛倒立，浑身颤抖，让我立即想写一篇高中作文。

没错，不能因为高中生活的枯燥和疲惫就否定它对于一个人来说确实是个不错的年月。我们是那么年轻，以童男处女的方式年轻。我们埋头于堆积如山的课本习题之中，就算那些早生华发高度近视的家伙，抬起头的话，依旧可以看到午后时分教室外面的刺眼阳光。如果是大扫除的日子，你还能看到团支书高敏同学手执湿抹布擦拭窗户玻璃或者清洗黑板的身影。她并不很高，也不矮小，踮起脚尖可以擦到黑板或玻璃窗的顶部，因此你可以看到她的腰，以及那些逆光战栗的汗毛。高敏，多么漂亮，多么丰满，多么品学兼优，多么劳动光荣。如果你像王奎和我一样放学了仍然要在球场上耗点时间的话，傍晚时分，你骑车经过高敏家的时候，还能看到这位优秀的共青团员正捋起袖子露出雪白滚圆的胳膊在猪圈喂猪，佩戴在胸前的团徽则在相关阴影中发散着万丈光芒。没有人不爱她，家长、师生、乡亲都说她是一位好姑娘，对此，那头猪也频频点头表示同意。白痴如你也应知道，秋天到来之后，正是割稻时节。整个乡村，到处都能看到稻草。它们有的有幸被堆积成草堆，呈瓦屋或骆驼形象（视堆积技术而定），有的则被塞入灶膛，为我们的好姑娘高敏烧了满满一锅洗澡水。

洗去汗渍和猪屎味儿，高敏的洗澡水在门前的阴沟里流淌着廉价香皂的芬芳。王奎循香而来，被训斥再三，甚至拉上窗帘后，他仍在高敏的窗外晃荡。在学校，围墙外，也有一个草堆，当人们发现它被扒了一个洞的时候，正是王奎从洞里钻出来之际。哦，别忘了，紧跟着王奎钻出来的还有高敏。多么遗憾，没有第三个人从那个草堆的洞里钻出来。他们返回教室，衣服和头发上全是稻草。女同学们撇嘴的样子，似乎是那些稻草又从他们身上掉落在教室里，弄脏了刚刚打扫过并洒过水的教室，这将影响班级卫生，使悬挂在黑板报一侧的来之不易的卫生流动红旗不翼而飞，进而使她们觉得自己不是够格的跨世纪人才。男生们则目露蓝光，在撇嘴女生中逡巡不已，看看能不能找到一位也钻一回草堆。没有，绝无仅有。那是王奎和高敏的草堆，洞里残留着他们的体温，遍布田野的蟋蟀为他们歌唱，癞蛤蟆也要歌唱。陷入死寂的人们最后只能埋下头来，仿佛他们全部被习题吸引，被微积分诱惑，包括王奎和高敏。然后，我们先是听到了声音。金黄的草堆在熊熊大火中爆裂，乌云一般的烟尘直冲天空，既而弥漫在整个校园。广大师生咳嗽连连，泪流不止。烟消云散，人们奔赴现场，草堆不再，灰烬犹存。